RARE SNUITERS

JACK VANCE

VERZAMELD WERK **15**

John Holbrook Vance

Uitgegeven door Spatterlight, Amstelveen 2020
Oorspronkelijk verschenen als *Strange Notions*,
Underwood–Miller, Columbia 1985
Deze vertaling is conform de gerestaureerde tekst van de
Vance Integral Edition © 2020 M.K. Stuyter SJ

ISBN 978-1-61947-245-7

www.spatterlight.nl

Jack Vance
Rare snuiters

Jack Vance
Rare snuiters

HOOFDSTUK I

HET VUILE MARMER glinsterde als smerig glas en gaf me geen enkele illusie van koelte. Ik wreef een beetje sepia op het papier, deed een stap achteruit om het effect te beoordelen en botste tegen een elegant geklede man die op weg was naar de open bar aan de zijkant van het plein.

"*Scusi,*" zei ik werktuiglijk, maar de man knikte niet en hij liep ook niet door. Hij bleef even staan om me met een eigenaardige uitdrukking aan te staren en schudde toen zijn hoofd, alsof hij een onwaarschijnlijke gedachte van zich af zette. Hij staarde me nog een tijdje aandachtig aan en zei toen hartelijk: "Jij komt vast uit Amerika. Uit welke staat?"

"Uit Oregon. En waar komt u vandaan?"

"Van overal, beste kerel. Ben inmiddels een soortement wereldburger. Het is hier trouwens verdomde heet." Hij keek naar mijn tekeningen. "Waarom hou je er niet even mee op om wat met me te gaan drinken."

In de zomer kan het in Rome heter zijn dan in de Hades en hij had niet veel overtuigingskracht nodig om me over te halen. "Op mijn paspoort staat Clarence Musgrave. En u bent…?"

"Noem me maar Kex, dat doen al m'n vrienden. Op iedere straathoek staat er hier wel een schilder," zei hij, terwijl hij mijn tekening bekeek, "maar jij bent tamelijk goed, weet je."

"Dat zouden die anderen weleens helemaal niet met je eens kunnen zijn, Kex."

Onderweg naar de bar liep Kex een tijdje na te denken en toen zei hij: "Ik neem aan dat je van je werk leeft?"

"Nou, nee."

"Je bent niet van plan om ermee door te gaan?"

"Ik ga door met alles wat brood op de plank brengt."

Kex zei op vaderlijke toon: "Mag ik je een raad geven die ik zelf met schade en schande heb opgedaan, Clarence —"

"De meeste mensen noemen me Chuck."

"— en dat is dat je een godsgeschenk als zo'n talent niet verloren moet laten gaan!"

Er zouden dus geen sepiaschetsen verkocht worden. Met een beetje spijt in m'n stem zei ik: "Ik wil zelf ook niet verloren gaan. Van schilderen kun je niet rondkomen en van schetsen in sepia al helemaal niet."

Kex lachte wrang, met een gezicht dat sprekend leek op dat van een hijgende hond op een hete dag. "Ik trakteer." Hij wenkte de barman en zei toen weer tegen mij: "Het zal niks nieuws voor je zijn dat een kunstenaar een zwaar leven heeft... In zekere zin was ik ooit —" hij zweeg even en schudde toen treurig zijn hoofd. "Nou ja, dat is geweest. Maar iemand als jij, met talent — echt talent — die kan echt wel bestaan van wat hij maakt..."

Daarin verschilde ik toch echt met hem van mening. "Zo fanatiek ben ik niet. Over een paar maanden ga ik terug naar Oregon en zoek ik een baantje in de bosbouw."

"Maar dat is toch zonde van al dat studeren, al dat oefenen?"

"Vroeger oefende ik me wild omdat ik footballspeler wilde worden. En ineens —" ik knipte met m'n vingers "— was het afgelopen. Dat was zonde van de moeite. Kunst is anders. Ik blijf gerust wel kladderen — m'n vrienden denken dan vast dat ik weet wat ik doe omdat ik in Europa heb gestudeerd, wat natuurlijk larie is."

Kex liet zijn hijgende hondenlach weer zien. Ik bekeek hem uit mijn ooghoek. Hij streek even over zijn keurige witte snor. "Jij hebt een eigenaardige filosofie. Cynisme zou ik het niet willen noemen..."

"Ik noem het existalisme." Als ik een tekening aan Kex kwijt wilde raken moest ik hem de romantiek verkopen die erbij hoorde.

Hij trok zijn wenkbrauwen op. "Existentialisme? Je lijkt me toch geen —"

"Nee, geen existentialisme, dat is Europees en ouderwets. Ik ben Amerikaan. Existalisme is mijn eigen soort realisme. Het betekent gewoon zo lang mogelijk leven op een zo goed mogelijke manier."

Kex fronste bedachtzaam zijn voorhoofd. "Tja, nou ja, vanzelf."

"Niet erg uniek, hè?"

"Nou, nee."

"Dat is juist een deel van de filosofie. Uniek zijn kost flink wat inspanning. Hou je geen tijd meer over om lol te maken."

Kex nam een slok van zijn wijn. "Maar al die unieke lui dan — ik noem ze neurotisch — vind jij dan niet dat zij meesterlijke kunstwerken maken?"

"Dat weet ik niet. Misschien zouden ze wel meer meesterwerken maken als ze niet zo neurotisch waren. Maar het kan natuurlijk ook juist zijn wat er aan mijn werk mankeert. Ik ben te normaal."

"Onzin," zei Kex, die het gesprek weer overnam. "Er is helemaal niets mis met jouw werk. Ik vind het verdomde goed. Ik denk zelfs dat ik wel een opdracht voor je kan regelen, op grond van wat ik gezien heb." Hij zweeg weer even en ging toen peinzend verder. "Volgens mij zou je er redelijk aan kunnen verdienen."

Ik ging wat rechter op de barkruk zitten. "Een opdracht?"

Kex keek me met een kalme blik aan. "Ja. Volgens mij zou jij het zo noemen."

"Hoeveel levert het op en wat moet ik ervoor doen?"

"Tja —" hij aarzelde even "— het is wel een commercieel baantje."

"Ik heb geen last van trots."

"Je zou per dag ingehuurd worden."

"Voor hoeveel?"

Hij aarzelde. "Laten we zeggen — tienduizend lire plus onkosten."

"Dat klinkt interessant."

Kex streek zijn snor glad. "Wat ik wil kun jij wel erg raar vinden."

"Als het maar niet zo raar is dat ik erdoor in de gevangenis beland."

"Ken je Napels een beetje?"

"Nee. Ik ben nog nooit ten zuiden van Rome geweest."

"Dan ken je natuurlijk Positano ook niet. Dat ligt vlak onder Napels aan de kust — tussen Sorrento en Amalfi om precies te zijn, een schitterend plaatsje. Een van de mooiste plekken op de wereld... Er leeft ook een flinke kolonie buitenlanders — beeldend kunstenaars, schrijvers en zo."

Ik wachtte af.

"Ik huur een appartementje in Positano, op jaarbasis. Erg gerieflijk plekje. Wanneer ik wil uitrusten en me ontspannen ga ik daar een maandje of zo zitten." Hij nam vlug een slokje van z'n wijn. "Hier komt mijn voorstel. Luister goed en vertel me wat je ervan vindt. Ik geef weleens wat uit, op persoonlijke titel — een hobby van me. Schone kunsten, curiosa, modern spul waar een commerciële zaak zijn vingers niet aan wil branden. Ik maal niet om winst of verlies — is niet nodig. Ik geef uit wat ik mooi vind, als het maar van goede kwaliteit is. Snap je wel?" Hij keek me met een heldere, openhartige blik aan.

"Natuurlijk," zei ik.

"Al een tijdje loop ik erover te denken om een Positano portfolio uit te geven," zei Kex. "Zwart-wit tekeningen: de oude gebouwen, de kust, de boten, de kerk, de Moorse ruïnes, plaatselijke lui, dat soort dingen."

"Even om mijn nieuwsgierigheid te bevredigen — waarom kies je mij? Ik heb natuurlijk wel talent — maar er zijn nogal wat oude rotten in de stad — Tambucchi — Ramus —"

Kex maakte een sluw gebaar. "Heel eerlijk gezegd, zou een gevestigd kunstenaar me alleen maar een hoop geld kosten. Met een jongere vent ben ik veel goedkoper uit."

Ik knikte weifelend. Het leek vreemd, maar niet al te vreemd. Eigenaardig maar niet belachelijk.

Kex zei zelfverzekerd: "Om kort te gaan, ik wil dat jij voor mij naar Positano gaat om een stel proefstudies te maken — houtskool lijkt me het meest geschikt. Je kunt in mijn appartement wonen en je boodschappen in de winkel op mijn rekening laten zetten."

Ik vermoed dat ik daar het eerste trillinkje voelde, een eerste duwtje.

Met een verbaasde stem zei ik: "Even alles op een rijtje. Jij wilt dus dat ik in jouw appartement in dat plaatsje Positano ga wonen. Ik maak houtskooltekeningen en jij betaalt me tienduizend lire per dag en je betaalt ook nog de boodschappen."

"Ja," zei Kex. "Dat klopt wel zo ongeveer."

"Hm... En als ik nou maar één tekening per week maak?"

"Volgens mij kun jij heel wat meer doen."

"Dat vind ik zelf ook... Maar als ik er nou een maand zit en ik bedrink me en verscheur alles wat ik heb gemaakt?"

Kex keek me guitig aan. "Ik heb heel wat mensenkennis en volgens mij ben jij niet zo'n soort vent."

"Dat weet ik zo net nog niet."

"Tja, we zullen elkaar maar moeten vertrouwen, lijkt me."

"Als jij dat wilt kun je mij vertrouwen, maar ík zou eerst toch wel graag wat geld willen zien."

"Kan ik inkomen." Geduldig trok hij een geldklem tevoorschijn die met een gouden ketting aan de voering van zijn zak was bevestigd. Hij telde elf lange roze tienduizend-lirebiljetten af. "Een voorschot van tien dagen plus onkostenvergoeding als aanbetaling. Ik ga ervan uit dat je zelf voor je materiaal zorgt," voegde hij er met een ernstig gezicht aan toe.

"Als het een grap is," zei ik, "dan is het wel een verdomd goeie grap."

Kex keek me verwijtend aan. "Wanneer ga je beginnen?"

"Maakt mij niet uit."

"Morgenochtend dan. Ik neem aan dat je een auto hebt?"

"Jammer genoeg niet."

"Nu ja, dan ga je maar met de bus. Vreselijk vanzelf, maar hij brengt je waar je wezen moet."

"Ik ben niet zo kieskeurig hoor, anders zou ik nu wel thuis zitten in Portland."

Kex zat een beetje met zijn wijn te spelen. "Ik kom over een dag of drie, vier weleens kijken hoe je het maakt. Nou —" hij aarzelde even "dan zal ik je vertellen wat ik wil dat je gaat doen. Werk de eerste dagen vooral niet te hard. Slenter een beetje door de stad, zwerf wat over de rotsen en de stranden. Praat met mensen, maar zeg niks over je werk. Als iemand je wat vraagt zeg je maar dat je een vriend van me bent die mijn appartement mag gebruiken. Afgesproken?"

"Als jij dat wilt."

"O, nog één ding," zei Kex, "Om privé redenen laat ik mijn post naar het postkantoor sturen onder de naam James Hilfstone. Ik kom soms wel een hele week niet in Positano en het is belangrijk dat ik die post krijg. Ik zou het prettig vinden wanneer je iedere dag even naar het postkantoor gaat om naar post voor James Hilfstone te vragen."

Ik dacht er even over na. "Ja, ik zal er in ieder geval naar vragen. Maar stel nou dat ze het niet aan mij mee willen geven?"

Kex begon tekenen van ongeduld te vertonen. "Vraag er nou gewoon maar naar, meer hoef je niet te doen. Als je wilt kun je zelfs wel zeggen dat jij James Hilfstone bent. Zij weten het verschil toch niet. Trouwens, wanneer je eenmaal in Positano bent kun je net zo goed de naam James Hilfstone gebruiken, daarmee maak je alles een stuk eenvoudiger." Hij keek me uit zijn ooghoek even vlug aan.

"Misschien is het wel beter als het niet allemaal al te eenvoudig is."

"Wat bedoel je?" vroeg Kex nogal scherp.

Ik keek hem verbaasd aan. "Helemaal niks."

Zijn kalmte keerde langzaam weer terug. "Het is natuurlijk maar een kleinigheid ... Nog een biertje?"

"Nee, dank je, ik moet nog wat dingen doen. Bovendien moet ik m'n spullen ook nog inpakken. Hoe kan ik trouwens jouw appartement vinden wanneer ik eenmaal in Positano ben?"

"Het is de Casa Umberto." Hij stak zijn hand in zijn borstzak, trok er een notitieboekje uit, pakte daar een opgevouwen papiertje uit en krabbelde 'Casa Umberto' op de achterkant. "Je kunt er overal naar vragen, iedereen kent me."

Nogal abrupt stond hij ineens op en gaf me een hand. "Over een dag of drie, vier kom ik langs. Tot dan, en geniet ervan."

Ik keek hem na toen hij met lichtvoetige, verende tred tamelijk in zijn schik wegliep. Toen keek ik weer naar het blaadje papier. 'Casa Umberto, Positano'. Zijn handschrift was al net zo sierlijk en ongedisciplineerd als Kex zelf.

Ik vouwde het papiertje open — een voorgedrukte wasserijlijst. Op de onderste helft stond onder de vouw een lijstje met namen:

1. Munton
2. Blaine
3. Leibnitz
4. Oleg Vroznek
5. Piombino
6. Pamela, Hester
7. Margaret
8. Alma
9. Hortense
10. Dannister

Het leek wel of Kex een feestje wilde geven. Het waren vijf mannen-namen, vijf vrouwennamen en dan nog 'Dannister' die het een of het ander kon zijn.

HOOFDSTUK II

HET ITALIAANSE TOERISTENBUREAU heeft een informatiekantoor-
tje in station Rome Centraal. Glazen ruiten beschermen een zestal
pedante jonge beambten tegen het vulgaire publiek. De beambten hebben een hekel aan vragen beantwoorden. "Waarom gaan ze ergens heen
wanneer ze niet eens weten hoe je er komen moet?" vragen ze elkaar
met expressieve gebaren. En: "Heb je ooit zoiets gehoord? Deze oude
vrouw wil om vijf uur 's morgens een sneltrein naar Bari." Ze lachen
met elkaar. "Zet haar maar in een stoptrein hoor, zij heeft toch geen
haast...Rafaello, er staat een man voor je loket!" "Laat hem maar mooi
wachten; ik word er doodziek van. Als hij moe wordt gaat hij vanzelf
wel weg, en het is trouwens tijd voor een sigaretje."

Een knap meisje krijgt meer aandacht; ze drommen met z'n allen
bij elkaar om haar alles tot in de kleinste kleinigheid uit de doeken
te doen, terwijl ik steeds kwaaier bij een verlaten spreekrooster sta te
wachten. Ten slotte probeer ik de deur, die door belachelijke slordig-
heid toevallig open blijkt. Ik steek m'n hoofd naar binnen. "Werkt er
hier nog iemand of hebben jullie middagpauze?"

Ze kijken me allemaal kwaad en misprijzend aan. Ik heb het recht
niet om ze lastig te vallen. Eén komt er op me af lopen om de deur dicht
te doen. Ik verroer me niet. Hij blijft stevig tegen de deur duwen terwijl hij me giftig aankijkt. Ik verroer me niet. "Welke trein gaat er naar
Positano, onder Napels?"

Hij zegt: "Deze deur moet dicht blijven; stel uw vragen bij het loket,
alstublieft."

"Welk loket?"

Hij wijst.

"Ik heb daar tien minuten staan wachten."

Hij zegt: "Er gaat geen trein naar Positano," alsof dat de hele situatie oplost en ik weg zal gaan. Zij denken: "Weer zo'n onbehouwen Amerikaan!"

Ik vraag: "Hoe kom ik dan in Positano?"

Rafaello verheft zich onzegbaar vermoeid vanachter zijn bureau, drukt zijn sigaret uit en wenkt me naar het loket waar hij op zijn post gaat staan.

Inmiddels staan daar twee nonnen te wachten. Met nauwverholen schik en opkrullende mondhoeken kijken de vijf anderen hoe Rafaello in het Italiaans hun eindeloze problemen oplost, terwijl ik ziedend sta te wachten.

Ik kom tot de conclusie dat ik niet van ze kan winnen; ze zijn veel te zelfverzekerd in hun glazen fort, waarvan de toegangsdeur demonstratief op slot is gedaan.

Eindelijk vertrekken de nonnen naar de rij voor het eersteklas-kaartjesloket. Ik zeg met zorgvuldige beheersing: "Ik wil naar Positano, in de buurt van Sorrento. Hoe kom ik daar?" Maar de blik waarmee ik zijn ogen doorboor zegt: "Ik zou je graag een dreun op je snufferd geven."

Hij kijkt terug alsof hij zeggen wil: "Ik walg van je aanblik, kom maar op als je durft." Hardop zegt hij zorgvuldig: "Er gaat geen trein rechtstreeks naar Sorrento."

"Hoe kan ik daar dan komen?"

Hij ziet in dat hij eraan vastzit, haalt zijn schouders op en pakt zijn boekjes, tijdtabellen en verwijzingen. Zijn vijf collega's zien dat hij in de val zit, ze komen aanslenteren om hem bij te staan en beginnen een potje belangrijk doen ten koste van Rafaello. Ik hoor vijf verschillende meningen die na lang delibereren tot één mening worden samengevoegd. Ik moet met de trein naar Napels, daar op de elektrische stadstram naar Sorrento stappen en in Sorrento weer overstappen op de bus naar Positano.

Gelukkig kan ik een trein nemen die vrijwel onmiddellijk vertrekt. Onderweg naar het zuiden denk ik nog eens na over m'n baan. Het ene moment lijkt alles volkomen in orde, maar vlak daarna denk ik toch weer dat er iets niet in de haak is. Ik had de vorige avond een paar inlichtingen over Kex ingewonnen. Maglione, de portier van de *Jikky* gaf Kex een lovende beoordeling. "Een zeer ruimdenkende Amerikaanse heer."

Leonardo, barman in de *Artists and Models Club* zinspeelde erop dat
Kex heteroseksueel is — waarmee hij bedoelt behept met vele soorten
seks. Maar meer dan zinspelen doet hij niet en Leonardo zinspeelt
graag en gul. Bill Perch van de *Daily American* was duidelijker. "Kex?
Een rasechte nicht!" Voor zover ik kon nagaan kleefde er niks van Kex'
privé zonden aan zijn geld. Mijn eerste veronderstelling dat Kex een
wilde hartstocht voor mijn lijf had ontwikkeld verwierp ik meteen. Die
benadering was niet erg praktisch. Het was niet onmogelijk dat Kex
gewoon precies wilde waar hij voor betaalde...Het zou stom zijn om
het voor de hand liggende te negeren.

Ik arriveerde in Napels, sloeg een tiental kruiers van me af die zich
meester probeerden te maken van mijn bagage, wierp een vernieti-
gende blik op een paar gladde jongens in nauwsluitende zwarte pakken
die eruit zagen of ze m'n zakken wilden rollen, en slaagde erin het
station van de stadstram te vinden, waar ik nog meer kruiers, pooiers,
bedelaars en gidsen voor Pompeï van me af sloeg en een derdeklas-
kaartje naar Sorrento kocht.

De tram vertrok, zwoegde moeizaam door de achterafstraatjes en
rondde de baai met de Vesuvius dreigend aan de linkerkant. Vanaf
Castellamare dook de tram telkens een tunnel in om dan af en toe een
kort stukje bovengronds door het zonlicht te rijden, maar hij ratelde
toch grotendeels ondergronds. Een halfuur later waren we aan het eind
van de lijn in Sorrento waar de zon juist in de baai wegzonk.

In een espressobar dronk ik een vingerhoedje bittere Italiaanse koffie waardoor ik bijna nog de bus naar Amalfi miste. In de laatste minuut
klauterde ik aan boord en ik liet me op de door ieder ander geme-
den plaats vallen naast een dikke oude vrouw met een zwarte jas en
een bijpassende snor. Ze snoof en schoof mopperend opzij naar het
raam. Ik leunde met één bil op de resterende twintig centimeter van
de zitting en keek naar het landschap. We reden heuvelopwaarts tussen
vochtige stenen muren met er bovenuit sinaasappelbomen die er als
strandparasols overheen bungelden. Hier op de noordhelling was het
al donker en de passagiers praatten met zachte avondstemmen. Toen
kropen we langzaam over het hoogste punt van de pas. De lucht brak
open als een explosie, en alle vergezichten van de hele wereld lagen in
de diepte onder ons: wel honderd mijl Middellandse Zee met, tot aan

hun middel in het water, rijen bergen, die naar het zuiden toe steeds kleiner werden. De weg veranderde in een enge richel halverwege een steile rotswand en de bus vloog door de bochten zonder ook maar een greintje ontzag voor de zwaartekracht. Ik klemde me vast aan de leuning; de andere passagiers berustten in hun lot. De dikke vrouw ontspande zich en drukte me nog eens tien centimeter opzij.

Geleidelijk aan hield ik me wat minder krampachtig vast en ik begon naar het gesprek van de lui achter me te luisteren: een man met spillebenen in een geméleerd roodbruin pak en een enigszins afgetakelde blondine. De man was een Amerikaan; hij was met een wijsneuzige stem het liefdesleven van zijn kennissen aan het ontleden. Ik luisterde aandachtig; ik kon ook moeilijk anders. Hij had het over een zekere Hortense. "Niets mis met haar," zei hij kortaf. "Zo'n woord als nymfo betekent helemaal niks. Ze is gewoon wat ik een volstrekt normale ongetrouwde vrouw zou noemen."

Hortense. Ik spitste m'n oren. Een ongewone naam; hij stond ook op dat lijstje van Kex. Ik draaide m'n hoofd een beetje zodat ik ze beter kon verstaan.

De blondine maakte een zure opmerking die niet boven het grommen van de motor uitkwam.

"En wat zou dat?" voerde de man aan. "Ze willen stuk voor stuk allemaal graag met haar trouwen en zij wil ze geen van allen hebben."

De vrouw mompelde weer wat.

"Tuurlijk," zei de man, "daarom kunnen we ook zo goed met elkaar opschieten. Het kan mij geen bliksem schelen en haar ook niet. Ik mag dat wel in een vrouw; je slaapt een keer met haar en de volgende dag geef je haar een schop onder haar kont en ze neemt het allemaal niet zo serieus."

"Ha!" lachte de vrouw smalend. Ze ging verzitten op haar stoel en begon harder te praten. "Wie Hortense een schop geeft komt er niet zonder kleerscheuren vanaf. Ze kan ontzettend kwaad worden — ik weet dat maar al te goed."

Met een zekere gelatenheid zei de man: "Tja, ik heb ook een paar littekens opgelopen."

Ze bleven een tijdje zwijgen. De bus reed flink door en toeterde bij elke bocht.

Een irritant geluid: *tuut-tuut... tuut-tuut*. De nacht verduisterde de bergen en de zee. De dikke vrouw naast me was in slaap gevallen en breidde zich, onverbiddelijk als een gletsjer, steeds verder uit over de zitting. Ik was bang dat de naden van haar zwarte jurk zouden knappen en er een gruwelijke ramp zou plaatsvinden waarbij er dikke vrouw over de rand van de zitting zou gaan puilen om dan door het gangpad naar voren te stromen, waar de chauffeur er last van zou krijgen. Maar op een of andere manier hield de jurk het. Net aan — maar hij hield het. Ze begon zachtjes te snurken.

Er verstreken twintig minuten. In het licht van de koplampen werd op de weg voor ons een gestalte zichtbaar. De bus stopte, de deur ging open, een slanke, donkerblonde jongedame klauterde naar binnen, en propte zich op de achterbank tussen twee werklieden in. De buschauffeur liep naar achteren om haar geld in ontvangst te nemen. Ze spraken Italiaans met elkaar.

Het gesprek op de bank achter me nam weer een aanvang, maar de man sprak nu heel zacht. Ze hadden het over het donkerblonde meisje en nu wilde ik horen wat ze zeiden want ze zag er nogal aantrekkelijk uit. Boven het geronk van de bus uit ving ik een paar woorden op: "— geld — stil en vredig — verdomd gevaarlijke zaak —" Het gesprek stokte en viel stil. De bus perste zich door krappe haarspeldbochten en bleef maar toeteren met een slaapverwekkende hardnekkigheid. *Tuut-tuut... Tuut-tuut-tuut.*

Op de verre helling voor ons was een handjevol lichtjes te zien. De bus dook een diep ravijn in en de lichtjes verdwenen. De volle maan kwam op en tekende een lichtend pad op het water. De dikke vrouw was inmiddels zo ver weggezakt dat ze in de breedte langer was dan in de hoogte. Ineens schoot ze met een harde snurk rechtop. Ze keek me even dreigend aan en vlocht haar vingers stevig door de hengsels van haar tas.

We rondden nog een steile helling en daar lag Positano voor ons: een reusachtig amfitheater van rotsen, berijpt met vage witte huisjes en bezaaid met lichtpuntjes. Misschien had Kex gelijk en verdiende Positano het om wereldberoemd te worden. Maar dit kon je net zomin schilderen of tekenen als een goede zonsondergang, hield ik mezelf voor. De schoonheid van ruimte en licht is iets anders dan de schoonheid van gemengde pigmenten — ze zijn elkaar volstrekt vreemd. Maar toen ik aan die tienduizend lire per dag dacht, besloot ik dat het in ieder geval het proberen waard was. Ik zou gaan beginnen met kleine stukjes en beetjes en daar dan langzaam op verder bouwen.

De bus stopte naast een klein wijnwinkeltje; we leken nog erg ver van het stadje af en dit was duidelijk een halte halverwege. Er stapten twee of drie passagiers uit, onder wie het donkerblonde meisje. Ze liep langs de zijkant van de bus en keek omhoog door het raam recht in mijn gezicht. Ze bleef plotseling stokstijf staan en staarde me aan.

De bus vertrok weer. De jonge vrouw stond op de weg en keek de verdwijnende achterlichten na. Ze leek wel volkomen verbluft — stomverbaasd. Dat bezorgde me voor de tweede keer het ongemakkelijke gevoel dat niet alles was wat het leek.

HOOFDSTUK III

DE BUS DENDERDE ZIGZAGGEND de heuvel af, langs zwarte wanden en huizen, olijfbomen en onverwachte inhammen, met blerkende toeter en kreunende remmen, om ten slotte halt te houden op een klein pleintje onder aan de helling.

Ik tilde mijn koffer uit het bagagerek en klauterde door de voordeur naar buiten, gevolgd door de magere vent in het roodbruine pak en zijn vriendin. Blijkbaar merkte hij me nu pas voor het eerst op en hij bleef even staan om me belangstellend op te nemen. De vrouw trok pruilend aan zijn arm — een geblondeerd schepsel van achter in de dertig met wallen onder haar ogen, laten we beleefdheidshalve zeggen een gewezen revuedanseres.

Hij trok zijn arm los. "Hallo, zeg. Zag je in de bus over het hoofd." Hij stak zijn hand uit, een slap pakketje botjes verpakt in gelige huid. "Buster Blaine, aangenaam. Aan dat overhemd te zien ben je een Amerikaan."

Blaine? Blaine? Nog een naam van het lijstje van Kex; nummer twee als ik me goed herinnerde. We schudden elkaar de hand. "Chuck Musgrave, ook aangenaam."

Hij bekeek me met nog openlijker nieuwsgierigheid dan ik hem. Het licht van het postkantoor viel over zijn ogen — die waren buitengewoon helder lichtbruin, groot, onpersoonlijk, vriendelijk — de ogen van een faun. "Ben je van plan een tijdje in Positano te blijven, Chuck?"

"Ik denk het wel. Twee, drie weken misschien."

"Het bevalt je hier vast wel; nu het toeristenseizoen achter de rug is hebben we een leuke groep lui hier. Margaret, dit is Chuck. Chuck, dit is Margaret. Gravin Margaret d'Egliari, om precies te zijn."

Ik zei: "Aangenaam," zonder verbazing. Ik heb zelf ook weleens met de gedachte gespeeld om van adel te worden: Graaf Clarence di Musgrave.

Ze knikte nogal hooghartig. "Aangenaam." Ik bedacht dat Margaret ook een van de namen op die lijst was. Wat voor lijst zou het eigenlijk zijn? Vast niks bijzonders.

Blaine vroeg: "Waar logeer je, Chuck?"

Ik keek naar de helling. "In de Casa Umberto, als ik die kan vinden. In het appartement van een vriend."

"Casa Umberto?" vroeg Blaine nadenkend. "Wie is die vriend? Ik ken hem vast wel."

"Hij heet Kex."

"Nee maar." De rossige wenkbrauwen gingen omhoog en de grote lichtbruine ogen bekeken mijn gezicht. "Een vriend van Kex, dus." En Margaret bekeek me met een nieuwe, schattende blik.

"Iets mis mee?"

"Nee, nee," zei Blaine. "Absoluut niet, zeg. Hier in Positano," zei hij met krachtige stem, "bemoeit iedereen zich met zijn eigen zaken… daar gaan we prat op."

Margaret liet een onaangenaam giecheltje horen. "O ja? Wie zijn die we dan wel?"

Blaine dacht even na. "Ik heb geloof ik iets mals gezegd."

"Reken maar van *yes*, broeder Blaine."

"Nou ja, het kan ons gewoon niks schelen," zei Blaine. "Dat lijkt er meer op. We hebben allemaal al genoeg te stellen met ons eigen gedrag."

Margaret stak haar arm door de zijne. "Kom op nou. Ik doe een moord voor een borrel."

"Een minuutje nog, schat. Dan wijs ik eerst Chuck even de weg. Ik neem aan dat je hier nog nooit bent geweest, niet Chuck?"

"Dat klopt."

"Ken je Kex allang?"

"Nog maar een paar dagen."

"Het is me der eentje, die Kex." Hij schudde spottend zijn hoofd. "Wat is hij trouwens van plan? Iets bijzonders?"

"Van plan?"

Blaine gaf me een lepe knipoog. Zelfs Gravin Margaret d'Egliari deed een duit in het zakje. "Kex heeft je toch vast wel ingewijd."

"Ik snap het niet."

Blaine stopte zijn magere handen in de zakken van zijn donkerrode broek en kneep verbaasd zijn ogen tot spleetjes. "Hm," zei Blaine op een heel andere toon. "Die goeie ouwe Kex. Laat ik het zo zeggen: hij heeft een verduiveld goed talent om streken uit te halen, meer dan enige andere vent die ik ooit heb ontmoet, en dat wil verdomd veel zeggen."

"Tja," zei ik behoedzaam, "jij kent Kex heel wat beter dan ik."

"Ik kan prima met Kex opschieten," zei Blaine haastig. "Maar dat wil niet zeggen dat hij niet wat eigenaardige trekjes heeft. Die hebben we toch allemaal, niet Marge? Ik zeg hem in zijn gezicht dat hij een verdomde leugenaar is, een oplichter, en dat hij niet moet denken dat ik me met een van zijn zaakjes ga inlaten. Dat vindt hij lollig: we kunnen prima met elkaar opschieten, maar hij blijft het proberen."

Ik wilde nog wel meer over Kex horen. "Heeft hij —"

Gravin Margaret zei kwaad: "Verdomme, Buster, ben je van plan om me de hele nacht hier in de kou te laten staan?"

"Nog heel even," zei Blaine haastig. "Ik moet Chuck nog laten zien waar Kex woont: hier recht omhoog, Chuck. Zie je die tweede lantaarnpaal? Daartegenover is een winkeltje. Dat is signora Umberto en zij heeft je sleutel."

"Bedankt, zeg."

"Niets te danken. Blij dat ik kon helpen. Tot ziens." En hij liep met gravin Margaret een steegje in dat naar het strand omlaag liep. Ik pakte mijn tassen en begon aan de klim omhoog — een hele hijs.

Het winkeltje was een piepklein gevalletje, tot de nok toe gevuld met grote kolen, kroppen sla, sinaasappels, appels, uien, potten met olijven en ansjovis, kuipen met gierst, mais, rijst en bonen, planken vol donkere glanzende flessen wijn, rekken met spaghetti, macaroni, agnelotti, vermicelli, gnocchi, lasagne enz. Achter de toonbank stond een jongeman met bolle wangen en haar als gitzwart staalwol. Zijn mond sperde zich open in een glinsterende, werktuiglijke lach toen ik door de deur binnenstapte. Ik vroeg of hij Engels sprak.

"*Un po', un po'.*"

"Ik wil graag de sleutel van de flat van Kex. Ik ga daar wonen."

Hij riep iets over zijn schouder en een streng kijkend vrouwtje met dun wit haar kwam achter een slaphangend gordijn vandaan.

"Signora Umberto?"

"Ja, dat ben ik. Wat wil je?"

"Kex zei dat ik de sleutel voor zijn appartement aan u moest vragen."

"Zo." Met een opgekrulde bovenlip nam ze me van top tot teen keurend op. "Vriend van Kex, jij?"

"Ja," zei ik geduldig.

"Geeft hij je papier? Brief?" Ze hield haar hand op.

"Nee. Hij zei dat ik naar u toe moest gaan en dat u me zou binnenlaten. Hij komt zelf over een dag of drie, vier ook."

"Hmm." Ze keek me nog een keer scherp aan. "Is wel goed, denk ik." Ze stak haar hand onder de toonbank en haalde twee sleutels tevoorschijn — een gewone en een zo groot als een waterpomptang.

"Kom mee."

We staken de straat over. Ze liep naar een deur in de muur en stak de normale sleutel in een nieuw messing slot, duwde de deur open, stak haar hand naar binnen en haalde een schakelaar over. Een heldere gloed vulde een gewelfde tunnel met een trap naar beneden.

Signora Umberto ging me voor en hopte als een kat met zere pootjes over de treden omlaag. We kwamen uit op een terras met rechts een bleke gepleisterde muur met een rij lichtgroene agaven in aardewerken potten ervoor. Links lag de maanverlichte wereldruimte met de daken van Positano: kubussen en vlakken en vormen in wel duizend tinten zwart en grijs en zilver, met hier en daar een zwak geel lichtje.

Zacht mopperend bewerkte signora Umberto de deur met haar waterpomptang. De deur ging open, zij stapte naar binnen en deed het licht aan. Ik volgde haar naar binnen en keek om me heen. Wat ik ook had verwacht, dit was een aangename verrassing. De kamer was gevuld met de rijkste kleuren en het loomste gerief. De vloer was van grof granito, jadegroene marmerkorrels in een lichtgroene bindmassa, en er lag een goudgeel met roze oosters tapijt op. De wanden waren lichtgroen en het gewelfde plafond was wit gepleisterd. Twee lage divans, bekleed met groen satijn, flankeerden een zwarte, bakstenen open haard. Drie bij elkaar horende, grote abstracte olieverfschilderijen, in dezelfde tinten zwart, wit, geel en roze, hingen aan de wanden. Eronder stonden lage kasten, vol met kostbaar uitziende boeken. In nissen ter weerszijden van de open haard stonden twee enorme vergulde kandelabers met dikke groene kaarsen. Staande schemerlampen die op het plafond gericht waren, zorgden voor de verlichting.

Signora Umberto keek me van opzij aan alsof ze me uitdaagde om geen enthousiasme te tonen en me dan misprijzend toe te spreken. Ik zette het verwaandste gezicht op dat ik kon, zette mijn koffer op de grond en duwde een deur open. Slaapkamer. Ik liep er doorheen en deed een volgende deur open. Groen betegelde badkamer, met twee of drie apparaten die in Europa in de mode waren. Ik liep terug naar de woonkamer.

Signora Umberto stond nog precies waar ik haar had achtergelaten, haar armen strak langs haar zijden en amper ademhalend.

Een eetkamer met een donkere tafel met siersnijwerk en stoelen met hoge leuningen gaf uitzicht op het terras. Achter de eetkamer lag een teleurstellende keuken met, net als alle Italiaanse keukens, een vloer-oppervlak van drie en een halve vierkante meter. De gootsteen was een gat waar misschien net vier liter water in paste en de kookplaat was een driepitter met een aansluiting op een gasleiding.

Signora Umberto keek me om de hoek aan. "Wil je kokkin? Goed meisje voor werk?"

"Hoeveel?"

"Drieduizend lire per week. Jij geeft haar te eten, snap je. Ze is goed meisje."

"Te veel, te veel! Ik betaal haar tweeduizend."

"Prima," zei signora Umberto zorgeloos, waaruit ik opmaakte dat duizend het normale tarief was. "Zij is goed meisje. Ze komt morgenochtend, kookt ontbijt. Is mijn dochter. Ik breng je boodschappen uit winkel."

"Alles gaat op rekening van Kex," zei ik.

Ze wierp me een venijnige blik toe. "Jij betaalt niet?"

"Nee, ik betaal niet."

"Hmmf." Ze liep stampend de kamer uit en ik was alleen in het appartement. Ik bracht m'n koffer naar de slaapkamer, kwam terug en ging op een van de divans zitten. Het was kil in de kamer. Onder de geur van wierook en textiel, rook het er naar vochtig pleisterwerk. Ik stak een sigaret op, haalde het wasserijlijstje van Kex tevoorschijn en bestudeerde de namen op de achterkant.

1. Munton
2. Blaine
3. Leibnitz
4. Oleg Vroznek
5. Piombino
6. Pamela, Hester
7. Margaret
8. Alma
9. Hortense
10. Dannister

Blaine, nummer 2; Margaret, nummer 7. Om de onbenulligste reden van de wereld zette ik met potlood een vinkje achter die twee. Wie zou de volgende zijn die ik leerde kennen? Het leek wel een afvalrace. Positano was interessanter dan ik had gedacht. Ik vroeg me af of een van de namen, en welke dan, misschien bij het blonde meisje hoorde. Alma? Vast niet. Alma's zijn altijd brunettes. Hortense? Het meisje leek me te verlegen en te jong voor een bekende nymfo. Maar je weet het natuurlijk nooit. Ik stak de lijst weg en keek naar de omhoog kringelende rook. Na al dat reizen was ik tamelijk moe — op een prettige manier. Ik had geen enkele neiging om uit te rusten. Ik keek op mijn horloge, kwart voor acht. Het leek me verstandig om kalmpjes aan naar het strand af te zakken.

Ik drukte de sigaret uit, waste me met koud water en kwam tot de conclusie dat ik honger had. De oplossing voor dit probleem lag in een bezoek aan het winkeltje van signora Umberto.

HOOFDSTUK IV

IK LIEP DE wit overkoepelde trap op. Die riep een gevoel van herkenning op dat ik niet thuis kon brengen. Zacht wit pleisterwerk dat van boven rond liep en oplichtte in het weerkaatste licht. Een verhaal? Een gedicht? *Nautilus pompilius* van Holmes? *Het vat Amontillado* van Poe?...Ik gaf het op.

Ik stak de straat over en stapte het winkeltje in. De jongeman met zijn bolle gezicht en zijn haar van staalwol liet zijn tanden zien.

"Brood," zei ik. *"Pane."*

"Brood." Hij pakte een knapperig brood uit een mand.

"Boter." Hij pakte een ronde rol van een hoge plank.

"Kaas...Deze." Ik tikte tegen het glas van de delicatessenvitrine. *"Questo?"*

"Niks *questo*. Hier. Dit spul."

Een lange, kwieke vrouw in een bruine tweedjas kwam de winkel in. Ze droeg een ronde, randloze bril op een lange sproetige neus. Steil zandkleurig haar met een middenscheiding dat in een dot was gedraaid. Haar hele uitdrukking zei 'geen flauwekul'.

"Een blikje sardines," wees ik. *"Questo."*

De vrouw bekeek me van opzij, haar ogen lichtten op achter haar glimmende brillenglazen. "Nee maar, een Amerikaan als ik me niet vergis."

"En u bent Engels."

Zogenaamd verbaasd keek ze me aan. "Is dat zo makkelijk te raden? Meestal houden ze me voor Amerikaans, Duits, Zwitsers, Zweeds — juist alles behalve Engels."

"Tot u begint te praten."

"Ja, mijn stem verraadt me altijd. U bent hier nieuw, zeker?" Ze keek naar mijn boodschappen. "Logeert u in Positano?"

"Ja, in ieder geval de komende paar weken."

"Geweldig!" Haar stem klonk oprecht enthousiast. Toen keek ze nog eens naar mijn boodschappen en griste in één beweging de rekening die de jongeman met de bolle wangen had opgemaakt van de toonbank.

"Ik moet u waarschuwen voor de winkeliers hier, als je ze niet in de gaten houdt, kleden ze je uit tot op je laatste cent." Ze las hardop voor. "Hmm — kijk maar. '*Pane* — vijfenzestig.' Nooit meer dan vijftig. '*Burro* — honderddertien.' Dat is boter van negentig lire. '*Formaggio*'" Ze legde de kaas op de weegschaal. "Nog geen honderd gram — ziet u wel, hij geeft te weinig en laat u tegelijk te veel betalen."

De grijns van de jongeman met de bolle wangen trilde een beetje.

"Het zijn de ergste boeven van de hele wereld. 'Sardientjes.' Nou, dat klopt, want de prijs staat erop. Luigi," ze hield haar hand op, "potlood."

Luigi gaf haar een geel stompje. Zij streepte kwiek allerlei getallen door, zette er nieuwe achter en maakte een nieuwe optelling. "Daar — zelfs met dat kleine beetje heeft hij u al meer dan vijftig lire afgezet." Ze zwaaide met haar wijsvinger in de richting van Luigi wiens grijns inmiddels nogal glazig was geworden. "Je bent een stoute jongen, Luigi."

"Dank u wel, zeg," zei ik.

Ze schudde tevreden haar hoofd. "Niets te danken, hoor. Ik word altijd zo kwaad over dat zielige bedrog, dan krijg ik zin om iemand net zo lang door elkaar te schudden tot zijn tanden gaan rammelen." En ze richtte haar bril op Luigi, die bedremmeld stond te schuifelen.

"Eh, woont u hier zelf ook?"

"Ja hoor. Mijn zuster en ik komen hier elk jaar."

Van één ding was ik overtuigd: Hortense was ze niet. Pamela misschien? Of Hester?

"Het is hier goedkoop en ze kennen ons." ging ze verder. "Inmiddels echte, doorgewinterde Positanesi … Het wordt natuurlijk wel een beetje saai na al die jaren. We zouden heel graag eens naar de Verenigde Staten gaan, maar door al die regels, weet u wel, is dat uitgesloten." Ineens deed ze een stapje in de richting van de deur. "Waarom komt u niet mee om een glas wijn bij ons te drinken? Mijn zuster komt niet vaak de deur uit maar ze wil altijd erg graag weten wat er speelt."

"Ach, leuk ja," zei ik. "Graag."

"Eén tel nog, ik moet nog even eieren voor het ontbijt kopen... *Sei uova*," zei ze luidkeels tegen Luigi. "Ik doe hier niet vaak boodschappen." zei ze over haar schouder tegen mij, "want Luigi en de signora zijn vreselijke boeven."

Ik zag het gordijn bewegen waar signora Umberto stond te luisteren.

"Het is natuurlijk wel lekker dicht bij ons appartement... Ik ben trouwens Pamela Ryen, R-Y-E-N — níet Iers."

Aha, dacht ik. Nummer zeven, geloof ik? Of nummer acht? Ik zou haar bij de eerste gelegenheid die ik kreeg afstrepen. Ik stelde me voor en we wandelden ongedwongen de heuvel op. Ik vond het lastig om veel te zeggen, maar Pamela's woorden stroomden als een klaterende beek. Ik vernam dat de Britse reisbeperkingen een vreselijke bezoeking waren, dat Positano het vriendelijkste plaatsje in Italië was "— iedereen spreekt hier Engels, het lijkt wel of we thuis zijn," dat Amerikanen veel interessanter waren dan Engelsen "— je kunt ze veel makkelijker leren kennen, veel minder stijf, echt waar."

De zuster Hester was futloos en bleek, als een zieke hagedis, met fletse ogen en sliertig bruin haar. "Hester schildert," verkondigde Pamela, "ze maakt hele mooie aquarellen, die moet je echt eens bekijken."

Hester was zo beleefd om te zeggen: "Een andere keer maar, Pam. Jij bent veel te enthousiast en ik denk zo dat meneer Musgrave nu dat glas wijn weleens wil."

Pamela liet een damesachtig kreetje horen en snelde naar de keuken. Hun appartement was sjofel en saai en de lichtblauwe muurverf gaf poederig af.

Pamela stak uit de keuken haar hoofd naar binnen. "Wilt u soms liever thee, meneer Musgrave?"

"Als het niet te veel moeite is wil ik heel graag een kop thee en dan eet ik tegelijk mijn brood en kaas op."

Dus dronken we thee uit groen met wit aardewerk en ik at brood met kaas. Hester zat rustig op haar stoel en Pamela kletste en roddelde, opperde, betwistte, onthulde, betoogde, tartte en verklaarde.

Ik vernam dat ze vooral reisden voor Hesters gezondheid. Hester vond Engeland deprimerend. Pamela hield van Spanje; Hester hield van Italië. "Maar Positano vinden we allebei heerlijk. Het is zo volstrekt ontspannen; nog geen zuchtje uit de buitenwereld valt ons hier lastig—tot de zomer, natuurlijk, want dan kookt het hier gewoon van de dagjesmensen en dan is het net als overal elders onverdraaglijk. Het strand—één grote vleesmassa die ligt te bakken."

"Walgelijk," mompelde Hester.

"En wat doet u zoal, meneer Musgrave?" vroeg Pamela. "Iedereen in Positano doet wel het een of ander. Het is gewoon geweldig hoeveel talent we hier bij elkaar hebben zitten. Ikzelf schrijf en Hester schildert, zoals u weet. Positano is eigenlijk echt een artistiek centrum—al moet ik wel zeggen—" Pamela zweeg even bedachtzaam. Hester die haar gedachten las, knikte heftig. "In elk geval," ging Pamela verder, "doet mevrouw Revost schitterende dingen met keramiek, en Paul Prie en Franz Leibnitz zijn gewoon wereldberoemde schilders."

Leibnitz, nummer drie van de lijst. Maar Paul Prie stond er helemaal niet op. Ik vertelde dat ik Buster Blaine en een zekere gravin Margaret d'Egliari al had leren kennen. Wat deden zij?

Hester snoof en Pamela zei achteloos: "Van gravin d'Egliari zou ik het niet weten: ik weet maar weinig goeds over haar en alleen geruchten over slechte dingen. En Buster Blaine—tja, die is schrijver. Detectives, denk ik—je weet wel, van die verhalen over cynische Amerikaanse politiemensen en derdegraadsverhoren en dat soort dingen." Ze ging abrupt rechtop zitten. "Hester, wat vind je? Zullen we meneer Musgrave meenemen naar het strand, dan ontmoeten we misschien wel een paar van onze vrienden. Oleg hangt er in ieder geval altijd rond. Oleg," zei ze tegen mij, "is een van onze aardigste Positanesi, en hij heeft werkelijk een fantastisch stel hersens, een echte intellectueel. Ik geloof dat hij Pools is; gevlucht voor de communisten, maar hij weigert om daar zielig over te doen. Nou, Hester, wat vind je? Zullen we dat doen?"

Hester hees zichzelf overeind, Pamela hees zich in haar tweedjas, en zonder verdere omhaal begonnen we af te dalen.

Bij de voordeur van Kex' appartement zei ik: "Even een momentje, dan zet ik vlug m'n boodschappen weg en ben ik in een wip weer terug." Toen ik me weer bij Pamela en Hester wilde voegen stonden ze met hun hoofden dicht bij elkaar te smiespelen. Ze draaiden zich om en keken hoe ik de straat overstak. "Alles voor elkaar."

Hester keek recht voor zich en Pamela's stem klonk een beetje afstandelijk. "Woont u hier, meneer Musgrave?"

"Tijdelijk. Het is niet mijn eigen appartement, het is van een vriend van me, ik mag er van hem logeren. Kex — kennen jullie hem?"

"Van gezicht," zei Pamela. "Alleen van gezicht." Hester zei niets. Pamela zuchtte eens diep en begon toen een nogal slap verhaal op te hangen. "Er zijn hier natuurlijk een heleboel mensen die we niet kennen —"

"En ook niet wíllen kennen," wierp Hester ertussen.

"— en in een plaatsje zoals dit waar niets anders te doen is dan elkaars reputatie aan flarden te scheuren —"

"Of anderen daar een goede reden voor te geven."

"— hoe dan ook," besloot Pamela. "Eigenlijk gaat het ons natuurlijk niets aan."

"Wie zonder zonde is," zei ik, "werpe de eerste steen."

"Ja, vast wel," zei Pamela. Ze zweeg even bedachtzaam. "Maar we horen natuurlijk weleens rare verhalen. Ik heb gehoord," en ze richtte haar glimmende brillenglazen op mij, "dat het appartement net zo ingericht is als de slaapkamersuite van de gewezen koning van Egypte."

"Hoe ziet de slaapkamersuite van de gewezen koning van Egypte er dan uit?"

Hester en Pamela moesten beiden bekennen dat ze daar geen idee van hadden. "Maar is het niet — tja, super weelderig? Je weet wel, zoals in Hollywood."

"Kex houdt van een gerieflijke inrichting," gaf ik toe. "Maar hij heeft geen draagbaar Turks bad of een automatisch nagelvijltoestel."

"Nee, maar," zei Pamela bedachtzaam. Ze wierp me weer zo'n glimmende blik van opzij toe. "Ik moet wel bekennen dat jij me niet bepaald zo'n man lijkt die van die verwijfde onzin geniet."

Ik kon zo gauw niet uitmaken of dat goed of slecht was en liet de kwestie maar rusten. We liepen inmiddels door het steegje dat ook Blaine en de gravin hadden genomen. Iets verder stuitten we op een kerk met een indrukwekkende voorgevel en een plein. Aan alle kanten leidden trappen omhoog.

"De trappen van Positano," zei Pamela met eerbied in haar stem. "Er is een grappig volksliedje, *Treetje voor treetje,* en volgens mij is het in de hele wereld bekend." Ze begon te zingen. "De-dum-de-dum-de-da-da-dum dum — bijna een tarantella. Houdt u van volksliedjes, meneer Musgrave?"

"Nee, ik ben er niet echt gek op. Ik heb er geen bezwaar tegen hoor, tenzij ze al te schattig zijn, dan kom ik in opstand."

"Volgens mij valt er uit volksliedjes een heleboel geschiedenis te leren," zei Hester. "Ze leren ons hoe de mensen zich *voelden.*"

"*Funiculi Funicula,*" riep Pamela, "dat kent u natuurlijk wel. Dat werd voor het eerst gezongen in Napels toen er een kabelspoorlijn werd geopend, gewoon op de Via Roma, zo grappig. Bent u in Napels geweest, meneer Musgrave?"

"Alleen er doorheen gereisd."

"En het beviel u niet?"

"Het is een tamelijk deprimerend soort plaats," zei ik nogal mild. "Als je je ene hand niet op je portefeuille houdt en je andere op je — nou ja, wat dan ook — hebben ze die allebei te pakken."

"Ze zijn natuurlijk wel erg arm," zei Pamela ter verdediging.

"Ja, dat kon ik zien. Ik denk dat ze mij in diezelfde toestand wilden zien vertrekken."

We liepen een overdekte straat door met winkels aan weerszijden en kwamen uit op de boulevard. Voor ons lag de branding en aan beide kanten rezen indrukwekkende berghellingen omhoog waarlangs de lichten van het stadje maar tot op ongeveer een derde van de afstand naar de donkere toppen te zien waren.

"Hierheen," zei Pamela, "de Vistamare; daar gaat iedereen altijd heen. Op zaterdagavond is het er altijd heel gezellig. Ze hebben muziek en er wordt gedanst en het is echt heel leuk. Wij komen er niet vaak." Haar stem klonk spijtig.

"We kunnen het ons niet veroorloven," zei Hester ferm.

"Als ik mijn roman eenmaal heb uitgegeven gaan we elke avond," zei Pamela opgewekt. "En tot dan moeten we ons tevreden stellen met de kruimeltjes, lieverd. En volgens mij zijn we er geen jota minder gelukkig om. Je weet donders goed dat jij alleen van de allerbeste champagne niet ziek wordt."

"Ja, dat is helaas zo. Nu hebben we natuurlijk sinds de dood van onze beminde papa maar weinig goede wijn gezien."

"Nee, Engeland is niet meer wat het was. Maar, let op m'n woorden, we worden weer groots, als de wereld eenmaal de noodzaak voor het Engelse gezonde verstand inziet... Maar ja, meneer Musgrave is natuurlijk Amerikaan en we gaan niet over politiek praten..."

We klommen een trap op, liepen onder een boog door en stapten door een glazen deur het Vistamare Hotel en *Ristorante* binnen.

Hoofdstuk V

De bar was links en het rechterdeel van de zaal stond vol met tafeltjes. In een grote, halfronde open haard, die eruitzag als een ouderwetse bakkersoven, brandde een vuur. Een brede, ronde deur gaf toegang tot een ander, veel bescheidener vertrek, voor plaatselijke klandizie en als extra ruimte bij grote drukte. Aan de ene kant naast de haard speelden twee mannen en twee vrouwen een gespannen en onvriendelijk robbertje bridge; aan de andere kant hing een elegant en verwaand groepje van vijf Italiaans sprekende lieden rond. Buster Blaine zat aan de bar met zijn lange stelten over een barkruk gehaakt. Naast hem, maar niet echt bij hem horend — een subtiel verschil van een centimeter of vijf — zaten gravin Margaret en een norse, donkere vrouw met grote gouden oorringen, allebei in dezelfde houding, naar voren geleund met hun ellebogen op de bar en hun hoofd omlaag, bijna alsof ze de koppen bij elkaar hadden gestoken.

Pamela liep vastberaden op een tafeltje af, schoof kordaat een paar stoelen aan en we gingen allemaal zitten. Blaine wuifde achteloos, gravin Margaret wierp een wezenloze blik over haar schouder, de donkere vrouw keek bozig, de bridgespelers letten niet op ons en de vijf aristocraten wierpen, als verwende katten, een vluchtige, hooghartige blik op ons.

"—vino rosso is tamelijk lekker," zei Pamela, "Gragnano, noemen ze die. Lachrima Christi is uiteraard de beroemdste lokale wijn, maar de Sorrentini is heerlijk, vind je niet, Hester? En dan natuurlijk de Valtepucello…"

"Ik denk dat ik vanavond maar een glaasje rosé neem, iets lichts want m'n maag is een beetje van streek."

"Natuurlijk…Arturo," ze wenkte een jonge kelner in een wit jasje, "twee glazen rosé hier."

"Maak daar maar drie van." Ik keek de zaal weer rond. Aan de andere kant van de boogdeur speelden vijf of zes Italianen een tamelijk heftig spel waarbij ze met een klap kaarten op tafel smeten alsof ze een slang moesten kelen.

Pamela stak haar handen uit naar de open haard. "Ik ben gek op een echt gloeiendheet vuur; hier in Italië is dat absoluut noodzakelijk."

"Niet echt een aangenaam klimaat," vond ook Hester.

"In noordelijke landen worden huizen gebouwd om warm te blijven en daar is altijd verwarming, maar hier in het zogenaamd zonnige Italië komt de kou uit de bergen waaien en verkilt je tot op het bot en het enige wat ze hebben zijn die stomme kleine kolenbekkentjes."

"Volgens mij zijn die ook heel ongezond," zei Hester, "er komt gas bij vrij."

Arturo bracht de wijn. Pamela leunde naar voren en zei zacht: "Die donkere, bleke man aan de bridgetafel — dat is Oleg Vroznek, waarlijk een geweldige geest; het is echt verfrissend om met hem te praten."

Vinkje nummer vier op de lijst. Oleg Vroznek was tenger, met uilenogen, een zwaar voorhoofd, een huid van gewast papier en dun zwart haar. Hij droeg een hobbezakkig zwart pak, een lichtgroen overhemd en een roestbruine das en het was dus onvermijdelijk dat hij er groezelig uit zag.

"Hij is een Pool," fluisterde Pamela. "Wat hij je allemaal niet over de communisten kan vertellen, daar word je misselijk van!"

"Wat doet hij voor de kost?"

Pamela schudde nadenkend haar hoofd en het licht van de vlammen danste op haar brillenglazen. "Volgens mij schrijft hij een boek dat hij baseert op wat hij allemaal heeft meegemaakt. En misschien heeft hij een klein inkomen; sommige vluchtelingen hadden het geluk dat ze elders een bankrekening hadden, of juwelen, of een of meer waardevolle schilderijen…Trouwens —" ze aarzelde even en vond toen de juiste woorden "— Trouwens, heb het tegen hem maar niet over je vriend Kex. Volgens mij liggen die twee een beetje met elkaar overhoop."

"Hoe dat zo?"

Pamela keek naar Hester die nuffig van haar wijn nipte. "Tja, ik weet het niet precies. Wij horen weleens een verhaal via onze hospita. De Italiaanse inwoners weten alles wat er gebeurt; je kunt je gat niet keren zonder dat iedereen in Positano het te horen krijgt."

"Van horen zeggen," zei Hester. "Dat is geloof ik de uitdrukking."

Ik gaf het op. "Wie zijn die anderen?"

"Die kleine man met dat rode haar is een van onze schilders, Leibnitz. Ziet er niet echt uit als een schilder, vind je ook niet?"

"Nee. Meer als een gewezen jockey, of een variétéartiest."

"De vrouw rechts is Mercedes het-een-of-ander; achternamen van vrouwen krijg je nooit te horen." Mercedes was een zenuwachtige, kleine zwarte kip van een vrouw van tegen de vijftig.

"Die andere is mevrouw Revost, die verderop in de straat een fantastisch keramiekwinkeltje drijft. Keramiek en geëmailleerde spulletjes die ze, ongelooflijk genoeg, zelf maakt. In het toeristenseizoen loopt het erg goed." Pamela en Hester keken allebei een beetje triest.

Hester zei moedig: "Ze heeft me om een paar aquarellen gevraagd om ze in de winkel op te hangen."

"Ik wou dat ik zo'n talent had," zei Pamela. "Erg begaafd..."

Mevrouw Revost was een jaar of vijfendertig, lang, goed gebouwd, maar erg mager. Ze had een ademloos gezicht met holle wangen en bewoog haar handen met schokkerige bewegingen.

Aan de andere tafel kwam een van de duur uitziende vrouwen overeind. Er werden handen gekust en kleine beleefdheden uitgewisseld. Ze zwaaide even met een loom gebaar en vertrok.

"En wie zijn die lui?"

Pamela liet een koele blik over de tafel glijden. "Die zien we niet vaak; het zijn de graaf en de gravin Paladini, en de markies Fidoglio. Ze hebben geloof ik een hotel in Praiano. Nogal luidruchtig eerlijk gezegd — uitslovers, zoals alle Italianen."

Blaine stapte van zijn barkruk af en kwam een en al knieën en ellebogen op ons aflopen. "Hallo," zei hij. "Goed als ik even bij jullie kom zitten?"

"Ga je gang." Gravin Margaret en de norse donkerharige vrouw bogen nog dieper over de toog. Blaine zag mijn blik. "Ze zitten zich te bedrinken en gemeen te worden. Er komt straks een rel wanneer ze willen vertrekken. De gravin heeft het waanidee dat ik zonder enig probleem haar drankrekening zal betalen en ze heeft Franse cognac besteld, Hennessy, nog wel."

"Tss-tss," zei Pamela.

"Alma is verstandiger. Zij zit het plaatselijke bocht te hijsen. Ik heb Giovanni opgedragen om strikt mijn drankjes op mijn rekening te zetten en de dames hun eigen rekening te presenteren. Reken maar dat je ze tot halverwege de helling zult kunnen horen!"

Alma, nog een naam van de lijst — een tamelijk knappe vrouw met een laag, scherp gezicht en een warrige bos kort zwart haar. Ze droeg een gekreukt groen broekpak en zat zich vol te gieten met drank zoals een automobilist, die in Death Valley zonder benzine komt te staan, zijn vijftien liter reservebenzine in zijn tank gooit.

Blaine zei: "Nou, Chuck, ik zie dat je een paar vrienden hebt opgedaan," waarna hij er somber aan toevoegde: "Ik wou dat ik weer jong was."

"Je bent zo jong als je je voelt," zei Pamela.

"Zo bekeken ben ik nog steeds een jonge hengst," zei Blaine, "tot ik met m'n katers moet worstelen." Hij zei mopperend. "Ik wou dat ik genoeg hersens had om van die Italiaanse cognac af te blijven."

"Hoe gaat het met het schrijven?" vroeg Pamela als vakvrouw tegen vakman. "Ik heb sinds vrijdagochtend geen pen meer op papier gezet, gruwelijk lui."

Ze bleven tien minuten lang vakjargon uitwisselen; Hester en ik bemoeiden ons er niet mee. Pamela bekende dat ze nooit een goede dialoog kon schrijven: het bleef altijd maar zo gekunsteld klinken.

Blaine zei dat ze zich niet vaak genoeg bedronk; als hij zelf totaal bezopen was hoorde hij stemmen die hem hele verhalen vertelden, die hij dan razendsnel opschreef vóór de roes wegzakte.

"Daarom heb ik altijd zo'n hoge rekening bij de bar. Als ik behalve mezelf nog iemand anders had die ik kon bezwendelen zou ik m'n drank op m'n onkostenrekening zetten."

Pamela lachte ongelovig. "Nee toch!"

"Wel hoor. Ik heb het zelfs voor het uitkiezen, zoals je een radioprogramma kiest."

"Niet écht waar, hè?" hijgde Hester.

Blaine knikte plechtig. "Wanneer ik me met deze rode wijn bedrink schrijf ik in een rauwe stijl, bordelen, bendemoorden, oude vrouwen die verkracht worden, schotwonden in de buik.

"Dronken van cognac, Italiaanse dan, schrijf ik echte bekentenisliteratuur. Van goeie Franse drank kom ik op het niveau van de psychologische thrillers, waarin de spanning niet komt van wie er met wie naar bed gaat of wie er vermoord wordt, maar van de precieze beschrijving van hoe en waar en waarom het gebeurt.

"Schotse whisky — tjee!" Hij sloeg zijn grote geelbruine ogen ten hemel. "Dan raak ik helemaal van de wereld; ik ga helemaal loos. Ik schrijf literatuur, zoiets als William Faulkner."

Hij draaide zich om naar de bar. "Hé, moppie. Alma. Kom toch hier zitten. Gezellig."

De twee vrouwen mompelden tegen elkaar. Ik dacht dat ze hem straal zouden negeren. Maar toen lieten ze zich van hun barkruk glijden en wandelden ze wat onvast op ons af. Blaine schoof galant twee stoelen bij. Graaf en gravin Paladini, markies Fidoglio en de vrouw waarvan ik de naam niet wist keken met achteloze arrogantie toe.

"Ik heb het steenkoud," zei Alma. Ze bekeek me met een harde, koude blik. Ze leek griezelig veel op een slang — klein, plat, scherp hoofd met van die bruine uitdrukkingsloze ogen. Ze draaide zich in haar stoel naar Blaine. Mij vond ze niet interessant; te neutraal, te voorzichtig. Ze wreef met haar handen over haar armen. "Kunnen ze deze schuur niet eindelijk een keer warm krijgen?"

Pamela en Hester waren een beetje stijf en afstandelijk gaan doen. Ze hadden niet op gravin Margaret en Alma gerekend. Blaine begon met gravin Margaret ruzie te maken over het weer. Pamela kwetterde opgewekt tegen mij over de plaatselijke Italianen. "Ze zijn op hun eigen manier gerust eerlijk, maar als ze de kans krijgen lichten ze je verschrikkelijk op. Je moet elke lire natellen…" Ik zag dat een van de jongelui die in de achterkamer aan het kaarten waren, de Luigi uit het winkeltje van signora Umberto was.

Terwijl ik zat rond te kijken kwam er nog een jonge Italiaan binnen slenteren. Dit was een heel ander type: slank, met kleine roodbruine krulletjes en een gezicht als van een bronzen Renaissance beeld. Hij droeg een strakke blauwgrijze broek, een geel overhemd en witte schoenen — een eigenaardige uitdossing. Hij ging bij het kaartspel staan kijken zonder dat een van de anderen zelfs maar even naar hem keek.

Luigi keek ineens naar hem op en maakte lachend een opmerking. De nieuwkomer boog vragend voorover, Luigi zei weer iets en de anderen moesten lachen. De nieuwkomer richtte zich op met een gekwetst gezicht. Zijn blik dwaalde door de zaal en bleef even bij mij hangen.

Gravin Margaret leunde ineens naar me toe en zei met een rauwe keelstem: "Je hebt hem vlug herkend, zeg; knullen zoals jij zijn daar razendsnel mee."

Met stomheid geslagen staarde ik haar aan. Haar blonde haar hing over haar uitgezakte gezicht en haar bleke, lichtblauwe ogen keken dom terug en glommen van venijn. Waarom had ze de pik op mij? Ik kon met geen mogelijkheid bedenken waarmee ik dat had uitgelokt; ik hoopte maar dat ze niet van plan was om een dronken scene te gaan maken. Ik keek naar de andere leden van ons groepje en merkte tot mijn ergernis dat ze allemaal naar mij zaten te kijken en niet naar de gravin. Blaine zat er neutraal bij; Alma keek minachtend; Pamela en Hester gegeneerd en ongemakkelijk. Om een of andere onverklaarbare reden stonden ze allemaal achter de gravin. Ik was de buitenstaander, de indringer. Ik zei: "Wat is er aan de hand? Kan iemand me het geintje uitleggen?"

Met een honingzoete stem zei Alma: "Ik neem aan dat je het niet wist, maar Chi-Chi is het speciale...vriendje van Kex."

"O, vandaar...Nou, als het iemand wat aangaat — en het gaat natuurlijk niemand wat aan — ik ben hier niet als een speciaal vriendje van Kex."

Gravin Margaret snoof. "Het kan me geen bal schelen wiens vriendje jij bent. Ik kan jullie nichten niet uitstaan."

Blaine kwam heftig tussenbeide: "Hij is geen nicht, Margaret; heb je hem niet gehoord? Nou vraag ik jullie: ziet Chuck eruit als een mietje?"

Allemaal keken ze weer naar me. "Natuurlijk niet," verkondigde Blaine. Als een vertrouwelijk terzijde legde hij me uit: "Sinds haar eega ervandoor ging met een begaafde Bulgaar kan Marge homo's niet lijden."

"Ik was net zo begaafd," gromde gravin Margaret.

"Onmogelijk," zei Blaine, "anders had je je vent nog gehad. Proef op de som."

Alma bekeek me met haar sluwe ruziezoekende slangenogen: "Als hij niet van het handje is, waarom logeert hij dan in de flat van Kex?"

"Verdomd als ik het weten mag." zei Blaine. "Dat moet hij zelf weten, lijkt me." En weer staarden ze me allemaal aan.

Nu werd ik kwaad en ik wilde ze shockeren. In een perverse, nogal kinderachtige opwelling zei ik: "Eerlijk gezegd ben ik hierheen gekomen om voor James Hilfstone door te gaan."

"Wie?" vroeg Hester, naar voren leunend alsof ze hardhorend was. "Wie?"

"James Hilfstone," zei ik. Ik zag dat de gezichten aan de bridgetafel omkeken. "Wie hij dan ook mag zijn."

"Het kan me niet schelen hoe je heet," mopperde de gravin, "maar mietjes kan ik evengoed niet uitstaan; ik word kotsmisselijk van ze. Daarom word ik ook kotsmisselijk van Positano. Ze hangen hier rond als vliegen."

"Ieder zijn eigen smaak," zei Blaine. "Daar heeft de wereld behoefte aan: verdraagzaamheid voor een ander. Ik hou er niet van om onder het aanhalen van de bijbel iedereen te vertellen wat hij moet doen."

"Tja," zei Pamela, "tot op zekere hoogte heb je misschien wel gelijk...Maar soms is het toch duidelijk wat je plicht is..."

"Hoe weet ik zeker dat het zo duidelijk is? Als ik naar jou en je zuster kijk zeg ik bij mezelf, die twee dames hebben elk een vent nodig; waarom gaan ze niet eens met een paar van die arme jongens van hier babbelen? Die zouden wat graag bij ze intrekken."

"Nee maar," zei Hester vriendelijk. Pamela haalde eens twee of drie keer diep adem.

"Maar je ziet," zei Blaine, "dat ik dat helemaal niet zeg. Ik weet niet zeker of dat echt goed zou zijn. Misschien is het wel heel iets anders dan ze gewend zijn, en dus hou ik m'n mond."

Alma lachte naar hem op een slaperige, geheimzinnige manier. "Wat zou je tegen mij zeggen, Buster?"

"Lieve schat, je zou niet willen dat ik dat hardop zei. Niet hier."

Er klonk geluid van buiten, een roffel van rennende voetstappen. Het stopte. Door de glazen deurpanelen ving ik een glimp op van een lichtbruine trui, een wit overhemd en lichtblond haar.

Pamela en Hester hadden hun glas leeg. Ze zaten elk met één hand met de ronde vorm van hun glas te spelen en naar de spiegeling van de vlammen te kijken.

Arturo kwam langs. "Nog iets drinken, dames, heren?"

"Voor mij een cognac met spuitwater," zei gravin Margaret. "Je weet wat ik drink."

"Ja, madame."

"Voor mij ook maar," zei Alma.

Blaine zei verbaasd: "Hebben jullie soms een erfenisje gehad, dames?"

Alma lachte slaperig en keek naar haar vingernagels. Gravin Margarets hoofd kwam met een ruk omhoog. "Maar —" ze viel stil en beet op haar lip. Toen: "De laatste keer dat een echte heer me meevroeg naar een bar —"

"De laatste keer dat een echte dame mij een bar binnen sleurde," zei Blaine, "betaalde zij de drankjes en naderhand gaf ik haar een paar rondjes cadeau bij mij thuis."

"Verleiding op z'n Blaines," zei Alma. "Zijdezacht."

"Verdomme, dames, laten we elkaar niet voor de gek houden, we moeten een beetje voor onszelf zorgen, nietwaar? Ik noem het trouwens geen verleiding. Ik heb nog nooit van m'n leven iemand verleid. Ik heb vast weleens mísleid, en ik ben zelf vaak áfgeleid, maar iemand vérleid heb ik nooit. Dat laat ik aan de hoger opgeleiden over. Ik ben gewoon een man die weet wat hij waard is; ik zeg de dingen recht voor z'n raap. En als ik beloof dat ik een van jullie een paar glaasjes cadeau doe uit een volle fles Courvoisier die ik thuis heb, dan bedoel ik precies dat. En als je dan toevallig een tijdje blijft plakken dan gaat dat niemand anders dan ons tweeën wat aan." En hij ging doodleuk achterover zitten afwachten.

Pamela kauwde bedenkelijk op haar onderlip. Hester draaide haar lege wijnglas rond. Ze keken tegelijk op en vingen elkaars blik. Pamela zei: "Ik denk dat we maar eens moeten opstappen, Hester."

"Ja, dat denk ik ook."

Ze bleven allebei nog even aarzelend zitten, alsof ze hun glas niet los durfden te laten. Toen wenkte Pamela Arturo: *"Conto."*

Toen ze de deur uit stapten zag ik weer die lichtbruine trui, het witte overhemd en een gezicht met stroblond haar door het glazen deurpaneel kijken.

Hij keek naar mij. Nu duwde hij de deur open en liep met veel branie naar binnen — een lange jongeman, bruin als een Engelse theepot, met een dikke bos stroblond broshaar. Hij stond me met een eigenaardige uitdrukking aan te staren — ijzig blinde woede. Ik vroeg aan Blaine: "Wie is dat voor de donder?"

"Dat is Freddy," zei Blaine vaag. Freddy stampte met een paar grote stappen de zaal in tot hij vlakbij was.

"Kom mee naar buiten," zei hij schor. "Ik moet je spreken."

"Je moet mij spreken? Waarover?"

"Dat vertel ik je buiten wel."

"Ik ken je niet eens!"

Hij balde zijn vuisten; zijn lippen waren wit en hij vertrok zijn mond; het leek wel of hij zo in tranen kon uitbarsten. Blaine zei: "Wat heb jij verdomme ineens, Freddy?"

Met een onvaste stem zei Freddy: "Deze vuile schoft hier —" Hij richtte zijn blik op mij en hij sperde verbaasd zijn ogen open. "Wie ben jij voor de donder?" De jongen was duidelijk helemaal van zijn stuk.

"Een vuile schoft, zo te horen."

Alma zei met haar allerzoetste stem: "Dit is James Hilfstone — dat zegt hij tenminste."

Freddy deinsde achteruit en staarde me vol afschuw aan. "Grote god, hoe jij de gore moed hebt om gewoon hier te zitten —"

"Kalm aan een beetje, Freddy," zei Blaine.

"Laat hem met rust," zei gravin Margaret. "Als hij een mietje een dreun wil verkopen dan moet hij dat zelf weten."

Freddy deed een stap achteruit. "Als ik een pistool had zou ik je neerknallen." Hij werd steeds kwaaier en haalde woest naar me uit. Ik dook weg, pakte een stoel en hield die als een leeuwentemmer voor me. "Kan iemand die maniak bij me vandaan houden?"

Arturo greep hem bij z'n ene elleboog en Giovanni greep hem bij de andere en zo duwden ze hem zoetjes de deur uit.

Ik zette de stoel weer neer. Het potje bridge werd met spijt hervat; de vier aristocraten ontspanden zich en uitten onderling wat commentaar. Mijn handen trilden; in m'n maag voelde ik een onaangename knoop. Ik vroeg aan Blaine: "Gaat hij zijn pistool halen?"

Blaine tuitte zijn lippen. "Ik zou niet weten waar hij dat vandaan moet halen."

"Mooi!" Ik ging weer zitten. "Doet hij altijd zo?"

"Nou, nee. Hij is een beetje eigenaardig, weet je. Niet beroerd, hoor, niet echt. Maar hij is niet bepaald wat je een nadenkend iemand zou noemen. Een beetje zorgeloos. Eenvoudige ziel. Maar ik heb hem nog nooit eerder gewelddadig gezien."

"Poe." Alma staak een sigaret op. Ze was hevig teleurgesteld; haar gezicht had weer een norse uitdrukking gekregen. "Hij kreeg anders wel slaande ruzie met die Dino over zijn zuster."

"Nou ja, dat is heel normaal, met Dino's reputatie...Verdomde gigolo en nog een mafketel ook."

Gravin Margaret snoof. "Hij had haar echt niet proberen te versieren als zij hem niet had aangemoedigd."

Blaine haalde zijn schouders op. "Misschien wel, misschien niet. Ik zeg alleen maar dat een vent die achter een knul aangaat die zijn zuster probeert te versieren helemaal niet gewelddadig hoeft te zijn."

"Ik heb zijn zuster niet proberen te versieren," zei ik. "Ik ken zijn zuster helemaal niet."

"Zo laten," zei Blaine. "Het is een bar raar stelletje; ze gaan met niemand om."

"Dat hele verdomde zootje is knettergek," zei gravin Margaret.

Blaine zei: "Wie van ons is trouwens niet op de een of andere manier weleens knettergek? Als dat niet zo was, verstopten we ons toch niet hier in Positano?"

"Getver!" Alma spuugde het woord uit als een hete stuiter. "Wat heb ik een hekel aan dit oord, dit —" ze verviel in een scheldkanonnade "— rottige, stinkende Positano. Flikkers en relnichten, dronkenlappen, schurken, kladschilders, broodschrijvers —"

"Ach, lieve kind," zei Blaine.

"— tuig van de richel, poten, cokesnuivers, huichelaars —"

"Alcoholisten," opperde Blaine.

"Wat dan nog?" viel ze uit. "Moet toch iets doen om je verstand niet kwijt te raken. Noem maar eens iemand van hier die een beter euvel heeft."

Blaine trok een komiek gezicht tegen mij.

"Ja, spot er maar mee," riep Alma. "Jij zou nog met je grootmoeder naar bed gaan."

"Tjeezis," zei Blaine, "bij gebrek aan beter zou ik nog met een varken naar bed gaan. En dan zou ik nog het gevoel hebben dat ik het varken een plezier deed. Wat jij, Chuck?"

"Ik zit me nog steeds af te vragen waarom die Freddy mij moest hebben."

"Houdt je voor iemand anders, zal wel."

"James Hilfstone," zei Alma kwaadaardig.

"Maar wie voor de duivel is die James Hilfstone?" vroeg ik.

Het bleef even stil. "Daar vraag je me wat," zei Buster Blaine. "Heb de vent nooit ontmoet." Hij keek me met een schuin hoofd en een klaaglijke uitdrukking op zijn gezicht aan. "Ik wil graag even wat ophelderen — niet dat het veel uitmaakt, hoor. Heet je nu Musgrave of Hilfstone?"

"Tja, om de grap nog even voort te zetten — ik heet Musgrave."

"Hij laat niets los," snibde gravin Margaret.

Alma gaapte. "Wat maakt het ook uit?" Ze keek Blaine sluw aan. "Ga je een glaasje voor me bestellen?"

"Hier niet, nee."

Ze legde haar handen plat op tafel en keek Blaine strak aan. Haar gouden oorringen draaiden en zwaaiden heen en weer. "Grote goedheid, het is toch treurig dat ik eerst bijna een uur met je moet worstelen om een drankje van je te krijgen."

"Het wordt pas echt treurig als ik je drankjes ga geven uit medelijden."

Alma draaide zich om en stak haar hoofd naar voren. "Kom je dan?"

"Ben al onderweg."

Gravin Margaret keek hen na. Haar gezicht was pafferig en haar huid was gekreukt en gevlekt als een vuile zakdoek. "Slet," zei ze, zonder veel overtuiging. Ze keek de tafel rond en haar blik bleef schattend bij mij hangen. Ze keek naar haar glas.

Ik kwam overeind. "Ik denk dat ik ook maar ga. Welterusten."

"Welterusten."

Ik liep naar buiten door de beglaasde deur en slenterde over de boulevard. Het was de tijd dat je nog helemaal niet aan de ochtend denkt, wanneer de nacht alleen maar later en later kan worden. De stad leek wel een omgekeerde crypte, met de huizen zo wit als oude botten. De maan was achter de helling verdwenen, de branding spoelde grommend en kreunend langs het strand en alle bleke huizen die op hun tenen in rijen tegen de helling opklommen staarden met verbaasd ontzag over het water, alsof ze dingen zagen die ik me niet eens kon voorstellen.

Ik klauterde over trappen en wandelde door donkere stegen, beklom nog meer trappen, steeds maar nieuwe trappen en kwam ten slotte uit op de weg. Een stenen muurtje gaf uitzicht over de stad en de zee. Ik bleef even staan om op adem te komen. In de Vistamare waren nog een paar lichtpunten te zien, maar verder was de stad overal donker, op een paar eenzame straatlantaarns na. Alle inwoners — vissers, winkeliers, boeren, arbeiders — waren in de warme verdoving van de slaap verzonken. Alleen de aristocraten, de onrustige vreemdelingen lagen nog te woelen en te draaien, of ze zaten klaarwakker in hun longdrinkglazen te staren.

Kex had me opgedragen om schetsen te maken van de plaatselijke bevolking, de Italianen, maar het leek mij zinvoller om de vreemdelingen te schetsen. Ik zag Blaines lange gezicht en zijn lange, magere benen al voor me in houtskool; Alma's scherpe norse hoofd, weggedraaid van een hoog glas zodat haar scherpe tanden zichtbaar waren; Oleg... ik kon me geen goed beeld van Oleg voor de geest halen. De blonde jonge vrouw in de bus — haar kon ik me ook niet al te goed herinneren, behalve dan dat ze op een ontraditionele manier nogal knap was en dat ze zich bewoog alsof ze door nerveuze opwellingen werd gestuurd. Maar haar zou ik ook graag schetsen...

Ik stapte de weg op. Voor me uit bewoog een bleke schim. Zonder het te beseffen had ik die al eerder opgemerkt, ik had geweten dat er een vage gestalte voor me op de weg liep.

Nu zag ik hem. En nu was hij weer verdwenen — voorbij de deur die toegang gaf tot de trap omlaag naar het appartement van Kex. Ik liep langzaam de heuvel op. Geen bleke vorm meer te bekennen. Verbeelding. Ik deed de deur open en haalde de lichtschakelaar over. Het licht ging aan, maar erg zwak. Veel zwakker dan ik me herinnerde. De trap lag diep in de schaduw. Nogal geschrokken aarzelde ik een beetje. Vreemd. Ach, misschien vergiste ik me. Ik begon de trap af te lopen. Iets duns kreeg m'n instapper te pakken. Ik struikelde, viel languit, de neus van m'n andere schoen bleef haken, onder me was niets. De trap veranderde in een stortgoot. Betonnen randen bonkten tegen m'n schouders, m'n hoofd, m'n knieën en m'n ellebogen; vormen en schaduwen tolden om me heen. Op was neer, onder was boven en m'n hele lijf deed pijn. Ik kwam op m'n schouderbladen terecht met m'n hoofd en m'n nek naar beneden en viel in een slappe salto verder.

Ik bleef stil liggen; ik was nog bij bewustzijn — of niet soms? Ik kon me niet bewegen en kon niets zien; ik voelde niets anders dan de rust van het stilliggen.

Kraak-tik... Kraak-tik... Kraak-tik...

Maar horen kon ik wel. Ik hoorde het stiekeme *kraak-tik* van voetstappen. Toen probeerde ik me op te richten op een elleboog; *kraak-tik, kraak-tik, kraak-tik*; drie snelle stappen — en ineens klappen en schoppen. Eerst rustig en afgemeten, maar sneller en harder toen wrok de kop opstak. Hij mikte op m'n schouders, m'n hoofd, m'n ribben. Ik lag met m'n gezicht naar de muur en hij kon m'n kruis niet vinden. Ik probeerde me te bewegen, me op te rollen. De schopper hijgde van inspanning en opwinding. Ik deed een zwakke poging om me om te draaien, ik neem aan dat ik instinctmatig wilde proberen te zien wie er over me heen gebogen stond.

Hij deinsde achteruit, draaide zich om en rende de trap op. Als hij van plan was geweest om me te vermoorden, was hij niet helemaal geslaagd. Ik wist me op m'n handen en knieën op te richten maar viel weer languit. Ik ving nog net een glimp op van iets zandkleurigs dat door de deur bovenaan wegglipte.

HOOFDSTUK VI

IK BLEEF VIJF MINUTEN stilliggen en toen wist ik overeind te klauteren en de kamer in te strompelen. M'n lijf deed van onder tot boven zeer, maar er leken gelukkig geen belangrijke botten gebroken.

Ik deed het licht aan en liet me op de divan vallen. Wie was het, wie kon het zijn? Wie had in de paar uur nadat ik hier was aangekomen zo'n wrok tegen mij weten te ontwikkelen? Ik dacht natuurlijk aan Freddy. Ik tilde voorzichtig m'n pols omhoog en keek op m'n horloge. Het glas was geschramd en geschaafd; het was halftwee.

Kreunend en steunend trok ik m'n kleren uit. M'n ellebogen deden allebei gemeen zeer en bij elke ademteug voelde ik m'n ribben opspelen. Freddy, dacht ik, als jij het was, dan zal ik het je betaald zetten — halvegare of niet...

Ik strompelde de slaapkamer in, overwon een aanvalletje van smetvrees en klom in bed. Ik lag te zweten van de pijn en begon te vermoeden dat er toch wel een paar botten gebroken waren. Misschien kon ik beter de dokter laten komen. Maar wie moest dat voor me gaan vragen? Stel dat ik een gekneusde nier had of een gescheurde lever, of wat ze dan ook bedoelen met inwendige verwondingen... Maar de pijn leek toch voornamelijk in m'n botten te zitten, als merg; ik hield mezelf voor dat ik heus niet zou sterven. Ik wilde een paar aspirines, of alcohol, of bijna alles.

Ik werd steeds kwader, zo kwaad dat ik in mijn bed heen en weer lag te rollen en mezelf pijn deed. Kex! In de grond was het Kex die verantwoordelijk was voor mijn beurse plekken en mijn pijn. Kex! Ik vroeg me verbitterd of Kex ook mijn doktersrekening zou betalen. Zou Kex een doodkist voor me kopen als ik vermoord werd? M'n boosheid raakte vanzelf uitgewoed. Ik bleef kalm liggen op het bonken en kloppen in m'n botten na. Nu ja, dat was afgelopen. Ik deed niet meer mee met Kex z'n spelletjes en ik ging voor hem geen kastanjes meer uit het vuur halen.

Ik zakte weg in een onrustige slaap.

Zacht gerammel uit de keuken stoorde m'n slaap en het geknars van een handkoffiemolen deed de rest. Ik kwam tot de slotsom dat m'n kokkin aan het werk was.

Ik tilde m'n pols op om te kijken hoe laat het was. Pijnscheuten vlijmden door m'n schouder. Kneuzingen, steken, en scheuten — overal. Hoe? Waarom? Ik herinnerde het me en siste tussen mijn tanden... Een nachtmerrie, van het soort dat blauwe plekken achterlaat.

Er werd zacht op de deur geklopt. Een mollige vrouw met eekhoornwangen tuurde nieuwsgierig naar binnen. "Jij wil ontbijt?"

Ik hees me op een elleboog overeind en voelde aan m'n gezicht. Helemaal opgezet, sponzig als vers brood. "Alleen koffie," mummelde ik. "Zwart, zonder suiker, niet al te sterk."

"Lijkt wel of je ongeluk had."

"Ik ben van de trap gevallen."

"O! Dat is erg! Oh! Omlaag gevallen? Te veel vino, misschien?"

"Precies. Te veel vino."

Ze grinnikte meelevend, ze kende de mannen door en door, en toen stapte ze achteruit bij de deur vandaan. Drie minuten later kwam ze binnen met een mok koffie en ze ging in de deuropening staan kijken hoe ik het opdronk.

"Je blijft hier lang?"

"Weet ik nog niet."

"Mooi appartement, dit hè? Net als in Amerika."

"Heel mooi."

"Jij vriend van Kex?" En ze hield haar hoofd een beetje schuin.

"Nee... Niet in het bijzonder."

Ze lachte luidkeels en schudde en draaide alsof iemand haar kietelde. "Jij brave jongen, hè?"

Ik gaf geen antwoord en dat leek ze ook niet te verwachten.

"Wat vind je lekker voor lunch?"

"Geeft niet."

"Jij lust lekkere kalfskotelet?"

"Klinkt goed."

"Ik haal stuk varkensvlees. Die vind je lekker zoals ik hem kook."

Ik liet me achterover zakken en sloot m'n ogen. Toen ik ze even later weer open deed stond ze nog geen twee meter van me af, belangstellend voorovergebogen. "Ziet er lelijk uit," zei ze bewonderend.

Ik stak de lege mok naar voren. "Is er nog wat in de keuken?"

Ze bracht me weer een volle mok en ging zoals daarnet al kletsend in de deuropening staan kijken hoe ik dronk.

Ik kreeg te horen dat ze Ignazia heette. Ze was in New York geboren en op haar twaalfde meegenomen naar Italië. Haar man was visser met een eigen schip en hij nam voor een koopje altijd de beste vis in Positano voor haar mee. "Hij is dom," zei ze. "In New York noemen ze hem een domme spaghettivreter. Zijn hele leven nog niet één keer weggeweest uit Positano. Kan niet Amerikaans praten, kan amper goed Italiaans praten."

Ik gaf haar de lege mok en ging weer liggen.

"Je wil niks eten? Geen spek, eieren?"

"Nu niet. Ik blijf hier liggen en ga proberen te slapen." Ik deed m'n ogen dicht.

Toen ik ze dertig seconden later open deed stond Ignazia een halve meter van me af naar mijn gezicht te turen. Ze zei: "Ik haal een hete doek voor je, zakken de bulten af." Zonder op ja of nee te wachten liep ze vlug de keuken in en een paar minuten later verschroeide ze m'n gezicht met hete kompressen.

Slaap leek verder uitgesloten. Zodra het kompreswater begon af te koelen worstelde ik me uit bed, trok een badjas van Kex aan en hinkte het terras op. Ignazia trok een ligstoel in de zon en ik liet me er met wat gekreun op zakken.

Ignazia ging naar binnen, ze waste de koffiepot en de mok af en kwam terug naar het terras waar ze aankondigde dat ze nu wegging en dat ze om twaalf uur terug zou komen om te koken voor m'n lunch.

Ik had een tijdje zitten nadenken en ik zei: "Wacht even," waarna ik naar binnen hinkte en met zwarte inkt in grote blokletters een mededeling op een vel uit m'n schetsboek tekende:

ATTENTIE!!
Aan ieder die het aangaat.
Ik heet Clarence Musgrave.
Ik ben niet James Hilfstone en ik ken hem ook niet.
Ga iemand anders lastigvallen.

"Neem dit mee naar boven," zei ik tegen Ignazia. "Prik het op de voordeur."

"Oké." Ze hield het vel papier met uitgestrekte arm voor zich en las het enthousiast hardop voor. "Wat betekent dat?"

"Ik wou dat ik het wist." Een armoedig grapje, maar tot iets geestigers was ik niet in staat. Ze knikte alsof ik een slimme opmerking had gemaakt en vertrok. Ik ging weer op m'n ligstoel in de zon zitten in de hoop dat die m'n spierpijn eruit zou branden.

De zon klom steeds hoger aan de stralend blauwe hemel. De zee schitterde en sprankelde. Ik dacht: dit bedoelen ze natuurlijk met 'overwinteren in Italië'. Toen kwamen er over de berg wolkenslierten aandrijven en vijf minuten later was de lucht net de binnenkant van een veren bed. Ik vloekte en zag het tien minuten aan, maar de wolken werden alleen maar dikker. Ik gaf het op en strompelde naar binnen.

Ignazia had een vuur klaargelegd in de haard; ik bukte me over de open haard als een oude man met reumatiek, hield een lucifer bij het papier en ging toen op de divan liggen.

De divan was erg zacht. Het rook heerlijk in de kamer. Ik stond op en liep naar de boekenkasten. Een naakte jongen in brons met lange ledematen en een somber El Greco gezicht staarde me aan. Ik draaide hem een beetje om zijn naaktheid niet zo erg te laten opvallen en bukte me om de ruggen van de boeken te bekijken. Net als alles wat Kex bezat waren ze duidelijk duur en fraai gebonden in leer of zwaar linnen. De titels kwamen me helemaal niet bekend voor: *Paviljoen van Verrukking, Engel in de Hel, Encyclopedia Erotica, Suramâit, Passiebloemen, De Minnaars van Danaë.* "Krijg nou het leplazerus," zei ik bij mezelf en ik las verder. *Vijf Kleine Maagdekens en Hoe Ze Groeiden, Tien Nachten in Tanger, De Poort van Vervoering, De Schat van Koning Granion, Geheimen van een Meisjesschool.* Nu was ik bij de afdeling vreemde talen aanbeland. *L'Amour Sacré et Profane, Erotique Chinoise, Fleurette et Flamond, Fantasmo, Aphrodite.* Ik pakte een groot platliggend boek op met de titel *Les Sylphides.* Prachtige naakte jonge vrouwen, sommige wel erg jong. Pornografie, maar dan wel de luxe versie, spul voor kenners. De meisjes waren zo fris als meibloempjes met die ondeugend onschuldige blik die zo'n ontreddering teweeg kan brengen.

Ik keek af en toe een boek in. *The Way of the Gods* — heel eigenaardig. *Chounzy* — kleine donkere jongetjes en meisjes gefotografeerd in Haïti. *Arcana Erotica, The Mount of Venus, McMurdo's Manual, Rife Goes to a Drag Party.* Ik kreeg er genoeg van.

Ik hoorde voetstappen en zette het boek vlug terug op z'n plank. Ignazia was al vroeg terug. Maar dit waren aarzelende stappen, die niets weg hadden van Ignazia's kordate tred.

Een in het grijs geklede gestalte liep langs het raam en ik leunde ongelovig naar voren. Er werd op de deur geklopt. Ik wreef over m'n gezicht. M'n haar zat in de war, m'n ogen waren rood, m'n gezicht was gezwollen, gekneusd en ongeschoren.

Ik liep naar de deur en deed hem open. Daar stond het blonde meisje. Haar gezicht was lijkbleek, en ze had haar lippen zo stijf op elkaar geklemd dat ze helemaal wit waren.

"Hallo," zei ik weifelend.

"Hallo." Ze keek schichtig over haar schouder alsof ze niet gezien wilde worden. "Mag ik binnenkomen?" Ze had een ijzig beheerste stem. Wat ze ook kwam doen, ze was zo verschrikkelijk gespannen dat ze op het punt stond om te breken.

Ik bekeek haar van top tot teen. Ze had geen handtas of portefeuille bij zich. Ik stak m'n hand uit en beklopte haar zakken. Ze deinsde achteruit en keek me vragend aan.

"Kom maar binnen," zei ik. "Ik weet niet wat je hier wil, maar hoe eerder we deze narigheid uit de weg geruimd hebben hoe beter."

Ze stapte aarzelend naar binnen. Ik deed de deur dicht, waarop ze een gezicht trok alsof ze ervandoor wilde gaan. "Ga zitten."

Ze keek vlug de kamer rond. Wat ze ook over de inrichting dacht, op haar gezicht was er niets van te lezen. Mooi gezicht, dat wel, maar van een ongewoon soort schoonheid. Ze had een wirwar van heel kort goudblond haar dat dicht tegen haar schedel lag. Haar ogen waren lang en smal en haar mond was een gulle spleet in haar tamelijk magere wangen. Ze leek amper twintig jaar en ze vertoonde een meisjesachtige zenuwachtigheid.

Ik liep naar het haardvuur en zij volgde me en ging op de divan zitten, waarbij haar ogen mijn gezicht geen seconde loslieten. "Wat kan ik voor je doen?" vroeg ik.

De woorden stroomden razendsnel uit haar mond. "Je kunt me vertellen waarom je hierheen kwam."

"Dat is makkelijk," zei ik. "Maar eerst dit: ik ben níet James Hilfstone —"

"Dat weet ik. Dat kan ik zien."

"Ten tweede: ik ben geen homofiel. Dat zijn blijkbaar de punten op grond waarvan iedereen kwaad op me wordt."

"Wat kom je hier doen?" Haar stem werd iets hoger alsof ze hem bijna niet meer in bedwang kon houden.

Ik ging op de andere divan tegenover haar zitten. "Ik ben hier om —" ik schoot even in de lach "— omdat ik daarvoor betaald word."

Haar handen — magere, bruine handen — gingen open en dicht. "Maar wie betaalt je?"

"Weet je niet van wie dit appartement is?"

"Nee... Ik liep hierlangs en toen zag ik je bericht. Ik wist dat jij het was. Ik kwam naar beneden —" ze aarzelde "— om te weten te komen —"

"Ga verder. Ik ben net zo nieuwsgierig als jij. Om wat te weten te komen?"

Ze likte langs haar lippen en keek in de vlammen. "Het is een lang verhaal. Maar wij — mijn familie — hebben grote ellende gehad met James Hilfstone. Het lijkt wel een erg eigenaardig toeval dat jij zoveel op hem lijkt en tegelijk overal beweert dat je hem niet bent, tenzij je natuurlijk ook problemen wilt gaan veroorzaken."

"Het is geen toeval en ik wil geen problemen maken. Maar iemand anders doet dat wel."

"Wie dan?"

"Kex."

"Kex? Is hij soms die Amerikaan — een jaar of vijftig, met een snor en wit haar."

"Ja, dat is Kex."

"Maar waarom zou hij ons narigheid willen bezorgen? We kennen hem niet eens."

"Misschien is hij gewoon een vervelende rotkerel."

Ze keek me aan met een onzekere, achterdochtige uitdrukking. "Maar wat doe je hier dan?"

Ik vertelde het haar. Ze leek er niet erg gerust op. Ze kauwde op haar lip en haar ogen werden groot en bedachtzaam. "Maar waarom heb je dat bericht opgehangen?"

Ik voelde aan m'n gezicht en wees naar de blauwe plekken. "Zie je die?"

"Wat?"

"Blauwe plekken, bulten. Zo zie ik er normaal niet uit."

"Oh."

"Die heb ik gisteravond opgelopen. In de Vistamare was er een jonge heethoofd die me een pak slaag wilde geven. Ze gooiden hem eruit en daarom kwam hij hierheen om me een verrassinkje te bezorgen — hij spande een touwtje in de gang. Ik kwam thuis, struikelde over het touwtje en viel van de trap. Hij kwam achter me aan en begon me te schoppen terwijl ik nog half bewusteloos was."

"Heeft Freddy dat gedaan?" Ze staarde me stomverbaasd aan. *"Freddy?"*

"Nou ja — dat neem ik aan. Ik weet niet wie het anders gedaan kan hebben." Ik dacht even na. "Ik zou niet kunnen zweren dat het Freddy was. Ik ving een glimp op van z'n trui, anders niet. Ik kon niets met zekerheid herkennen; ik dacht dat ik dood was."

"Hoe laat gebeurde dat allemaal?" vroeg ze smalend.

"Ongeveer twintig over enen."

"Dan was het Freddy niet. Want Freddy kwam om halfeen thuis."

"Is Freddy dan je —"

"Hij is m'n broer."

"O. Maar als het Freddy niet was, wie was het dan wel?"

"Dat weet ik natuurlijk niet."

"Hoe heet jij trouwens eigenlijk?"

"Betty Dannister."

Ze keek op van het vuur. "Je lijkt wel verbaasd."

"Had ik niet moeten zijn. Eh, wie is eigenlijk Hortense?"

"Zou weleens die vrouw kunnen zijn die dat cadeauwinkeltje drijft, die pottenbakkerij."

"Oh, die." De lange vrouw met de ingevallen wangen die had zitten bridgen. Mevrouw Revost.

Betty snoof. "Als je haar kende, waarom vroeg je het dan?"

"Ik wist niet hoe ze heette."

"Je lijkt er wel op uit om alles nogal raadselachtig te maken."

"Zo raadselachtig is het anders niet. Ik hoorde iemand iets zeggen over een zekere Hortense en ik vroeg me af wie dat zou zijn. Vertel me trouwens eens wat over jezelf. Wonen jullie hier altijd?"

Ze bleef strak in het vuur staren. "Ja."

"Je bent toch een Amerikaanse, niet?"

"M'n vader is een Amerikaan, m'n moeder is Engels. Ik ben in Zwitserland op school geweest."

"Maar waarom wonen jullie dan hier? Lijkt mij dat je hier gek wordt van verveling."

Ze bleef een paar tellen zwijgend in het vuur staren. Toen zei ze op effen toon: "Ik kan nergens anders heen. M'n moeder is niet gezond en Freddy moet een beetje in de gaten gehouden worden. We zijn hier trouwens best gelukkig; je woont hier heerlijk."

"Wel erg stil."

"Ja. Er is hier niet veel te doen."

Ik gooide nog wat houtblokken op het vuur. "Die James Hilfstone — wat is dat voor een vent?"

"Ik wil niet over hem praten."

"Nou ja, ik wil verdomme weleens weten voor wie ik me uit moest geven."

Ze keek me een tikkeltje minachtend aan. "Je kunt altijd vertrekken."

"Ja, ik kan altijd vertrekken. Maar zolang ik hier blijf en houtskoolschetsen van Positano maak verdien ik tienduizend lire per dag. Dat is een heleboel geld voor een beginnend kunstenaar. Ik doe me niet voor als iemand anders. Integendeel. Als iemand wil denken dat ik iemand anders ben, dan is dat zijn eigen zaak. En ik zou ook graag willen weten wie me gisteravond heeft overvallen."

"Je zou weer een pak slaag op kunnen lopen."

"Maar dan zou ik toch wel eerst zelf een paar goeie klappen uitge-deeld hebben. Woont die vent van Hilfstone hier in de buurt?"

"Volgens mij niet. Het laatste wat ik heb gehoord was dat hij in Engeland zat."

"Kent iemand anders hier uit de buurt hem?"

"Ik weet het niet. Vast niet... Ik word er bang van."

"Waarom zou je daar bang van moeten worden?"

"Ik denk dat er iets verschrikkelijks gaat gebeuren."

"Maar waarom dan?"

Ze keek me lang en traag aan. "Wat kan jou dat schelen?"

Ik grijnsde een beetje dom. "Als ik je dat vertel denk je dat ik gek ben."

Ze ging ongemakkelijk verzitten. "Ik weet niet waar je het over hebt."

"Hoe oud ben je, Betty?"

"Negentien."

"Heb je vrienden?"

"Nee."

"Wordt dat niet eenzaam?"

Ze haalde haar schouders op. "Daar denk ik eigenlijk nooit over... Ik denk dat ik maar eens moet gaan."

"Nee — ga nog niet weg."

Ze keek verbaasd. "Waarom niet?"

"Ach," zei ik met een vaag gebaar, "ik vind het leuk dat je hier bent."

Ze draaide haar hoofd weg en keek weer in het vuur.

Ik zei: "Misschien is er hier in de buurt nog iemand die kwaad is op Hilfstone."

Ze reageerde meteen. "Waarom zeg je dat?"

"Vanwege gisternacht. Ik kan me geen andere reden voorstellen..." Ik herinnerde me gravin Margaret. "Er is in ieder geval één vrouw die me niet mag; zij denkt dat ik een nicht ben. Het schijnt dat haar echt-genoot haar in de steek heeft gelaten voor een mietje."

"Wie is dat dan?" vroeg Betty met een nadenkende rimpel in haar voorhoofd.

"Gravin Margaret d'Egliari. Die blonde Amerikaanse die eruit ziet of ze van stopverf is gemaakt."

"Oh, die." Betty lachte schamper. "Vreselijk mens, ze probeerde die arme Freddy te verleiden — ik kan me niet voorstellen dat zij een valstrik voor je zou opzetten."

"Ik ook niet. Bovendien was ze nog in de Vistamare toen ik wegging. De gravin was het niet — maar ik begin een idee te krijgen…"

Ze stond op. "Ik moet echt weg."

"Blijf nog wat dan kunnen we samen lunchen."

Ze keek de kamer rond. "Dat lijkt me niet zo'n goed plan…Deze kamer is nogal overweldigend."

"Mij bevalt hij ook niet."

"Waarom blijf je hier dan?"

"Geld, lieve kind, geld."

"Mensen denken blijkbaar nergens anders meer aan."

"Heb jij ooit moeten werken voor je levensonderhoud?"

"Nee."

"Je vader heeft zeker een heleboel geld?"

"Ja, dat zal wel."

"Dan ben jij dus echt geen deskundige op het gebied van armoede en hebzucht."

Ze schoot in de lach. "Nee, vast niet. Maar ik zou al het geld en de zekerheid en al die dingen zo willen ruilen voor —" ze viel stil. Ik begon erachter te komen wanneer ik zo'n aarzeling kon verwachten; telkens wanneer ze op een haartje na van algemeenheden overging op iets persoonlijks. "Voor wat?" drong ik geduldig aan.

"Oh — dat weet ik eigenlijk niet precies." Ze begon in de richting van de deur te lopen.

"Wanneer zien we elkaar weer?" vroeg ik.

Ze bleef staan en keek me aan. "Waarom wil je me nog eens zien?"

"Omdat je mooi bent en aantrekkelijk en aardig."

Ze huiverde en liep naar de deur.

"Is dat erg?" vroeg ik.

"Nee — maar zo zit ik niet in elkaar."

"Je zit anders heel goed in elkaar."

"Ik — ik vind jou niet aardig," zei ze ontwijkend. "Je lijkt te veel op Hilfstone."

"O ja? Eerlijk waar?"

Ze dacht even na alsof ze zich verplicht voelde om me recht te doen.

"Nee, je lijkt eerlijk gezegd niet op hem. Niet als ik je van dichtbij zie. Van veraf is de gelijkenis verbazingwekkend. Maar van dichtbij ben je een heel ander iemand."

Ze deed de deur open. "Trouwens — zeg alsjeblieft tegen niemand dat ik hier geweest ben."

"Goed, hoor. Ik heb geen enkele reden om dat wel te doen."

"Vooral niet tegen Freddy."

"Ik neem niet aan dat Freddy en ik elkaar veel te zeggen hebben. Maar waarom vooral niet tegen Freddy?"

"O, zomaar."

"Ik zal het tegen iemand zeggen. Maar wanneer kan ik je nog eens ontmoeten?"

"Dat weet ik niet. Ik krijg het erg druk de komende tijd..."

"Mag ik je bij je thuis opzoeken?"

"*Nee!*"

"Ook goed. Neem me niet kwalijk dat ik niet met je meega de trap op."

"Dat geeft niet. Goedemorgen."

"Goedemorgen." Ik keek het tengere figuurtje na terwijl ze het terras overstak en de trap op liep en toen ging ik naar binnen en deed de deur dicht. Ik verwachtte Ignazia over een halfuur en ik besloot dat ik honger had.

HOOFDSTUK VII

IGNAZIA WAS LAAT. Ik werd tamelijk ongedurig. Ik liep het terras op en zag dat er lage zwarte regenwolken overtrokken. Ik ging weer naar binnen en ging een tijdje met mijn rug naar het vuur staan.

Ik ging op de divan zitten maar m'n gewrichten deden nog meer pijn dan tevoren. Ik overwoog even om te gaan liggen, maar voelde me daar te onrustig voor. Ik liep naar de boekenkast en ging verder met titels lezen: *Dagen in het Bordeel, De Uitspattingen van Harry Thaw, De Gouden Schare, De Odalisk, Hekserij: Zwart, Rood en Paars, Patchoelipyjama* en *De Necronomicon*, van de krankzinnige Arabier Abdul Alhazred. Op de laagste planken lagen schitterend gebonden klassieke werken: *De Gouden Ezel* van Apuleius, Petronius, Rabelais, Chaucer, Boccaccio. En daarnaast, bijna als een domper — vast een van Kex z'n sluwe grapjes — lag een tiental goedkope satirische stripverzamelbanden: *Maggie and Jiggs, Tillie the Toiler, Li'l Abner and Daisy Mae*. Kex had een zeer ruimdenkende smaak in pornografie.

Ik bekeek wat plaatjes, maar al gauw raakte ik uitgekeken op de fundamentele onbenulligheid van de boeken. Seks is iets waarover een verstandig mens niet wenst te lezen, net zomin als een mens met honger een kookboek leuk vindt. Kex was misschien dol op die prikkelende afbeeldingen maar aan mij waren ze verspild. Het was water naar de zee dragen. En ik moest steeds aan Betty Dannister denken die mijn interesse had gewekt. Waarom mocht ik niet bij haar langsgaan? Dit was tenslotte de twintigste eeuw. Was het omdat ik op James Hilfstone leek? Ik dacht er een paar minuten over na en besloot toen dat dat het niet kon zijn. Ze had zo heftig en zo geschrokken gereageerd dat een dergelijke uitleg onmogelijk was.

Ik wist natuurlijk niets van Hilfstone of van wat het verband was tussen hem en de Dannisters. Daar zat een of ander raadsel achter, maar ik kon van m'n leven niet bedenken waarom ik, die naar zij zelf erkende Hilfstone *niet* was, maar louter een onschuldige toevoeging aan Kex' appartement, wel als Hilfstone behandeld moest worden.

Ignazia kwam met stevige tred de trap af. Ze stapte zonder kloppen naar binnen en bleef in de deuropening staan om me grijnzend aan te kijken. "Nou, hoe voel je je?"

"Goed."

"Honger?"

"Reken maar."

"Goedzo. Heb lekker stuk varken. Jij vindt broccoli lekker?"

"Ik vind alles lekker behalve oesters en hersentjes."

"Dit geen hersens, dit broccoli. Kijk maar." Ze zwaaide met een enorme bundel groente. "Tien lire een hele bos. Goedkoop, hè? Kost in New York dertig cent. Hier tien lire. Nu ik kook."

Ik keek hoe ze aan het werk ging. Ze vulde bijna de hele keuken. "Ignazia, ken jij meneer James Hilfstone?"

"Nee. Nooit gezien."

"Ken jij alle vrienden van Kex?"

"Ja hoor, allemaal verdomde *finocchio*. Nergens goed voor." Ze keek me van opzij met een pesterige grijns aan. "Ik vergeet, jij een van Kex' vrienden."

"Nee, hoor — ik niet. Ik ken hem amper."

"Aha." Ze knikte en haar eekhoornwangetjes wipten op en neer. "Ik zeg tegen la donna — dat is mijn moeder, de signora — ik zeg haar jij geen nicht zoals Kex. Zij zegt, waarom hij dan hier? Ik zeg —"

"Ignazia, ken jij de Dannisters?"

"Dannister, hè? Hij heeft het huis over de berg, aan het volgende strand. Groot huis, heel veel kamers, heel veel geld. Hij is belangrijke man."

"Woont hij hier het hele jaar?"

"Ja. Hij heeft mooie plek. Motorboot, grote auto, alles het beste."

"Komt hij vaak in de stad?"

"Zie hem niet vaak. Ze hebben geen hulp uit Positano. Ze hebben Duitse vrouw, kan niet Italiaans praten."

"En Freddy?"

"O, die." Ze schudde haar hoofd. "Hij is gek, rijdt in auto of hij dood wil."

"En het meisje, Betty."

"Zij is vreemd. Niet gek als Freddy; zij anders gek. Ze blijft niet thuis, ze komt niet naar de stad, ze loopt maar over de bergen. Dat is niet goed. Sommige van die mannen worden brutaal. Italiaanse meisjes weten beter; die blijven thuis."

"Nogal een vreemde familie."

Ignazia knikte toegeeflijk, alsof ze wilde aangeven dat vreemd gedrag van buitenlanders haar nauwelijks verbaasde. "Hebben heel veel geld. Het meisje is net terug van school in *Svizzera* — dat is Zwitserland — nou is goed moment voor haar om te trouwen, maar geen man kijkt naar haar om."

"En hoe zit het met Freddy?"

"Poe! Die!" Ze knipte smalend met haar vingers. "Hij zit achter alle meisjes aan. Ze moeten hem niet. Hij is gek, ze zijn bang van hem. De goeie meisjes dan. De slechte meisjes — die doen hun mond niet open."

"En praat Kex weleens over de Dannisters?"

"Kex praat over alles. Kex is grappige man, aardigste *finocchio* in Positano, iedereen vindt hem aardig — alle Italianen. Hij is goeie man, geeft veel geld uit, geeft grote fooien, praat graag."

Ik ging voor het vuur staan en binnen verbazend weinig tijd voorzag Ignazia me van spaghetti in tomatensaus, een varkenskarbonade met broccoli, een groene salade, crackers met kaas en een milde rode wijn.

"Wat wil je voor avondmaal? Hou je van vis? Kip?"

"Kook maar wat je wilt. Kip klinkt prima."

"Misschien kook ik lekkere vis."

Ik stookte het vuur op, ging op de divan liggen en viel in slaap. Om drie uur werd ik wakker en zag dat de zon op volle sterkte tegen de ramen en in de kamer scheen. Het vuur was uitgegaan, mijn gewrichten waren stijf, en ik had een vieze smaak in m'n mond.

Ik ging zitten, wreef over m'n gezicht en stak een sigaret op. Ignazia was er niet, maar op het fornuis stond iets te pruttelen dat heerlijk rook.

Na een tijdje liep ik het terras op. Ik keek omhoog langs de trap en stelde me voor hoe ik daarover naar beneden was gevallen. Nog een wonder dat ik m'n nek niet had gebroken. Met pijn en moeite klom ik helemaal omhoog en ik bekeek de plek waar de struikeldraad vastgebonden was geweest. Aan elke kant van de trap was een spijker in een goed van pas komende kier geslagen en aan de uitstekende koppen waren nog de lichtbruine vezels van sterk scheepstimmermanstouw te zien. Opnieuw kookte ik van woede over hoe oneerlijk het allemaal was dat dat mij moest overkomen, terwijl ik nota bene een onschuldige kunststudent was die niemand enig kwaad wilde doen! In mijn eerste nacht in Positano hadden ze me laten struikelen en was ik gevallen en geschopt. Ik zwoer dat ik dit hoofdstuk op een bevredigende manier zou afsluiten!

Het volgende probleem was dat ik de schuldige moest zien te benoemen. Wat had ik om van uit te gaan? Dit zou eersteklas speurwerk vergen. Ik bekeek de spijkerkoppen grondig en vroeg me af wat Sherlock Homes ervan gedacht zou hebben. Ze zagen eruit als doodgewone spijkers en het touw leek doodgewoon touw. Ik keek naar de knopen; doodgewone halve steken. Niets van betekenis te zien.

Ik kwam overeind en krabde aan mijn ongeschoren kin. De deur. Die was afgesloten met een duur, modern slot. Ik had een sleutel, Ignazia had er een en Kex had ongetwijfeld ook een sleutel. Of misschien liet hij zijn sleutel wel bij signora Umberto achter. Ik dacht niet dat signora Umberto, Luigi, Ignazia of Kex die valstrik voor me hadden opgezet. Iemand anders had dus ook een sleutel van de voordeur. Misschien kon ik hem opsporen door de sleutel op te sporen.

Wat had ik nog meer voor aanwijzingen? Een glimp van een beige trui — of misschien was die wel wit. Het was erg schemerig geweest... Het licht! Zwak. Ik hobbelde de trap weer af en bekeek de lamp. Er was papier omheen gewikkeld; een half vel van een Italiaanse krant.

Ik bekeek de krant. Geen adressering. Ik kon me niet voorstellen hoe ik de eigenaar van die krant zou kunnen opsporen. Er zaten misschien wel vingerafdrukken op, maar daar had ik niets aan.

Wat nog meer? Voetafdrukken? Misschien op mijn zwevende ribben, maar dat had niet veel waarde om iemand mee te identificeren. Ik liep de trap nog een keer op en neer om te kijken of ik iets vond dat een indringer had kunnen laten vallen. Maar die werkte niet zo goed mee als de misdadigers over wie ik had gelezen, en hij had geen aandenken aan zijn aanwezigheid voor me achtergelaten.

Ik ging weer naar binnen, zocht wat aanmaakhoutjes bij elkaar en bouwde het vuur weer op. Ik ging op de divan zitten en probeerde me de gebeurtenissen zo levendig mogelijk te herinneren: het touwtje tegen m'n enkel, de wilde tuimeling over de trap, het verdoofde stilliggen, de voetstappen. Weer hoorde ik de voetstappen: *kraak-tik, kraak-tik, kraak-tik...* Ik had dus nog een aanwijzing. Zoek naar een vent met krakende schoenen. Freddy was het absoluut niet. Ik herinnerde me heel duidelijk dat Freddy een paar bruine mocassins had gedragen met dikke crêpezolen.

Ik ging verder met nadenken. Ik herinnerde me dat de schopper de benen had genomen zodra ik tekenen van leven begon te vertonen. Hij was dus bang voor mij, of hij was bang om herkend te worden. Hij had me met zijn struikeldraad makkelijk dood kunnen laten vallen, dus waarom had hij z'n karwei niet afgemaakt? Ik had me met geen mogelijkheid kunnen verweren, zelfs niet om m'n leven te redden. Maar in plaats van me de schedel in te slaan had hij me geschopt — wat eerder bij wraak hoorde dan bij een vooropgezet plan; eerder een bewijs van onmacht dan van ongeremde moordlust. Nog een aanwijzing.

Het beeld van mijn aanvaller begon vorm te krijgen. Ik moest op zoek naar een man met een lichtgekleurde trui of een licht overhemd, die krakende schoenen had én een sleutel van Kex' appartement. Een boosaardige zwakkeling die buitensporig reageerde...

De dag verstreek traag. Ignazia kwam om halfzeven binnen; om zeven uur serveerde ze me een maaltijd: bouillon met vermicelli en peterselie, vier vissen, roze als een babyratelaar, met kop en staart gebakken, patates frites, dunne sperziebonen in knoflookolie, witte wijn, een salade van verse sla en bosuitjes, kleine zandtaartjes gevuld met custardvla en ten slotte fruit, kaas en koffie.

Ik ging om negen uur naar bed met een van Kex' boeken, *Psychopathia Sexualis*, van Krafft-Ebing, pornografie maar dan plechtig maar doorzichtig vermomd als wetenschap, en verbleef anderhalf uur in een eigenaardige zinnelijke wereld.

De volgende morgen voelde ik me een stuk beter. M'n blauwe plekken waren inmiddels vlekkerig geel, ik liep vrijwel zonder hinken en de pijn in m'n ribben was afgezakt tot een dof restant. Ik at een stevig ontbijt van eieren met spek en daarna klom ik met houtskoolstift en schetsboek de trap op naar de straat en ik ging op weg naar het strand.

Het was een winderige dag. De lucht was een grote lap blauw met wit geruit katoen en de zon dook telkens op en verdween dan weer. Ik liep over oude stenen trappen langs wit gestucte muren vol strepen en vlekken en kwam uit op de boulevard. De branding sloeg donderend op de kust en de boten waren flink hoog opgetrokken. Ik keek langs de voorgevels van een heel stel wijnbars en restaurants en zag helemaal niemand. Ik kocht een krant bij de kiosk. Een *Daily Mail* uit Londen, vier dagen oud, en nam die mee naar het terras van de Vistamare waar twee muren een zonnige, luwe hoek vormden. Een jong, gezond uitziend stel dat ik niet herkende zat koffie te drinken, helemaal in elkaar verdiept — misschien Amerikanen op huwelijksreis.

Ik ging aan een smeedijzeren tafeltje zitten en Arturo kwam naar buiten. Ik bestelde koffie en keek in de krant. Vijf minuten later verscheen er een man in een grijze corduroy broek en een mosterdkleurig sportjasje van Engelse snit: Oleg Vroznek, de gevluchte Pool.

Hij aarzelde en liep toen beschroomd op mijn tafel af. "Mag ik bij u komen zitten?"

"Natuurlijk, neem plaats."

Hij legde zijn beide handen op de tafel en liet zich langzaam op een stoel zakken. Een bleke, magere slungel van een man, niet echt oud, die met zijn ernstige, waakzame ogen en zijn immer onderzoekende blik wel wat weg had van een geplukte uil.

"U logeert toch in het appartement van Kex?" Hij sprak uitstekend Engels met een sterk universitair accent.

"Ja. Ik heet Chuck Musgrave, ik ben níet James Hilfstone en ik ben geen nicht."

Oleg keek me ernstig aan. "Ik heet Vroznek — Oleg Vroznek en ik ben ook geen nicht."

"Ik vind dat we maar een club moeten oprichten," zei ik.

Oleg lachte, een eigenaardig, bijna geluidloos hijgen. Arturo kwam zijn bestelling opnemen en hij vroeg om sinaasappelsap.

"Ik moet oppassen met wat ik eet," zei hij nuchter. "Ik verdraag geen gebakken voedsel of zoetigheid, geen thee of koffie, en ik beperk me tot een halve liter wijn per dag." Hij begon uit te wijden over zijn aandoening, een of andere vorm van brandend maagzuur, die hij bestreed met de voorschriften van een Finse kruidendokter die nu in

Nice woonde. Toen zei hij ineens: "Ik hoorde dat je gisternacht een ongeluk had."

"Ja, dat klopt... Hoe heb je dat gehoord? Ik vertelde —"

Hij grinnikte, waarbij zijn mooie witte tanden bloot kwamen: te gaaf en te wit om echt te zijn. "Hier in Positano hoef je een nieuwtje niet te vertellen, iedereen weet het gewoon al."

"Weet jij dan misschien wat er is gebeurd?"

Arturo kwam zijn sinaasappelsap brengen; hij pakte het glas, boog zijn hoofd, stak zijn ellebogen opzij en nam een slokje. Nogal wat omhaal voor een klein slokje. "Ik hoorde," zei hij bedaard, "dat jij van de trap viel. Hier in Positano is dat een gebruikelijk ongeluk; men sterft hier niet aan tuberculose of kanker of longontsteking; men sterft hier doordat men zestig meter omlaag valt over een stenen trap; gebeurt vrij vaak."

Ik keek langs de helling omhoog; de lucht was plotseling helemaal onbewolkt en zo helder als een nieuwe blauwe waskom. De huizen waren hard en scherp in het zonlicht, felroze, blauwe, beige en witte vierkanten en blokken, met keurige zwarte gaten als ramen. Ik schatte de lengte van een van de stenen trappen en moest mijn hoofd in m'n nek leggen om de bovenkant te zien. "Ik zou hier niet graag postbode zijn."

Oleg wees naar heel hoog op de berghelling, voorbij Positano, voorbij een tiental olijfgaarden en terrassen, voorbij vier grote steile rotswanden en een uitstekende richel. "Zie je die torenspits? Dat is Montepatuso, een zelfstandig klein dorpje. Geen weg omhoog, alleen maar trappen. Alles moet langs die trappen omhoog gedragen worden. Somme dorpsbewoners zijn nog nooit naar beneden geweest naar Positano."

"Wat doen ze daar voor hun plezier?"

"Ha!" Hij zwaaide met een wijsvinger, "ze hebben hun eigen manieren om zich te vermaken; ze hebben hun kerk. De kerk speelt een belangrijke rol in het leven van die mensen."

"Arme donders," zei ik. "Als ze het geld dat ze aan godsdienst verspillen zouden investeren in een paar goede scholen, een middelbare landbouwschool en een ambachtsschool zouden ze af en toe eens naar Positano kunnen afdalen — misschien zelfs wel helemaal naar Sorrento reizen."

"Ha, ha!" riep Oleg vrolijk uit. "Beste vriend, jij lijdt aan die typisch

Amerikaanse fixatie, de pragmatische misvatting in zijn hevigste vorm. Neem me niet kwalijk dat ik me zo ongezouten uitdruk."

"Ga je gang, praat zo ongezouten als je wilt."

"Wij hier in Europa zijn een ouder ras, wij hebben een spirituele traditie die jullie in de Nieuwe Wereld hebben afgeschud. De kerk is het dierbaarste ding in het leven van die dorpelingen; als je die zou vernietigen en ze allemaal een badkamer en een Amerikaanse keuken zou geven met een koelkast en een grote Amerikaanse slee, zou je hun leven verwoesten." En hij nam nog een slokje van zijn sinaasappelsap en keek me over de rand van het glas ernstig aan.

"Neem me niet kwalijk dat ik me ongezouten uitdruk," zei ik.

"Ga gerust je gang."

"Jij vertoont een typisch Europese misvatting, het idee dat Amerikanen bij het vermijden van schilderachtige armoede hun ziel hebben weggegooid. Jij beoordeelt ons naar jezelf. Jij denkt dat wij keukens en badkamers en grote auto's louter om zichzelfs wil maken — als doel op zich, als 'opzichtige consumptie' artikelen zoals Veblen het noemt. Dat is een vergissing: wij maken dingen om ze te gebruiken. Een rijke Europeaan staat erop dat iedereen kan zien dat hij rijk is; zijn doel is een hogere sociale klasse. Waarom zou je anders rijk moeten zijn? Hij heeft zijn poen binnen en hij slaat er iedereen mee om de oren. Hij koopt luxe dingen. Maar in de Verenigde Staten denken de meeste mensen niet zo. Wij kopen een koelkast om ons vlees koud te houden en onze groenten vers. Wij houden van grote auto's omdat ze gerieflijker zijn. Wij installeren goede waterleiding en goede afvoeren in onze huizen omdat dat prettig is en omdat we graag schoon zijn. We dragen makkelijke kleren en als we er niet toch een paar pedante lui tussen hadden zouden de modewinkels allemaal verhongeren. Herenmodefabrikanten zijn ten einde raad omdat ze Amerikanen geen luxe ondergoed kunnen verkopen."

Oleg knipperde met zijn ogen. "Als dat zo is, waarom stoppen jullie je auto's dan zo vol met chroom, zoals die grille met die dollargrijns?"

Ik kreunde; dat was tegen het zere been. "Ik geef toe dat de voorkant van een Amerikaanse auto eruitziet of hij tegen de kar van een oudijzerboer is gebotst en er nu vandoor gaat met de buit."

"Erg vulgair. Opzichtig."

"Bijna net zo opzichtig als de binnenkant van de Sint Pieter in Rome," zei ik. "En praktisch even schreeuwerig als Parijse japonnen, en ongeveer even vulgair als de beeldjes op een typisch Engelse schoorsteenmantel."

"Ja," zei Oleg met een afwijzend gebaar, "maar dan heb je het over onze middenklasse."

"Voor wie denk je dat de Amerikaanse auto wordt ontworpen? De Cadillac, de Packard, de Chrysler en de Lincoln — allemaal middenklasse auto's."

"En jullie bovenklasse, hoe zit het daarmee?"

"Broeder Oleg, wij hebben geen bovenklasse."

"Ahum," zei Oleg. "Daar heb je Munton."

Munton: nummer 1 van de lijst, de topman. Hij kwam op onze tafel af, dik en traag, met een groot kaal hoofd, een rode snor en een huid met de kleur van toiletzeep. Hij droeg een pak van zwaar bruingrijs tweed, een bruin overhemd en een of andere gestreepte das. Oleg stelde ons aan elkaar voor. Munton knikte en bood me zijn hand niet aan, en ik hem de mijne ook niet.

"Ga zitten, ga zitten." zei Oleg. "Ik heb een uiterst interessante discussie met meneer Musgrave en ik zou graag horen wat jij ervan vindt."

"Heel even dan, kan niet lang blijven... Arturo!" Munton maakte een breed gebiedend gebaar. "Cinzano."

Arturo boog diep en haastte zich weg. Munton wierp even een blik op mij uit zijn kleine diepliggende hagedissenogen. "Waar ging het meningsverschil over? Dit is toch een vriend van Kex?"

Het leek me niet de moeite waard om hem uit te leggen dat ik in werkelijkheid Musgrave heette en dat mijn seksleven een patroon had dat zelfs de meest preutse ongetrouwde tante van Munton nog goed zou keuren.

Oleg zei: "Meneer Musgrave is een Amerikaan zoals je wel kunt zien. Hij verdedigt de Amerikaanse kijk op het leven en ik de Europese."

"Mm." Munton keek ons een voor een aan; zijn grote lijf bleef beweginloos, alleen zijn ogen schoten heen en weer. "Geeft heel wat ruimte voor onenigheid, lijkt mij."

"Meneer Musgrave gelooft niet dat Amerikanen spiritueel te lijden hebben onder hun nooit eerder vertoonde tijdperk van welvaart."

"Ik kan je niet volgen." Munton fronste ongeduldig zijn voorhoofd. "Wat bedoel je met 'spiritueel'? Verdomd als ik ooit twee mensen heb ontmoet die het over de betekenis van dat woord eens waren. Amerikanen moeten natuurlijk nog een heleboel leren. Over het algemeen nogal labiel. Hollywood gedoe, bing-bang-ring-a-ma-jing negermuziek. Moeten een beetje tot bedaren komen, hebben een sterke man nodig. Als ze een paar oorlogen verloren hebben en daar doorheen zijn wordt het allemaal wel beter."

"Hm, interessant," zei Oleg nadenkend. Hij keek naar mij, maar ik keek naar vijf jongemannen op het strand. In korte broekjes die nog strakker zaten dan hun eigen vel stonden ze in een kring en hielden ze een voetbal in de lucht met onvoorstelbaar lenige schop- en kopbewegingen. Chi-Chi, Kex' vriend, stond er ook tussen, vlug als een aal springend, dansend, schoppend, koppend, vol energie. De bal vloog wel zes meter boven zijn hoofd over maar hij sprong er toch naar, landde op zijn hurken en rende over het zand naar het terras. Hij raapte de bal op en keek op, recht in mijn gezicht. Ik keek hem een tel in zijn ogen — een heel lange tel. Zijn blik was neutraal, vragend, belangstellend. Ik weet niet wat hij in de mijne zag. Hij draaide zich om en gaf de bal een keiharde trap.

Ik draaide me weer naar de tafel. Ik keek naar m'n kop koffie. De koffie was koud maar ik nam er evengoed een slok van.

Munton keek op z'n horloge. "De post is weer laat zoals gewoonlijk. Verwacht een erg belangrijk bericht van m'n rentmeester: verkoop van een volbloed. Heb een modelboerderij in Hampshire." Hij keek me even kort aan. "Wat is er voor nieuws van Kex? Komt hij binnenkort hierheen?"

"Ik weet het niet zeker."

"O, je zit dus niet op hem te wachten?"

"Nee."

Munton had nog steeds een sluwe uitdrukking op z'n gezicht.

"Ik ben hier voor m'n werk," zei ik. "Ik schilder. Ik mag van Kex zijn appartement gebruiken."

Oleg deed ineens nogal vreemd. Toen de naam Kex voor het eerst viel dook hij weg in zijn stoel, dronk van zijn sinaasappelsap en keek peinzend uit over zee.

"Nee maar," zei Munton. "Kex mag dan zo zijn eigenaardigheden hebben, hij is een gulle kerel."

"Wat voor eigenaardigheden?"

Munton keek naar de peinzende Oleg en grinnikte. "Kex houdt van een pleziertje en trekt zich er weinig van aan als dat iemand niet bevalt. Dat gaat hem een dezer dagen nog opbreken." Hij gaf met zijn vlakke hand een klap op het tafelblad. "Leuk met je kennis te maken, Musgrave; ik moet weg." Hij stond op. "Tot kijk."

Oleg zei stijfjes: "Tot kijk."

Munton stommelde weg over het terras. Oleg zei bedachtzaam: "Een moeilijke vent om mee te praten, Munton. Een eigenaardige kerel."

"Hij doet zich voor als een soort *pukka sahib*, oprecht en gedisciplineerd."

Oleg zei weifelend: "Ja, misschien wel. Maar volgens mij zit het veel dieper. Ik zie Munton als iemand die van binnen week is geworden — als een zacht ei." Hij tuurde door zijn oogharen naar zijn sinaasappelsap; het was duidelijk dat hij dol was op dit soort gesprekken. "Hij is hier in de oorlog als krijgsgevangene geïnterneerd geweest — op Ischia, had het nogal getroffen heb ik begrepen." Oleg zweeg kies. "Net als wij allemaal tot op zekere hoogte voert hij een innerlijke strijd. Hij bezit een landgoed in Engeland waar hij het altijd over heeft, maar waar hij nooit heen gaat. Volgens mij ziet hij vreselijk op tegen soberheid. Maar zoals jij al opmerkte doet hij zich voor als een op en top Britse, keiharde koloniaal en het schouwspel van deze vent die zo met zichzelf overhoop ligt is nogal zielig."

"Tja," zei ik, "als je het zo stelt, heb je denk ik wel gelijk."

"Het is een hobby van me," zei Oleg. "Ik vind het heerlijk om mijn medemens te bestuderen, om me zijn gezichtspunt in te denken, de oorsprong van zijn gedrag." Hij knikte. "Wat vind jij bijvoorbeeld van haar?"

Alma kwam nogal wankel aangestrompeld uit een van de stegen die op de boulevard uitkwamen. Ze droeg hetzelfde gekreukte groene broekpak waarin ik haar voor het eerst had gezien en haar gezicht, zo uitdrukkingsloos als dat van een hagedis, zag er erbarmelijk en slordig uit. Ze steunde met een hand tegen de muur om overeind te blijven.

"Wat vind jij van haar?" herhaalde Oleg.

"Tja," zei ik weifelend, "ik ken haar niet goed. Een vrouw met een doodgewoon huis-tuin-en-keuken drankprobleem, zou ik denken."

Oleg keek me aan of hij een beetje verbaasd en teleurgesteld was. "Ze is een alcoholiste, dat klopt. Maar waarom? *Waarom?* Dat is wat mij interesseert. Wat gaat er door haar hoofd wanneer ze de eerste borrel van de dag neemt — wat 's morgens vroeg als ze wakker wordt gebeurt naar ik heb begrepen."

"Daar zeg je zoiets, Oleg. Ik heb er geen idee van wat er in haar hoofd omgaat. Ik weet helemaal niets van haar, behalve dat ze mij niet mag en dat ze met iemand naar bed gaat voor een borrel."

Oleg maakte een ongeduldig gebaar. "Oppervlakkig gezien. Maar ik heb inderdaad een voorsprong, want ik weet wel iets van haar achtergrond. Zou jij bijvoorbeeld een voormalig concertpianiste in haar herkennen?"

"Ze ziet er nogal wankel uit."

"Uiteraard. Persoonlijk vind ik haar nogal weerzinwekkend. Dat hoofd — net een python die op het punt staat om aan te vallen." Oleg raakte helemaal opgewonden en opende en sloot zijn bleke hand. "Maar nu drinkt ze. Ze gebruikt ook drugs wanneer ze het betalen kan — waarom? Om te vergeten? Nee. Om zich dingen te herinneren! Een lichte vorm van artritis en carrière naar de maan. Ze drinkt en in haar hoofd hoort ze muziek, applaus, succes..."

"Interessant. En hoe zit het met Blaine?"

"O, Blaine, die is nogal ondoorgrondelijk." Oleg tuitte zijn lippen. "Blaine is hier op zoek naar iets, of hij wil hier iets kwijtraken. Hij is erg gevoelig en — vind ik tenminste — een erg aardige man." Hij schudde glimlachend zijn hoofd. "Positano is een vreemde plaats — misschien is Odysseus hier wel aan land gegaan om zijn lotus te eten, wie weet?"

"En Kex?"

De glimlach verdween subiet en Oleg sloeg zijn ogen neer. "Kex. Ach, hm." Even dacht ik dat hij zou blijven zwijgen, maar na een paar keer snuiven, eens flink zijn neus snuiten en een slokje sinaasappelsap, zei hij: "Kex is het vleesgeworden kattenkwaad. Ik zie Kex als een van de mindere kwelduiveltjes, een natuurgeest — iets dat tegelijk meer is en minder dan een mens. Hij wordt niet ouder en hij is nooit jong geweest. Hij heeft de ziel van een geit, een ezel, een potsenmaker, een harlekijn. Kex—" Oleg schudde zijn hoofd. "Hij is wreed, of liever gezegd, harteloos, met de wreedheid en de harteloosheid van een student die een kikkervisje ontleedt. Kex is gul, maar alleen in zoverre het hem iets nieuws oplevert…Maar ja, ik verveel je en Kex is inderdaad niet een van mijn favoriete personen. Ik denk eigenlijk dat hij drieduizend jaar te laat leeft; het lot heeft hem de rol toebedeeld van een pre-Myceense satyr."

"En de kinderen Dannister—ken je die?"

"Alleen van gezicht. Ik heb ze geen van beiden ooit gesproken. Het meisje—een bekoorlijk feetje. Haar gezicht heeft veel weg heeft van een schilderij van Botticelli. Ze loopt en ze loopt maar, er rust een gewicht op haar ziel, maar het kan onmogelijk haar eigen gewicht zijn; ze is te jong om zelf al een tragedie beleefd te hebben—die komen pas later."

"Oleg, je bent een pessimist."

Hij keek me onderzoekend aan. "Ha, beste vriend, Amerikaanse vriend, jij verwacht altijd een gelukkige afloop—jullie nationale sprookje. Nee, nee—ik vind dat niet laakbaar; het is beter om geluk te verwachten dan je hoofd al van tevoren te buigen voor verdriet. Maar wij uit Europa—Europa, het kleine schiereiland van het reusachtige Mongoolse Azië—wij weten wel beter. Excuseer me even, daar is mijn post. Ik woon hier in de Vistamare, weet je."

Arturo gaf hem drie brieven, twee in witte enveloppen met een handgeschreven adres en een derde in een blauwe envelop met een getypt adres. Die laatste bekeek hij even weifelend en toen maakte hij hem open. Hij las de brief met gestrekte arm, opgetrokken wenkbrauwen en zijn hoofd, een beetje verziend, achterover gekanteld. Eenmaal uitgelezen vertrok hij geen spier, maar hij bleef zitten met de brief in zijn hand. Toen sloeg hij zijn ogen op en wierp mij een eigenaardige koude blik toe.

"Excuseer me," zei hij en hij pakte zijn brieven, stond op, stak het terras over en verdween in de Vistamare.

Ik keek hem een beetje verbaasd na en probeerde de betekenis van de blik die hij me had toegeworpen te duiden. Beschuldigend? Verbitterd? Of louter in gedachten verzonken?

Ik riep Arturo, rekende m'n koffie af en besloot naar huis te slenteren voor de lunch.

Ik stapte het terras af en stond ineens oog in oog met Alma, die er net op wilde stappen. Haar gezicht was gevlekt als een pinto paard: rood, roze en wit met bruine flarden afschilferende huid, Haar haar zag er ongewassen en warrig uit. Ze leek wel een heks en ze stonk als een vat zuurmout.

"Hallo," zei ik en maakte aanstalten om langs haar te glippen.

Met een schorre stem zei ze: "Ook hallo, vuile rotzak." Ze zwaaide haar schriele arm omhoog en gaf me een klap in m'n gezicht.

Stomverbaasd nam ik een sprong achteruit. De tranen stroomden over haar wangen. "Ja, vooruit sla me maar, smerige schoft, toe maar…"

Ik draaide me om en liep snel de helling op naar het appartement.

Hoofdstuk VIII

Ik at een typisch Italiaanse lunch: *lasagne alla romana* — laagjes platte pasta, gehakt, kaas en hardgekookt ei en het geheel in de oven gebakken in een tomatensaus met boter.

"Ignazia," zei ik, "ik zou jou zonder meer een verdomd goede kokkin noemen!"

Ignazia stond grinnikend in de deuropening. "Lekker, hè?"

"Heel lekker. Als je niet getrouwd was, nam ik je zo mee terug naar de Verenigde Staten."

Ze zette haar handen op haar heupen en bulderde van het lachen. "Getrouwd betekent niks. Ik ga mee of die ouwe het goed vindt of niet. Hij is bijna nergens goed voor; ja, vis vangen — stelt niks voor. Elke idioot kan vis ophalen. Voor goed koken moet je hersens hebben. Wacht, ik laat wat zien." Ze draaide zich om en deed een kast open die me nog niet eerder was opgevallen — een donkere nis achter een vlak paneel, goed verstopt. Ze stak haar hand erin, rommelde een beetje en haalde hem weer tevoorschijn met een stoffige fles erin. "Dit heel goede wijn — uit Frosinone. Kex, die heeft allerlei soorten wijn."

"Maak maar gauw open," zei ik. Ik verdiende wel een goedmakertje voor al m'n pijn en blauwe plekken.

We dronken samen de fles leeg en ik ging buiten op het terras zitten dat nu in de zon lag te bakken. Het leek een goed moment om de hele situatie eens te overdenken. Door voor Kex te gaan werken had ik me duidelijk meer op de hals gehaald dan ik had gedacht. Als ik ook maar een greintje verstand had, hield ik mezelf voor, vertrok ik met gezwinde spoed. Ik was dat natuurlijk helemaal niet van plan. Die tienduizend lire per dag, het eten dat Ignazia voor me kookte en de wijnvoorraad van Kex bevielen me veel te goed. Ik begon me af te vragen hoe deze hele zaak zou aflopen.

Waarom had Alma me een klap gegeven? Waarom had Oleg me zo'n eigenaardige, kille blik toegeworpen? Ik herinnerde me dat ik ooit eens een verhaal had gelezen dat *The Mysterious Card* heette. Ik wist niet meer wie het geschreven had, mogelijk Richard Harding Davis. De held kreeg per post een kaart met een kort zinnetje in het Frans erop. Hij sprak zelf geen Frans en ieder die hij vroeg om het voor hem te vertalen werd woedend van walging en afkeer. Zijn vrouw verliet hem; zijn beste vrienden keerden zich van hem af. Ik voelde me alsof ik in de vorm van m'n gezicht een soortement versie van *The Mysterious Card* met me meedroeg, want iedereen die het zag wilde er een stomp op geven.

Tja, dacht ik terwijl ik knipogend in het zonlicht keek, het ziet ernaar uit dat me een interessante tijd te wachten staat.

Ik stond op, rekte me uit en besloot Kex' opdracht te volgen om in de stad rond te kijken. Ik klom de trap op, keek ietwat voorzichtig naar links en naar rechts en begon in de richting van Amalfi te lopen. Bij de trap die naar het appartement van de Ryens leidde bleef ik even staan; misschien hadden Pamela en Hester zin in een ommetje, dan kon ik onderweg heel wat roddels oppikken.

Ik liep de treden naar de deur op en daar hoorde ik van binnen luide hoge stemmen. Ik kon niet verstaan wat er gezegd werd maar ik hoorde Pamela's woedende geblaf en een schril gejammer van Hester. Ik wilde aankloppen maar aarzelde nog. Binnen begon Hester hard te huilen terwijl Pamela luidkeels riep: "Nooit, nooit van m'n leven! Het kan me niet schelen —"

Ik liep de treden weer af en ging met een onveilig gevoel op pad in zuidelijke richting.

Positano verdween achter een reusachtige bult van kalksteen. De rotswand torende boven me uit en onder me lag de kalme Middellandse Zee. Cactussen, agaven, wilde rozemarijn, brem en schitterende struiken met stervormige kransen van groene bladeren groeiden tussen de rotsen.

Na een kwartier wandelen kwam ik bij een brede kloof in de rotshelling. Steile rotswanden omsloten anderhalve kubieke kilometer zonlicht en wazige lucht; kleine akkertjes met olijfbomen die zich vast-klampten aan terrassen die fantastisch tegen de helling kleefden als adelaarsnesten. De weg stak de kloof over via een stenen brug. Ik stond een tijdje tegen de balustrade steentjes in de lucht te schieten. Een schitterende, vredige plek.

Twee boerenmeisjes kwamen langs met elk een takkenbos op hun rug. Een kleine Fiat coupé, niet groter dan een kruiwagen, kwam over de weg aangesnord als een hommel op rolschaatsen. Hij verdween en op het geluid van de branding na was het weer doodstil.

Ik bleef een halfuur tegen de balustrade geleund staan. Toen draaide ik me om en wandelde in een sombere stemming terug naar Positano. De wereld leek vol narigheid en verdriet.

Ik liep langs het appartement van de Ryens en bleef bovenaan mijn eigen trap aarzelend staan om te kiezen of ik naar het strand zou gaan of naar binnen. Ik besloot niet naar het strand te gaan. Het balkon bood uitzicht op materiaal voor ruim een tiental houtskoolschetsen waarvan ik er een paar wilde maken voor het geval Kex formeel zou gaan doen…

Er hing een kleine man van ongeveer vijfenveertig jaar achteloos rond bij het winkeltje van signora Umberto. Hij droeg een kraakhelder lichtgrijs pak, stond een grote sigaar te roken en leek helemaal op te gaan in de vlucht van een zeemeeuw. Toen ik de deur van het slot haalde kwam hij in beweging. Ik hield hem uit mijn ooghoek oplettend in de gaten. Hij leek volstrekt niet bij het landschap te passen, als een politieagent in een bar. Niet dat de man op een politieagent leek, inte-gendeel zelfs.

Hij bleef anderhalve meter bij me vandaan stilstaan en bekeek me met kille belangstelling, nog net niet met afkeer. "Jij bent toch Musgrave, klopt dat?"

"Als een zwerende vinger."

"Ik neem aan dat je nu ook weet wie ik ben."

"Ik zou het niet weten."

Door de rook van zijn sigaar heen bekeek hij me nauwlettend. "Ik ben Piombino."

"Ach, Piombino." Nummer 5 van de lijst. Hij zag mijn ogen even geïnteresseerd oplichten en knikte traag alsof ik een van zijn vermoedens had bevestigd.

"Ik dacht dat ik je de moeite om mij op te zoeken maar moest besparen." zei Piombino.

Raadsels en geheimen. Ik zei tegen Piombino: "Dat is erg aardig van je." Als ik wat terughoudend deed kwamen er misschien wat feiten boven water. Misschien kon ik er zo achter komen welke rol ik speelde in het spelletje mensenschaak van Kex. Tot dusver leek ik wel een van de onbeschermde pionnen. "Hoe wist je dat ik je wilde spreken?"

Hij wees met zijn sigaar naar de deur. "Zullen we niet liever naar beneden gaan, van de stoffige straat af?"

"Ja, natuurlijk. Breek je nek niet op die trap."

Hij wierp me even een scherpe blik toe alsof ik iets had gezegd dat hij herkende, en marcheerde toen in een stevig tempo voor me uit van de trap af.

Ik zette twee luie stoelen tegenover elkaar. "Wat vind je hiervan?"

"Prima. Ik ben gauw tevreden," Hij ging zitten, blies een wolk sigarenrook uit en bekeek me van de overkant. "Nou — wat had je te vertellen? Dan hebben we het maar achter de rug."

"Ik heb niks te vertellen. Jij kwam mij opzoeken."

Hij gluurde me door zijn oogharen aan. "Jij laat je niet in de kaart kijken, hè? Wie heeft je gestuurd? Joe Rocco?"

"Nooit van hem gehoord." Ik leunde achterover en begon het gesprek wel leuk te vinden. Het leek wel een scene uit een film.

Piombino's mond vertrok. "Als je me in je geheimpjes liet delen, zouden we heel wat sneller opschieten."

"Ken jij Kex?" vroeg ik nadenkend.

"Ik weet wie hij is. Hoezo?"

"Dit is zijn appartement. Je zou kunnen zeggen dat ik bij hem logeer."

"Hij zit dus in het complot, nou en?"

"Waarom denk je dat hij in het complot zit?"

"Ja, krijg nou wat, jij zit hier toch? Dan is er toch verband?"

"Ja, maar niet als je het mis hebt wat mij betreft."

Hij blies een ongeduldige rookpluim uit. Zijn hand beefde en zijn knokkels waren spierwit waar ze zijn sigaar vasthielden. Piombino werd een beetje zenuwachtig. "Kunnen we ophouden met die grappenmakerij? Joe Rocco wil iets hebben waar hij geen recht op heeft.

Misschien heeft hij een tijdje terug een strop gehad, maar zoals het nu uitpakt is hij er beter vanaf gekomen dan ik. Hij kan de hele zaak beter afschrijven als winst en verlies. Ik heb niet zoveel poen meer. Mijn onkosten rijzen gewoon totaal de pan uit; dat kun je je niet voorstellen."

"Allemaal erg interessant, maar waarom vertel je dat aan mij?"

"Ik geef je een beetje achtergrond om je mijn positie te laten begrijpen. Ik weet niet hoe je mij hebt weten op te snuffelen en het kan me niet schelen ook. Maar je hoeft het niet aan Joe door te vertellen. Hij is een aardige gozer maar wat hij niet weet kan hem ook niet schaden. Wat vind je daarvan?"

"Het maakt mij geen moer uit."

"Zo mag ik het horen!" zei Piombino met een weinig overtuigend vertoon van jovialiteit. "Verdomme zeg, jij bent een heel eind van huis en ik zou je best een mazzeltje gunnen." Hij trok hard aan zijn sigaar en stelde me een onverwachte vraag. "Hoeveel verdien je aan dit zaakje? Een vast bedrag of een percentage?"

"Eerlijk gezegd ben ik per dag ingehuurd."

Hij trok een lelijk gezicht. "Sommige van die jongens zoals jij kan het ook niks schelen waarmee ze hun brood verdienen. Mmm — tien jaar geleden kon ik het zelf ook nog weleens hard spelen, maar m'n zenuwen begaven het; ik kan er niet meer tegen. Ik ben tegenwoordig brandschoon. Het is nu louter uitgeven en er komt niks binnen. Ik ben bereid om een kleine aanpassing te maken, maar uitsluitend tussen ons tweeën, Joe heeft pech dit keer. Een zakelijke overeenkomst, snap je? Jij gaat terug; je hebt me niet gezien, ik ben scheep gegaan en de wijde wereld ingetrokken. Snap je? Je hebt me net gemist. De laatste keer dat iemand me heeft gezien was ik op weg naar Centraal Afrika."

Ik stak mijn hand in m'n zak om m'n sigaretten te pakken en Piombino maakte een verkrampte beweging. Ik keek hem een beetje verbaasd aan en stak er een op. "Wie denk jij eigenlijk dat ik ben?" vroeg ik. Ik bedoelde de vraag letterlijk, maar Piombino vatte hem op als een retorische opmerking die op gekrenkte verontwaardiging duidde.

Met een honingzoete stem zei hij: "Ik hou jou voor een slimme donder die vooruit probeert te komen." Hij stond op, veranderde van gedachten en ging weer zitten. Ik besloot om een eind aan de maskerade te maken; ik zou van Piombino niet wijzer worden.

"Vriend," zei ik, "je hebt het mis. Ik ben niet de man voor wie jij me houdt."

De arme Piombino verstond me weer verkeerd en nu dacht hij dat ik een spelletje met hem had zitten spelen, dat ik in werkelijkheid een trouwe handlanger was van Joe Rocco, of hoe die ook mocht heten. Afwisselend tuitte hij zijn lippen en zoog ze dan weer naar binnen en zijn voorhoofd glom. "Wacht tot morgen. Ik ben geen krentenkakker. Sla dan je slag. Zeg tegen Joe of Manny of wie dan ook dat Piombino in de Italiaanse bevolking is ondergedoken en niet te vinden is. Dat is de beste manier. Dan komt er geen ellende van en blijft iedereen overal een prettig leventje leiden."

"Ik zou heel graag een prettig leventje leiden, maar Kex steekt de hele tijd een spaak in het wiel."

"Wat heeft Kex hiermee te maken?"

"Dat probeer ik juist uit te vissen."

"Vergeet Kex nou maar," zei Piombino knorrig. "Alles is nu geregeld. Jij hebt mij nooit gezien. Toch?"

"Goed hoor, ik heb jou nooit gezien. Nog iets anders?"

"Nee, dat is prima." Hij liet een lange ademteug ontsnappen. "Mooi. Ik dacht toch even dat we moeilijkheden zouden krijgen."

"Eén ding is me nog niet duidelijk. Hoe heb je van mij gehoord?"

"Dat blijft toch wel tussen ons, hè?" vroeg hij hunkerend.

"Louter tussen ons."

Hij stak zijn hand in zijn zak, haalde een blauwe envelop tevoorschijn en gaf die aan mij. Het poststempel meldde Rome. Het adres luidde: Mr. Larry Piombino, Hotel Luxa, Positano. Ik haalde de inhoud eruit — een enkel vel grijs papier met een getypte boodschap.

Beste Larry,

Hiermee wil ik je waarschuwen. Een vent die Musgrave heet is kortgeleden met het vliegtuig uit Amerika gekomen. Hij is op de hoogte. Ik kan niet te veel zeggen, maar je begrijpt wel wat ik bedoel. J.R. is naar je op zoek. Hij heeft kwaad in de zin.

K.D. Vedalia

Ik las het bericht nog een keer. "Wie is Vedalia?"

"Ouwe kennis van me," fluisterde Piombino, mogelijk als reactie op de spanning. "Het laatste wat ik van hem hoorde was dat hij in Los Angeles zat. God mag weten hoe hij me op het spoor is gekomen."

"Piombino, iemand wil je een poets bakken met die brief."

"Poets? Wat bedoel je met 'poets'? Jij heet toch Musgrave?"

"Ik heb mijn uiterste best gedaan om dat duidelijk te maken."

Hij bekeek me met een sluwe blik. "Wat is dat allemaal met die Hilfstone kwestie?"

"Iemand haalde zich in zijn hoofd dat mijn naam Hilfstone was —"

"Die wordt gezocht, zeker?"

"— en ik moest dat rechtzetten."

"Er gebeuren rare dingen hier in de buurt."

"En Kex lacht in zijn vuistje."

"Malle ouwe nicht." Hij sprong abrupt overeind. "Ik ga maar, denk ik. Alles is nu geregeld. Jij hebt me niet gezien, toch? Ik ben ervandoor. Goed?"

"Wat je maar wilt."

Hij aarzelde. "Jij praat er wel erg makkelijk over." Hij trok zenuwachtig aan zijn sigaar. "Als je stiekem iets van plan bent, vergeet het dan maar. Ik ben een echte ouwe goedzak maar ze moeten me niet onder druk gaan zetten. Dan word ik woest. Haal je maar niks in je hoofd."

"Broeder Piombino," zei ik verveeld, "ik heb je nu al tien keer verteld dat deze hele zaak een rotgeintje is."

Hij knikte heftig. "Dat is prima, dat is de beste manier om er tegenaan te kijken. Mij zie je niet meer. Ik laat je morgen een pakje bezorgen."

"Wat bedoel je met een 'pakje'?"

Hij zwaaide met zijn sigaar. "Laat dat maar aan mij over. Ik moet eerst wat uitzoeken. Het enige wat ik je kan vertellen is dat ik het goed met je zal maken. Ik ga een reisje maken om een beetje lucht te krijgen en voor ik vertrek wil ik alles op vriendschappelijke voet geregeld hebben."

"Vriendelijker dan nu zal het niet worden, maar ik verzeker je dat je aan het verkeerde adres bent."

"We gaan toch alsjeblieft niet alles overnieuw doen, hè?"

"Oké dan, broeder Piombino. Als jij hier en daar pakketjes wilt achterlaten alsof je zakdoekje leggen aan het spelen bent, dan graaf je je eigen graf maar."

Hij verslikte zich in de rook van z'n sigaar. "Zeg dat alsjeblieft niet. Ik ben zo bijgelovig als de pest."

"Wat je maar wilt."

"Nou — de groeten dan maar. Alles voor z'n roodkoperen?"

Hij zwaaide met z'n sigaar en verdween de trap op. Ik hoorde de voordeur met een klap dichtvallen.

Ik vroeg me af of Olegs brief in de blauwe envelop ook in Rome afgestempeld was.

Ik vroeg me af of Alma een brief in een blauwe envelop had gekregen.

Ik vroeg me af hoeveel meer blauwe enveloppen er rondzwierven.

Ik vroeg me af of iemand die een brief in een blauwe envelop kreeg misschien weleens niet zo redelijk kon zijn als Piombino.

Hoofdstuk IX

Het was nu halfvier. Ik ging naar binnen, wist de klink van Kex' geheime wijnkast open te krijgen en haalde er een vuile fles Vicente Gomez sherry uit.

Ik trok de kurk eruit en nam fles, glas en een potje olijven mee naar het terras, waar ik met kleine teugjes zat te drinken en olijvenpitten over de balustrade spuugde. En als een koude windvlaag kwam er een gedachte bij me op. Het was geen nieuwe gedachte, ik had er al een paar keer eerder omheen gedraaid. Ik ging rechtop zitten en keek over m'n schouder. Misschien liep ik wel gevaar, gevaar voor m'n leven... Piombino had ook een pistool mee kunnen nemen in plaats van beloften over een pakketje. Wat zou ik dan gedaan hebben? Die brief klonk heel overtuigend. De schrijver — hoogstwaarschijnlijk Kex — kende precies de kleinigheden waarmee hij kon overtuigen. Ik mocht nog van geluk spreken dat Piombino zichzelf als een vredelievend mens beschouwde.

Maar Piombino was er maar een uit velen. Als ik zijn opmerkingen goed had begrepen wilde hij mij betalen om degene die hij voor mijn opdrachtgever hield, een zekere Joe Rocco, te bedriegen. Ik kon dat geld zonder enige moeite beschouwen als een mazzeltje, een geschenk uit de hemel. Ik overdacht de morele consequenties van de situatie... Chantage via tussenpersoon? Lijdelijke afpersing...? Vast wel. Mensen die zulke dingen doen hebben een hoge mortaliteit, vooral in van die neurotische plaatsen als Positano... Ik zou het geld met een beleefd briefje terugsturen.

Wat zou Piombino dan doen?

Stel dat hij zou aannemen dat ik Joe Rocco niet wilde bedriegen, dat ik hem op de hielen zou volgen? Het zou weleens veiliger en eenvoudiger kunnen zijn om Piombino's geld aan te nemen en m'n mond dicht te houden. Maar stel dat er dan een echte handlanger van Joe Rocco op het toneel verscheen? Ik sprong overeind, dronk m'n sherryglas leeg, liep de trap op en ging op weg naar het strand.

Ik nam een iets andere route en kwam bij toeval langs de keramiek-winkel van mevrouw Revost. Ik bleef staan, en keek door het raam. In de etalage stond een wijnkruik in de vorm van een kalebas met zes kleine bekertjes, allemaal geglazuurd in een paarsig staalgrijs met vage groenig witte strepen. Op de achtergrond stond een groot groenzwart bord met drie antilopen in blauw met wit die in een kring achter elkaar aanrenden.

Ik verplaatste m'n blik omhoog en keek naar binnen. Op schappen langs de wanden stonden wel honderd andere voorwerpen en achter een toonbank was Hortense zelf aan het werk, ijverig over een tafel gebogen.

In een opwelling stapte ik de winkel in, nieuwsgierig naar haar reac-tie en ook om m'n theorie over de blauwe enveloppen te testen. De winkel was een fraaie, kleine witgekalkte grot zonder enige versiering anders dan z'n eigen koopwaar. Planken links en rechts glansden met gebroken wit, kopergroen, geel en roodbruin ijzeroxide, kobaltblauw, zwartpaars mangaanglazuur en staalgrijzen. Glimlichtjes schitterden heen en weer van glansglazuur naar glansglazuur en de matte glazuren vertoonden een rijke zijdeachtige glans. Zelfs de schaduwen die het licht van opzij op de witkalk wierp in duizenden parabolen, ovalen en sikkels, vertoonden subtiele kleurzwemen.

Achter de toonbank stonden een pottenbakkerswiel, kleibakken, planken vol drogend vers gedraaid steengoed en een decoratietafel waar Hortense nu te midden van bakjes vol kleur zat.

Ze keek op toen ik binnenstapte; haar ogen ontmoetten de mijne en ze sloeg ze neer in schijnbaar bescheiden verwarring. Ze legde haar penseel heel voorzichtig neer en kwam overeind. Ze was waarschijnlijk tegen de veertig, maar op de een of andere manier wekte ze een indruk van jeugdig enthousiasme. Op haar twintigste moest ze fantastisch geweest zijn en nu zag ze er nog steeds behoorlijk goed uit — lang, bijna slungelachtig, maar goed gebouwd, gracieus, als een danseres. Ze had strenge, fijne gelaatstrekken die een indruk gaven van interessante onregelmatigheid, hoewel er niets misplaatst of overdreven leek. Misschien was haar gezicht een beetje te lang, haar neus te smal en met een te hoge neusbrug, stonden haar ogen iets te dicht bij elkaar, maar dat waren allemaal kleinigheden. Haar mond die een beetje openstond gaf haar een ademloos, hartstochtelijk uiterlijk dat de afgelopen vijfentwintig jaar vele mannen naar haar gunsten had doen dingen. Als ik kon geloven wat ik van Blaines gesprek in de bus had opgevangen, was Hortense er niet een die erg lang weerstand zou bieden.

Ze sprak met een lichte, ongedwongen stem. "Hallo, had je iets speciaals in gedachten?"

Ik zei: "Nee. Laat je door mij niet storen; ik kijk gewoon even rond."

"Ga gerust je gang." Ze stond naast de toonbank en bekeek me met een zorgvuldige, nauwkeurige blik — een soort opsommende beschouwing — die me er hevig van bewust maakte dat ik een man was. Ik stopte m'n handen in m'n zakken en bekeek wat er op de planken stond.

"Maak je die allemaal zelf?"

"O nee, niet alles. Met zulk soort dingen kan ik niet tegen de Vietri keramiek op —" ze wees naar een stapel met vissen gedecoreerde borden "— of deze, met die honden en die vogels. Ik doe al deze enkele stukken, al die wijnstellen."

Ik pakte een grijs met wit en groene koffiemok, met een slim oor dat moeiteloos om je wijsvinger gleed. "Het lijkt me erg leuk om zulke dingen te maken. Ik had altijd nog het plan om het eens te proberen."

"Ik vind het geweldig," zei ze. En een minuut later voegde ze eraan toe: "Zag ik jou laatst 's avonds niet in de Vistamare?"

"Je had me niet kunnen missen, nadat de jeugdige Freddy gehakt van me probeerde te maken."

Ze moest lachen. "Freddy is eigenlijk een heel lieve jongen. Hij heeft af en toe uitheemse ideeën en dan is hij net een witte ridder in een volle wapenrusting... Blijf je lang in Positano?"

"Dat weet ik nog niet. Het heeft zo z'n aantrekkelijke kanten." Ik keek haar aan met wat naar ik hoopte een veelbetekenende blik was; niet met Hortense flirten was net zo moeilijk als met een ijshoorntje in je hand lopen zonder eraan te likken. Ze leek het wel te verwachten, het leuk te vinden. Ze ademde wat ondieper en ze boog met sprankelende ogen naar voren. Ik ving een vleugje van een fris parfum op.

"Soms is het erg saai."

"Ik heb het nog geen moment saai gevonden."

Ze moest lachen. "Als je hier net zolang was geweest als ik, zou je er misschien wel anders over denken…Je bent een Amerikaan, toch?"

"Is dat niet overduidelijk?" Ik keek naar m'n kleren: sportieve broek, sporthemd, mocassins.

Haar stem veranderde een heel klein beetje van klank. "Je ziet er niet echt uit als een detective."

"Een detective?" vroeg ik stomverbaasd. Hier was ze dus op uit geweest.

"Ja. Ben je dat dan niet?"

"Nee."

"Jammer. Ik zou het niet erg vinden als je het wel was. Ik hou wel van detectives. Ik heb heel wat gelukkige uurtjes doorgebracht met detectives. Ik hou het meest van de Amerikaanse. De Engelse zijn altijd zo voorzichtig en precies en grappig, als malle kleine jongens die een spelletje spelen. De Franse zijn natuurlijk abominabel. Om van de Italiaanse maar te zwijgen."

"Waar heb je het idee vandaan dat ik een detective was?"

"O —" ze haalde haar schouders op "— nieuwtjes verspreiden zich hier razendsnel."

"Wat zou ik dan moeten ontdekken?"

Ik voelde duidelijk behoedzaamheid en ijskoude berekening achter haar luchthartige gedrag. "Weet je dat niet?"

"Ik kan ernaar raden."

"Nou?"

"Het zat zeker in een blauwe envelop?"

Ze zei niets.

"En ik was zeker bezig met een onderzoek naar jou."

Even sperde ze haar ogen wijd open, maar toen kneep ze ze weer half dicht en ze stond een beetje te zwaaien op haar benen. "Als dat waar is, weet ik niet wat je dan zou moeten onderzoeken."

"Nou, vergeet het maar. Ik ben geen detective. Ik ben geen lid van een criminelen bende. Ik ben geen nicht en ik heet Chuck Musgrave." Mijn refrein groeide aan als het refrein van *Old Macdonald Had a Farm*.

"Wat ben je dan wel?"

"Om een langdradige uitleg te vermijden noem ik mezelf meestal kunststudent."

"O ja?" Haar stem klonk nogal sceptisch.

Ik grinnikte als een boer die kiespijn heeft. "De brief in die blauwe envelop was nogal overtuigend, zeker?"

Ze knipperde met haar ogen, deed haar mond dicht en keek me koppig aan. "Hoe weet jij dat ik een brief in een blauwe envelop heb gekregen?"

"Dat weet ik niet echt zeker. Ik raad het maar. Maar wat er dan ook in mag staan, het is waarschijnlijk allemaal kletskoek — waar het over mij gaat tenminste."

"Stel nou —" zei ze met een milde stem "— stel nou dat erin stond dat ik op mijn hoede moest zijn voor een jonge, aantrekkelijke detective die zich voordoet als kunststudent?"

"Dan zou ik zeggen dat iemand een heel ingewikkeld spelletje speelt in jouw nadeel. En ook in het mijne. Ik krijg betaald, maar niet genoeg en ik ga om opslag vragen."

Ze was nogal van slag en keek met een bezorgde frons naar haar handtas. "Als je geen detective bent," zei ze nadenkend met een schorre stem, "dan is het eigenlijk nog erger..."

Een lange schaduw vulde de deur. Buster Blaine stond met een hand tegen de bovendorpel en leunde naar binnen. "Hallo, Hortense."

"Hallo, Buster," met een toonloze stem.

"Ha, die Chuck."

"Hallo, Buster."

Hij zwaaide naar voren zodat hij eruitzag als een klungelige lappenpop die op het punt stond in elkaar te zakken. Hij tuurde me met saamgeknepen ogen aan. "Hoe staat het leven?"

"Gaat wel."

"Ga even mee naar mijn appartement dan drinken we wat."

"Graag." Ik keek Hortense aan. "Tot ziens."

"Tot ziens."

We liepen omlaag naar de boulevard. "Aardig vrouwtje, Hortense," zei Blaine achteloos. "Ze heeft daar een mooi klein winkeltje."

"Hoe krijgt ze dat voor elkaar? Ze is toch een Amerikaanse?"

"Oorspronkelijk Duits. Haar echtgenoot was een hoge generaal in de Wehrmacht — von Revost."

"Von Revost. Dat was toch een oorlogsmisdadiger?"

"Zo noemden ze hem en daarvoor hebben ze hem ook opgeborgen."
We gingen wat dichter bij de muur lopen om een hele rij haveloze boef-
jes langs te laten die elk een zak met zand op hun hoofd droegen.

"Ze is al ver voor de oorlog bij hem weggegaan; dat pleit voor haar,"
zei Blaine. "Ze wilde er niks mee te maken hebben."

"En daarna?"

"Ik zou het verdomd niet weten. Engeland, Verenigde Staten, en
daarna hierheen. Ik neem aan dat ze heimwee naar haar oude vaderland
kreeg. Maar ze wil niet terug naar Duitsland."

"Ze maakt mooie dingen."

"Ze werkt hard, wil niet op iemands zak teren zoals de andere slet-
ten hier. Ze is een verdomd aardige meid. Erbarmelijk eenzaam, zou ik
zeggen."

"Dan zou ze toch wel weggaan uit Positano?"

"Nee, ze heeft hier een plek gevonden; ze heeft hier vrienden; ze
heeft haar winkeltje; ze hoort ergens bij."

We wandelden over de betontegels, ontweken nog meer kinderen,
liepen om netten boetende vissers in blauw denim en zwarte snorren
heen, beklommen een trap en liepen een steeg in waar het nogal stonk.
"Afvoer," zei Blaine. "Soms ruikt het hier heerlijk naar rozen; maar
tja —" hij wees naar een opgeschoten jongen die tegen de muur stond
te plassen en de wereld aan zich voorbij liet gaan met een ongeïnteres-
seerde en onbezorgde blik, "— dat helpt ook niet erg. Nu ja, dit is nou
eenmaal Italië."

Hij duwde een deur open en stapte met een overdreven beleefd
gebaar voor me uit zijn woning in. Hij had een lange, smalle kamer met
wit gekalkte wanden en een halfrond plafond als van een nissenhut.
Een balkon gaf uitzicht op het strand. Aan een kant stond een laag bed,
dat nu bedekt was met een sprei die eigenaardig veel weg had van een
Navajo kleed; aan de andere kant stond een ronde tafel met een halfvolle
fles cognac, een volle asbak, een draagbare schrijfmachine en een paar
boeken. Tegen de wand stond een gammel kastje met een stuk of tien
detectives in pocketformaat, een mensenschedel met dikke plekken rode
en zwarte schimmel en een pakje goedkope Italiaanse sigaretten. Een
jachtpet van tweed hing aan een haak en in een hoek stond een banjo.

"Ga zitten," zei Blaine. "Zoek maar een stoel, het is hier een troep, vanzelf. Ik moet een goeie vrouw zoeken."

Ik schoof een stoel naast de tafel. Blaine pakte een verzameling flessen en glazen, waarvan hij een hele ceremonie maakte. "Hoe drink je het? Puur, met water of mineraalwater?"

"Mineraalwater."

Hij vulde een stel glazen. "Op de misdaad."

We namen een slok. "Hè," zei Blaine. "Daar gaat toch niets boven, het eerste glas van de middag."

"Wanneer werk jij eigenlijk?"

Hij keek aarzelend naar zijn schrijfmachine. "Twee of drie keer in de week. Dan doe ik de deur op slot en werk als een idioot, en daarna ontspan ik me weer tot de volgende opwelling."

"Schrijf je onder je eigen naam?"

"Nee." En hij vroeg: "Red je het een beetje?"

"Prima. Iedereen lijkt aardig, behalve die vent die —"

Zijn gezicht bleef even strak als dat van de beroemde houten Indiaan voor een sigarenwinkel, maar ik voelde dat ik zijn belangstelling had gewekt. Ik had nog steeds geen zin om over mijn avontuur op de trap te praten, hoewel ik inmiddels vrijwel met zekerheid wist wie de schuldige was.

"Om even op Hortense terug te komen," zei ik. "Hoe kan zij haar zaakje openhouden? Er is toch een of andere wet die vreemdelingen verbiedt om een bedrijf te bezitten? Hoe komt ze daar onderuit?"

Blaine vervormde de helft van zijn gezicht tot een lepe knipoog. "Makkelijk zat. Het enige wat ze nodig heeft is een bereidwillige Italiaan als stroman, die de huur betaalt, de formulieren invult en de carabinieri overdondert. Hortense heeft nooit gebrek aan dat soort hulp."

"Ze heeft een schuldig geweten," zei ik. "Ze denkt dat ik een detective ben."

"Grappig hoe zulke ideeën zich verspreiden." Hij keek me van onder zijn halfgeloken oogleden aan. "Ik neem niet aan dat je toevallig aanspraak maakt op die eer?" Hij nam weer achteloos een slok uit zijn glas, maar over de rand ervan kleefden zijn ogen als slakken aan mijn gezicht.

"Blaine," zei ik nadenkend, "jij schrijft moordverhalen: waarschijnlijk komen daar ook detectives in voor. Heb ik iets dat ook maar een beetje overeenkomt met jouw opvatting van een detective?"

"De detectives waarover ik schrijf," zei Blaine, "vertonen geen enkele gelijkenis met iets op deze aarde of erbuiten." Hij liet peinzend de cognac in zijn glas ronddraaien. "Je ziet er niet *uit* als een detective. Maar dat —" hij wees naar me met een lange gele knokige vinger "— dat zou juist jouw handelsmerk kunnen zijn — dat uiterlijk waarbij mensen zich ontspannen en al hun zonden opbiechten. En ze komen er pas achter hoezeer ze zijn misleid wanneer ze in het beklaagdenbankje staan en jou een raadgeving in het oor van de aanklager zien fluisteren."

Ik lachte wrang. "Als ik wilde bewijzen dat ik een detective was dan zou ik je m'n pasje laten zien. Maar ik kan niet bewijzen dat ik *geen* detective ben door *geen* pasje te laten zien. Wat maakt het trouwens uit? Iedereen denkt toch dat ik iets ben dat ik niet ben. Ik kan me er net zo goed niks van aantrekken."

Blaine schonk ons allebei nog eens twee vingers cognac in. "Het is een raar zaakje. Eerlijk gezegd —" hij zweeg even terwijl hij het water inschonk "— jij krijgt nogal een eigenaardige reputatie hier in de buurt. Zoals je zelf al zegt weet niemand of jij vlees of vis bent. Wie is bijvoorbeeld," en hij keek me met zijn alleronschuldigste blik aan, "die vent Hilfstone?"

"Dat weet ik niet," zei ik kortaf. En uit ergernis vroeg ik: "Wat heb jij gedaan met die brief uit de blauwe envelop?"

Blaine reageerde nog veel heftiger dan Hortense; hij schoot rechtop alsof ik een kanonslag had afgestoken. "Ho, ho," zei Blaine met een beheerste stem, "wat is hier aan de hand? Ik dacht dat ik het spelletje mooi met je meespeelde. Ik snap het niet. Hoe —" hij zweeg ongemakkelijk.

"Hoe ik dat weet? Logisch afgeleid, beste vriend. Je moet goed begrijpen dat ik geen idee heb van wat er in die brief staat; ik stel me voor dat hij je waarschuwt dat het spel uit is, dat Musgrave naar Positano is gekomen om je op heterdaad te betrappen."

"Nou, ja," zei Blaine zwakjes. "Dat is het zo ongeveer. En wat ben je nu van plan?"

Het werd me bijna teveel. "Grote god, man, ik ben een onschuldige omstander. De man over wie jij je zorgen moet maken is Kex!"

"Tja, daar heb ik natuurlijk wel aan gedacht. Ik maak me om Kex niet druk. Hij is op zichzelf ongevaarlijk. Maar wat hij doet maakt me wel bang. Hij zet dingen in beweging die hij niet meer kan laten ophouden. Hij noemt dat grappen. Hij is een ingewikkelde rotzak, die Kex. Hij zou het best eens hilarisch kunnen vinden om ons allemaal in het gevang te laten stoppen. Niet dat ik me om zoiets druk maak, dat snap je wel," zei hij er vlug achteraan.

"Natuurlijk," zei ik met een uitgestreken gezicht.

Blaine keek me vragend aan en stak een sigaret op. "Hoe komt het dat jij wist dat ik een brief in een blauwe envelop had gekregen?"

"Dat raadde ik."

Blaine nam een trage slok. "Wel heel *goed* geraden dan."

Ik stak m'n hand in m'n zak, zocht m'n portefeuille en viste Kex' wasserijlijstje eruit. "Als Kex een grap heeft gemaakt, dan zijn dit de mensen die zouden moeten lachen. Twee van hen hebben met zekerheid een brief in een blauwe envelop gehad. Jouw naam staat ook op de lijst."

Blaine pakte het lijstje aan en las de namen hardop voor: "Munton, Blaine, Leibnitz, Piombino, Vroznek, Hortense, Alma, Margaret, Pamela en Hester Ryen, Dannister. Hmm. Een mooi stelletje bij elkaar. Een gemengde, maar goed bij elkaar passende keus." Hij trok een sombere grimas en schudde zijn hoofd. "Stel je die ploeg eens voor als schipbreukelingen op een onbewoond eiland." Hij draaide het lijstje om. "Kex z'n wasserijlijstje. De lijst met de Vuile Was." Hij floot tussen z'n tanden. "En dan nog een keer — waar pas jij daartussen?"

"Nou, het zat zo." Ineens schoot me iets te binnen en ik viel stil. Kex had me opgedragen om niet over m'n werk te praten; zolang ik zijn geld aannam was ik in theorie verplicht om zijn opdracht uit te voeren. Maar hij had me niet opgedragen om me voor te doen als detective. Als hij dat wel had gedaan zou mijn beloning zelfs nog hoger geweest zijn dan het bedrag dat ik voornemens was van hem af te troggelen.

Blaine bekeek mijn gewetensstrijd met onverholen belangstelling — een sigaret in z'n mondhoek en rook langzaam uit zijn neus kringelend.

Ik zei: "Wat ik je vertelde is de waarheid. Ik ben kunststudent. Ik mag van Kex zijn appartement gebruiken — waarschijnlijk om Freddy en alle andere Dannisters te laten denken dat ik Hilfstone was zodat ze door het lint zouden gaan. Hij stuurde iedereen op die lijst een brief in een blauwe envelop zodat iedereen nu denkt dat ik datgene ben waar ze het allerbangst voor zijn... Dat laatste, over die brieven, is louter giswerk."

"Hm... Als ik dat zo hoor zou ik zeggen dat je een riskant baantje had. Stel dat iemand op die lijst echt wanhopig was en het lelijk op zijn heupen kreeg? Er lopen hier een paar tamelijk licht ontvlambare lui rond."

"Je vertelt me niks nieuws. Freddy probeerde me in elkaar te slaan. Alma gaf me een slag in m'n gezicht."

"Echt waar?" vroeg Blaine met geamuseerde bewondering. "Tjee, die kleine alcoholische dondersteen!"

"Afijn, ik probeer het nieuws te verspreiden dat ik *geen* detective ben, *geen* nicht, *geen* James Hilfstone en *geen* god-mag-weten-wat-allemaal."

"Ja, daar kan ik inkomen," zei Blaine. "Hier neem nog een borrel."

Want in m'n opwinding had ik m'n glas achter elkaar leeggedronken. We zaten een tijdje allebei te zwijgen. Toen zei ik: "Jij lijkt niet erg van streek door jouw blauwe envelop."

Hij haalde zijn hoge schouders gelaten op. "Het is Kex maar. Je opwinden over Kex is zinloos. Het is gewoon zijn natuur om zo te zijn. Ik maak me er niet druk om, hoewel ik vermoed dat ik wel in de minderheid ben. Oleg heeft een bloedhekel aan hem. Ik moet wel zeggen dat hij daar reden genoeg voor heeft." Hij ging verzitten en drapeerde zich nu soepel als een touwladder over zijn stoel. "Kex is een rare snuiter, dat valt niet te ontkennen. We hebben allemaal ons eigen kruis te dragen. Dat van Kex is verveling. Hij is te veel een kwajongen om stil te zitten en voor zich uit te staren, en hij heeft niet genoeg hersens om zich op iets dat echt moeilijk is te storten. Hij haalt dus allerlei streken uit. Hij heeft het brein van een vlinder; hij proeft, neemt een slokje en fladdert weer verder."

"Hoe weet hij dan te voorkomen dat hij in de problemen komt?"

"Verdomd als ik het weten mag. Tot nu toe heeft hij de dans weten te ontspringen. Maar dat kan niet eeuwig duren. Ik heb het gevoel dat dat dit keer niet zal lukken. Als hij de kans had gekregen had Oleg hem vorig jaar misschien wel doodgestoken. Kex haalde een echt gemene streek uit — hij betaalde een knap jong grietje uit Napels om hierheen te komen en Oleg te verleiden. De meisjes van hier bekijken hem niet, ze mogen hem niet; die goeie Oleg was hard aan een vrouw toe. En als dat lieve schatje naar hem lonkt begint hij zich vreselijk uit te sloven. Een week lang lopen ze achter elkaar aan op het strand waarbij het meisje hem aldoor net een centimeter of vijf voorblijft. En Oleg, die arme stumper, raakt helemaal hoteldebotel en zijn tong hangt zowat uit z'n mond. Hij is helemaal wild van het grietje, wil met haar trouwen. Eindelijk geeft ze toe en ze gaat met hem naar bed. De volgende dag pakt ze haar biezen en smeert hem terug naar Napels. De waarheid is natuurlijk dat ze Oleg helemaal niet ziet zitten en dat ze louter een week heeft gewerkt volgens het recept van Kex. Oleg weet op de een of andere manier uit te vissen dat ze uit Napels komt en hij ontdekt waar ze woont en dat ze daar elke nacht zes tot acht Amerikaanse matrozen vermaakt. Ze lacht hem uit en vertelt hem het hele verhaal."

"Grote goedheid," zei ik. "Dat is niet leuk meer."

"Nee," zei Blaine, "dat was het ook niet. Het was eerder een tragedie. En om alles nog erger te maken heeft hij van haar ook nog een druiper opgelopen. Hij moet telkens naar het ziekenhuis voor behandeling."

Ik schudde m'n hoofd. "Ik denk dat ik dat niet had gepikt. Ik denk dat ik totaal over de rooie gegaan zou zijn en een paar lui had gekeeld; om te beginnen Kex."

Blaine nam een grote slok. "Volgens mij was Oleg dat ook zo ongeveer van plan. Kex, die al die tijd op het terras van de Vistamare had gezeten waar hij aan zijn snorpunten draaide en met Chi-Chi zat te jokeren, kreeg het in zijn hoofd om naar Egypte te gaan. Hij is een vrindje van Faroek, die op dat moment op de troon zat, en hij vertrekt dus. Oleg bedaart langzamerhand, maar hij kan de aanblik van Kex nog steeds niet verdragen."

"Het verbaast me dat hij naar Positano terugkwam."

"Daar was lef voor nodig. Oleg heeft lef en hij is net als de anderen hier — vierkante bouten die een plekje zoeken in een wereld van ronde gaten." Hij pakte de Vuile-Waslijst weer van tafel. "Dit is typisch Kex. Altijd iets nieuws — een kind met een nieuw speeltje. Kex is net zo goed een vierkante bout als de anderen: Positano is zijn geestelijke toevluchtsoord. Hij gaat zich vervelen en vertrekt dan, maar hij komt altijd weer terug met een nieuwe manier om de boel op stelten te zetten. Op een keer nam hij hasjiesj mee uit Egypte. Een week lang aten we allemaal hasjiesj alsof het snoepgoed was. Weer een andere keer nam hij een hypnotiseur mee uit Rome. En wij elkaar almaar hypnotiseren tot gravin Margaret een knalfeest geeft en Paul Prie met een pistool op Leibnitz schiet, en een knul die Maybanks heet denkt dat hij een kat is en op de nok van het dak springt, waarop de familie die er woont moord en brand begint te roepen. Kex wil niet lastiggevallen worden met de problemen van de anderen en vertrekt naar Deauville." Blaine zweeg even voor een flinke, verfrissende teug uit zijn glas en een verse sigaret.

"Er werd hier beweerd dat er vlak voor dat eiland daarginds een achttiende-eeuws karveel vol goud is gezonken. Kex huurt een schuit en een duikpak en zoekt onder water naar de schat. Het malle is — kon natuurlijk alleen Kex overkomen — dat hij een stuk of zes baren goud vindt. De Italiaanse overheid nam die natuurlijk in beslag, maar Kex kon zijn lol niet op."

Blaine zuchtte. "Kex met zijn streken — etherfeestjes. Ik was zes uur blind. Moest als een spanrups over straat kruipen om te voelen welke kant ik op moest. Zo blind als een mol — en broodnuchter. En hij gaf een tijdje travestiefeestjes in zijn appartement. Ik ben er een keer heen geweest, moest als vrouw verkleed. Doe ik nooit meer…En die keer dat hij een experiment met Cary Johnson wilde uithalen…werd bijna zijn dood. Eerst fokte Kex hem op met marihuana, toen gaf hij hem benzedrine te slikken, gaf hem een forse snuif cocaïne en als toetje nog een papje van peyote. Jemig wat een klapper! Zoiets heb je nog nooit gezien. Die knul begon tegen wanden op te lopen, probeerde zijn borst open te rukken om zijn hart te horen kloppen. Het eindigde er ten slotte mee dat hij drie uur lang schreeuwend tegen vreselijke monsters vocht. Toen hij bijkwam zei hij dat hij dingen had gezien waar je niet eens aan wilt denken, en dat in vijf splinternieuwe kleuren. Zo'n twee weken later probeerde hij een bank in Sorrento te kraken en toen werd hij opgeborgen."

"Wat ik niet begrijp is waarom Kex zelf nog steeds niet is opgeborgen."

"Kruiwagens. Kex kent iedereen, en vrijwel iedereen die hem niet al te goed kent mag hem wel. Hij is een innemende vent — bescheiden, vriendelijk, betaalt altijd het gelag. Er zit geen kwaad in, hij ziet gewoon de dingen graag snorren, houdt ervan om nieuwe sensaties uit te proberen, wil graag lachen."

Ik pakte de Vuile-Waslijst van de tafel. "Tot nu toe kan ik hierin niks grappigs zien."

"Het valt niet te voorspellen wat Kex voor potje op het vuur heeft." Hij pakte de lijst uit m'n hand en bekeek de namen. "Het is wel een eigenaardige selectie. Hij heeft bijvoorbeeld wel Munton erop staan, maar Kavenaw, Muntons maatje niet. Hij heeft Leibnitz, de Duitse schilder, maar Paul Prie, de Fransman niet. Hij heeft mij erop, maar Maybanks niet. En waarom hij Pam en Hester, die twee zielige musjes, en Dannister erop heeft staan snap ik al helemaal niet. Ik kan me er niks bij voorstellen."

"Misschien heeft hij er alleen lui op gezet die erg zouden schrikken."

Blaine fronste vragend zijn wenkbrauwen en keek nog een keer naar de namen. "Maar waarom Munton dan? De vleesgeworden Britse rechtschapenheid. De Ryens — zo onschuldig als een pasgeboren lammetje. En mij —" zijn onderkaak zakte een stukje en zijn stem kreeg een beetje een holle klank "— ik heb niks op m'n geweten behalve een paar boeken uit de Openbare Bibliotheek van Chicago."

Hij ging verder met de lijst: "Piombino — was vroeger een drugsmagnaat; ze hebben hem samen met Luciano naar Italië uitgewezen… Alma… Hortense… Margaret. Ik kan me niet voorstellen wat voor slechts hij over die vrouwen kan weten. De Ryens." Hij klakte met zijn tong. "Dannister. Daar gaat Kex ellende mee krijgen, Dannister te grazen nemen. Dat is geen type dat met zich laat sollen."

"Wat kan hij dan over Dannister weten?"

Blaine schudde zijn hoofd. "Al sla je me dood. Het is een eigenaardig stelletje. De dochter is een lekker schatje en Freddy is een jonge hond, nog niet droog achter z'n oren. De vader ziet eruit als een trotse Castiliaanse edelman — een strenge vent. De moeder, mevrouw Dannister, heb ik nooit gezien." Hij zweeg en ging toen peinzend verder. "Er gaan een heleboel rare geruchten over de Dannisters, elke week weer anders."

"Zoals?"

"O, idiote dingen: de dochter is niet naar een kostschool geweest in Zwitserland, maar om te bevallen… Mevrouw Dannister is krankzinnig… Ze roven kinderen om ze te martelen… Dannister heeft in een duel een Franse hertog gedood en nu durft hij buiten Positano zijn gezicht niet meer te laten zien." Hij zag mijn gezicht en schoot in de lach. "Het zijn de mensen die hier wonen. De capriolen van de buitenlanders zijn hun enige vermaak. En geen enkel verhaal raakt bij het doorvertellen iets kwijt. Je moest eens horen hoe ze mij noemen." Hij schudde weemoedig gelaten zijn hoofd. "Weet je hoe ze mij noemen?"

"Nee."

"'De geit op stelten'. Eerlijk waar; heb je ooit zoiets gehoord? 'De geit op stelten'!"

Er werd op de deur geklopt, een zacht en snel *rap-tap-tap*. Blaine trok zijn uiteinden in, kwam overeind, stak de kamer over en deed de deur open. Een kleine jongen gaf hem een brief en zei iets in het Italiaans. Blaine gaf antwoord, deed de deur dicht en slenterde terug naar waar ik zat.

Hij aarzelde zolang als het een horloge kost om tweemaal te tikken en gaf me toen de brief. "Hij is voor jou," zei hij somber.

Ik keek naar het adres: Signor C. Musgrave, Casa Umberto, geschreven in een net schuinschrift. Blaine zat me uit zijn ooghoeken in de gaten te houden. Ik aarzelde even. "Hoe voor de donder wist die jongen waar hij me kon vinden?"

"Iemand heeft je naar binnen zien gaan; aan de mensen hier valt niet te ontkomen."

Traag scheurde ik de envelop open. Het briefje was ondertekend met: Alfred Dannister. Ik las het:

> *Geachte heer Musgrave,*
>
> *Mij heeft bepaalde verontrustende informatie bereikt die een gesprek tussen ons dringend nodig maakt. Ik stel voor dat u vanavond om negen uur bij mij thuis komt. Mocht de tijd of de plaats u niet schikken, dan verzoek ik u me dat te laten weten zodat ik een andere afspraak kan regelen. Bij afwezigheid van zulk bericht verwacht ik u om negen uur.*
>
> *Hoogachtend,*
> *Alfred Dannister*

Ik vouwde het briefje op, stopte het peinzend weer in de envelop en stak die in m'n zak. Blaine volgde al mijn bewegingen. Ik kon zien dat hij zich bijna niet kon beheersen van nieuwsgierigheid.

"Niets belangrijks," zei ik achteloos. Ik schoof m'n stoel achteruit en kwam overeind. Tot m'n verbazing zwaaide de vloer heen en weer als het dek van een boot. Blaine had me een onvermoede hoeveelheid cognac gevoerd. Ik hield me aan de tafel overeind.

"Ga je al?" vroeg Blaine.

"Ja…Ik denk dat ik even naar m'n appartement terugga om me te scheren en een bad te nemen."

"Kan ik nog iets voor je doen?" Blaine hield zijn blik strak op de zak gericht waarin ik het briefje had gestoken.

"Nee hoor. En bedankt voor de cognac."

Hij liep mee naar de deur en keek me weemoedig na.

Ik beklom de trap naar de straat, en begon de helling op te lopen. Op de straat voor het appartement van Kex stond een lange, lage auto met een open dak, een schitterende metalliek groengrijze wagen. Kex was in Positano gearriveerd.

Ik wist het zelfs met nog grotere zekerheid toen ik zag dat mijn bericht van de deur was gescheurd — gescheurd met een kregeligheid die kleine hoekjes papier aan de punaises van de vier hoeken had laten zitten.

Ik zoog een diepe teug lucht naar binnen en blies de cognacdampen van mijn lippen. Ik had Kex het een en ander te vertellen. Ongetwijfeld had Kex mij ook het een en ander te vertellen. Het kon weleens een hele soesa worden.

HOOFDSTUK X

Ik LIET MEZELF BINNEN en daalde omzichtig tree voor tree af door de bleke tunnel.

De zon was achter de berg verdwenen en het terras was in koele schaduw gedompeld. De deur van het appartement stond op een kier. Ik duwde hem open en stapte met een nogal benauwd gevoel in m'n maag naar binnen. Het leek wel of ik bang was voor Kex.

Hij zat aan de eettafel in een frisse lichtgele coltrui en een chique blauwe sportpantalon. Zijn witte kuif was geborsteld tot hij glom dat de vonken er bijna vanaf vlogen en zijn snor was kwiek en verzorgd. Naast zijn rechter elleboog stond een fles Chianti, links stond een bord met knapperig brood en voor hem een grote houten kom halfvol sla, radijs en ui. Hij at met z'n vingers — plukte wat sla uit de kom, doopte dat in slasaus en stopte alles dan in zijn roze mond.

Ignazia stond met een nors gezicht in de keuken naar een ketel te kijken.

Kex zwaaide vrolijk naar me. "Aha, daar ben je dan."

"Hier ben ik, ja."

"Ga zitten, wil je wat sla?" Met een enthousiast en uitnodigend gezicht wilde hij al een gebaar naar Ignazia maken.

"Nee, dank je." Ik ging tegenover hem zitten en keek hem aan. "Ik lunch altijd laat," zei Kex. "Altijd lichte kost, meestal een salade." Hij nam een slok wijn. "En, hoe bevalt Positano je? Komt het een beetje overeen met wat ik je heb verteld?"

Blijkbaar wilde Kex zich nog steeds voor blijven doen als de beginnende uitgever, met mij als de ingehuurde kunstenaar. "Erg interessante plaats. Interessante mensen."

Hij knikte. "Zowel de plaatselijke bevolking als de buitenlandse kolonie. Een uiteenlopend gezelschap, maar erg vriendelijk en openhartig."

"Zo zou je het kunnen noemen," antwoordde ik terwijl ik aan Alma en de gravin en Freddy dacht. En aan Chi-Chi.

"Hoe staat het met het werk?" Hij nam een hap sla en keek me aan met een uitdrukking van welwillende belangstelling.

Ik schoof mijn stoel naar voren. "Dat hangt er vanaf wat je met 'werk' bedoelt."

Kex trok zijn wenkbrauwen op. "Nou, je schetsen natuurlijk."

"Oh, de schetsen. Ik weet niet of me kan veroorloven om dat te blijven doen."

"Nee maar," zei Kex een beetje verbaasd. "Waarom niet?"

"Ik blijk op tegenwerking te stuiten. De mensen hier mogen me niet. Vandaag kreeg ik van een vrouw een klap in m'n gezicht. De eerste avond hier liet iemand me van de trap struikelen."

Kex schudde stomverbaasd zijn hoofd. "Ignazia vertelde me wel dat je een ongeluk had gehad — maar ik kan niet geloven dat het opzettelijk was!"

"Het was in ieder geval niet per ongeluk dat hij naar beneden rende en me begon te schoppen."

"Wel heb je ooit!"

"Ik dacht dat het iemand geweest moest zijn die een misvatting koesterde — daarom heb ik die mededeling opgehangen. Ik zag dat je hem van de deur had gehaald."

Kex keek bedenkelijk. "Ik moet bekennen dat ik niet echt gelukkig was met die mededeling. Gaan mensen nog rare dingen van denken. Wat roddel betreft kent Positano zijn gelijke niet en als je even terugdenkt zul je je herinneren dat we overeen kwamen om, nu ja, niet te koop te lopen met waarom je hier bent."

"Ik heb helemaal nergens mee te koop gelopen," zei ik, "en de eerste avond dat ik hier was werd er al een val voor me opgezet. Dat kan ik natuurlijk niet over m'n kant laten gaan. Ik ben zelfs van plan om bij de eerste gelegenheid die zich voordoet op dezelfde manier terug te slaan."

"Aha," zei Kex, "dus je weet wie er verantwoordelijk voor was."

"Ja, volgens mij wel."

"Dat is niet mooi, dat is helemaal niet mooi," zei Kex terwijl hij me behoedzaam aankeek.

"Ik begin zo langzamerhand te denken dat ik het minst te koop loop wanneer ik wegga uit Positano."

"Nee, nee!" riep Kex ontsteld.

Ik haalde m'n schouders op. "Als jij meer moed van me verlangt, dan gaat je dat meer geld kosten."

Kex keek even naar Ignazia die heet water in een theepot goot. "Ik moet bekennen dat ik er niet van houd om onder druk gezet te worden."

"Je wordt helemaal niet onder druk gezet. Ik werd betaald om houtskoolschetsen te maken, niet om als menselijke boksbal dienst te doen."

Kex at het restje van zijn sla op. "De thee, Ignazia en dan kun je wel gaan."

Ignazia zette kopjes, citroen, suiker en een theepot op de tafel en vertrok met een beetje een driftige tred.

Kex zei peinzend: "Dit is tamelijk vergezocht."

Ik grinnikte. "Dat weet ik maar al te goed."

"Vind je niet dat je een beetje — nu ja, een beetje oneerlijk bent?"

"Oneerlijk? Hoe bedoel je? Voor tienduizend lire per dag maak ik waar je maar wilt in heel Italië houtskoolschetsen voor je. Maar als ik me moet laten slaan, schoppen en beschieten gaat de prijs flink omhoog. Laten we elkaar niet voor de gek houden. Om wat voor reden je mij ook hierheen hebt gestuurd, het gaat niet om kunst."

"Nou, zeg," zei Kex behoedzaam. "Dat zal je mij niet horen beweren."

"Jij beweert het ook niet. Ik beweer het."

Hij schonk met bestudeerde aandacht thee in. "Als je geen kunstenaar wilt zijn, hoe stel jij je dan je positie voor? Met andere woorden —"

"Ik begrijp waar je heen wilt. Je wilt weten in hoeverre ik met je wil samenwerken."

Kex knipperde met zijn ogen en fronste zijn voorhoofd. "Ik moet zeggen dat noch je toon, noch wat je suggereert me erg aanstaat."

Ik zag in dat ik het verkeerd had aangepakt; in geen geval zou Kex zichzelf toestaan om het beestje bij zijn naam te noemen. "Laten we het als volgt stellen. Ik blijf hier in Positano. En als je dat wilt maak ik zelfs houtskoolschetsen. Maar ik wil me niet voordoen als iemand anders, op afspraak of door m'n mond te houden..."

"Nee maar," zei Kex peinzend. "En aangenomen dat ik het met deze voorwaarden eens zou zijn, wat vind je dan dat je zou moeten verdienen?"

"Ik wil duizend dollar per week, vooruit betaald, plus onkosten."

"*Wat?*" brulde Kex. Zijn wenkbrauwen raakten bijna zijn haar.

Ik nam een slokje van m'n thee terwijl hij wat bedaarde en onderwijl kwaaie pruttelgeluiden liet horen. "Grote goedheid man, ben je gek geworden? Voor duizend dollar per week kan ik half Positano en half Sorrento in dienst nemen! Denk je soms dat ik een halfgare idioot ben?"

Ik grinnikte. "Je hoeft alleen maar nee te zeggen."

"Natuurlijk zeg ik nee."

"Prima. Dan ga ik nu meteen naar Rome terug."

Kex balde zijn vuisten — machteloze roze bolletjes. "Vind je jezelf nou niet belachelijk onredelijk?"

"Helemaal niet. Duizend dollar per week stelt niet veel voor als ik vermoord word."

Kex keek oprecht verbaasd. "Vermoord? Wie heeft het nou over vermoord worden? Dit is Positano, in een beschaafd land, geen Chicago."

"Beschaafde mensen kunnen net zo goed kregelig worden als wie dan ook."

"Wat een aanmatigende kletskoek," sputterde Kex tegen. "Ik geef toe dat ik je — nou ja, in dienst nam omdat je sprekend op een vriend van me leek..."

"Hilfstone."

"Ja, Hilfstone. En ik was van plan om een geintje uit te halen met wat vrienden hier in Positano — maar jij hebt een totaal verkeerde kijk op de situatie. Vermoorden! Belachelijk!" Kex was duidelijk bloedserieus. "Mensen vermoorden elkaar niet om een geintje!"

"Dat hangt helemaal van het geintje af. Zelf ben ik niet van plan om risico te lopen. Ik denk zo dat jij al flink wat geld hebt uitgegeven aan dit 'geintje' — en ik zie niet in waarom ik er niet net als anderen aan zou mogen verdienen."

"Maar duizend per week! Dat is net zoveel als m'n —" Z'n stem stierf weg.

Ik herhaalde nog eens geduldig: "Als ik in leven blijf is het goed betaald. Als ik vermoord word is het niks. Ik ben bereid het risico te nemen — voor duizend per week."

Kex wreef over zijn kin en keek opzij door het raam waar een paar gele lichtpuntjes door de wirwar van steen en schemer van de kloof heen prikten. "Als ik jou dat fantastische bedrag zou betalen, zou je precies moeten doen wat ik je opdraag. Exact."

"Om ervoor te zorgen dat ik uit de weg word geruimd? Nee, dank je stichtelijk."

Kwaad zei Kex: "Ik vind dat je nu toch echt overdrijft. Daar is absoluut geen kans op."

"Misschien niet. Maar ik ga doen alsof die er wel is. Ik ga nergens anders mee instemmen dan dat ik hier in Positano blijf zolang ik ervoor betaald krijg." Dat kon ik makkelijk beloven; ik had toch al besloten om hier te blijven of ik ervoor betaald werd of niet, in hoofdzaak vanwege een meisje met een bos donkerblonde krullen.

Kex probeerde op zijn snor te kauwen. "Toen ik je in dienst nam had ik er geen idee van dat je me zou gaan proberen af te persen."

"Als je het afpersen wilt noemen moet je dat vooral niet laten. Als je me de waarheid had verteld toen je me in dienst nam, was deze toestand nooit ontstaan."

"Ik geef je vijftig dollar per dag."

"Nee."

Kex kauwde nu echt op zijn snor. "Zoveel geld heb ik niet bij me."

"Schrijf maar een verkoopnota voor je auto. Dan neem ik die voor twee weken werk."

"Dat zou ik denken!" riep Kex verontwaardigd. "Dat is een Chrysler van vijfduizend dollar!"

"Het is anders wel een gebruikte wagen, hoor. Maar goed, drie weken werk, dan."

Kex lachte verbitterd. "Ik heb nog nooit zulk brutaal lef gehoord, zulk — zulk —"

"Weet je wat, we doen het zo. Jij schrijft een nota voor mij waarmee je je auto verkoopt in ruil voor geleverde diensten, gedateerd op vandaag. Dan schrijf ik er een voor jou, gedateerd op een week later, waarmee ik de auto weer aan jou terug verkoop voor 1000 dollar, maar die is pas geldig als ik jou een kwitantie voor 1000 dollar geef."

Kex keek tegelijk dreigend, meesmuilend en geamuseerd. "Jij wil me met alle geweld mijn auto ontfutselen, hè?"

"Nee, ik probeer alleen maar om ons allebei te beschermen."

"Ik bescherm mezelf wel, als je het goed vindt... Ik schrijf wel een cheque uit."

"Die zou je weleens nietig kunnen verklaren voor ik hem kon innen."

Kex zette een gekwetst gezicht op. "Zie ik eruit als iemand die zoiets zou doen?"

"Ik weet niet goed wat voor iemand jij bent."

"Nou, goed dan..." Kex scheurde een blad papier uit een blocnote, dateerde het en schreef er iets op. "Daar, ben je nu tevreden?"

Ik las zorgvuldig wat er stond. "Volgens mij is daarmee zo'n beetje alles gedekt."

"En geef mij dan nu die terugverkoopnota," zei Kex.

Ik kreeg een blaadje uit Kex' blocnote en schreef. "Alsjeblieft, keurig volgens de regelen der kunst... En mag ik dan nu de autosleutels?"

"De autosleutels?" vroeg Kex verbaasd. "En als ik dan m'n auto nodig heb?"

"Het is nu mijn auto, tot ik die duizend dollar binnen heb."

"Geen sprake van," zei Kex koppig. Jij krijgt je geld zodra ik een cheque kan innen. En in de tussentijd mag er niemand in mijn auto rijden."

"Ik wil helemaal niet in die verdomde auto rijden! Ik wil iets waar ik naar kan kijken! Gewoon voor het geval jij ineens besluit om bijvoorbeeld naar Egypte af te reizen. Ik wil er zeker van zijn dat ik niet naar de rechtbank hoef te stappen met alleen die schuldbekentenis als bewijs. In andere woorden, ik probeer niets anders dan een waterdichte beschermconstructie te maken tegen alle mogelijke scherpslijperijen. Als ik de auto in bewaring heb *plus* die schuldbekentenis, ga jij er niet vandoor."

Ineens werd Kex verdacht joviaal. "Nou, goed, dan ben ik tevreden. Je zou de auto in ieder geval niet kunnen stelen, en hij is verzekerd." Hij gooide een leren tasje met sleutels op tafel. "Met de toestand in de wereld zoals hij is, moeten we vast allemaal wel voorzichtig zijn. Maar nu ik jou dat schandalige bedrag betaal, moet je wel met me samenwerken en —"

"Ik werk al met je samen door binnen en rond Positano te blijven zolang je me betaalt. Ik ga me niet voordoen als James Hilfstone en ik ga ook niet beweren dat ik een detective ben, en bovendien —"

Er werd op de deur geklopt. Kex en ik keken elkaar heel even verbaasd aan en toen stond ik op.

Een kleine jongen met een zwarte krullenbol en prachtige olijfgrijze ogen stak me een dikke gele envelop toe. Ik nam hem aan en keek naar het opschrift. Slordig geschreven stond daar in zwarte inkt: 'Aan C. Musgrave'.

Ik gaf de jongen twintig lire en scheurde de envelop open. Door de opening zag ik het groen, wit en zwart schitteren van het mooiste kunstwerk ter wereld: het Amerikaanse twintig-dollarbiljet, een stapel van driekwart inch dik.

"Wie is daar?" riep Kex. "Wat moet-ie?"

Zonder enig idee over wat ik zou doen als ik hem te pakken kreeg, holde ik naar buiten over het terras achter de jongen aan. Bovenaan de trap viel de deur met een klap dicht. Ik stopte de envelop in m'n zak en liep het appartement weer in. "Wie was dat?" vroeg Kex nog een keer.

"Een brief voor mij." Piombino had me niet voor de gek gehouden. Nu zat ik in een ongemakkelijke situatie; die envelop in m'n zak leek wel een baksteen.

Kex draaide zich om op één hiel en beende z'n woonkamer in. Hij stak het vuur aan en ging stijfjes op een van de groen satijnen divans zitten. Hij keek me aan. "Eén ding moet je goed begrijpen —"

Ik schudde m'n hoofd. "Jij betaalt me voor één ding en niet meer dan één ding — om in Positano te blijven. Dat moet je goed onthouden — jij betaalt me voor niets anders dan mijn lijfelijke aanwezigheid hier. Als ik vermoord word heb je een hele goedkope arbeidskracht aan me gehad."

Kex staarde me een tel aan alsof hij een heel stel nieuwe ideeën had bedacht. "Ach — ja," zei hij, "zo is het."

"Vanavond," zei ik, "ga ik op bezoek bij de Dannisters. Ik ben van plan om duidelijk te maken — voor zover het nog niet duidelijk is — dat ik Hilfstone niet ben, niet ken en nooit van hem had gehoord tot jij zijn naam noemde."

"Maar —"

"En dan kan Freddy jou een pak slaag geven in plaats van mij, de volgende keer dat hij dat nodig vindt."

Kex' knappe gezicht betrok. "Het lijkt me eigenlijk niet verstandig om —" zei hij aarzelend.

"Om wat?"

"Nou, eigenlijk niks... Mag ik vragen hoe laat je hebt afgesproken?"

"Ik ga nu weg."

"Ik moet toch zeggen dat ik het niet verstandig vind."

"Waarom niet?"

Kex krabde in zijn schone witte haardos. "Nou, je had het zelf net over gevaar; volgens mij is het enige adres waar je enige kans op lijfelijk gevaar loopt het huis van Dannister."

"Mag ik vragen waarom?"

Kex lachte toegeeflijk. "Ik heb een gloeiende hekel aan mensen die gemene roddels rondstrooien. Het enige wat ik kan doen is je waarschuwen."

"Nou, bedankt dan."

Kex staarde me nadenkend aan. "Jij mag me niet, hè, Chuck?"

Ik keek kalmpjes terug. "Zover zou ik niet willen gaan. Van jouw opvatting over leuke, onschuldige grappen moet ik niets hebben. En verder heb ik geen mening, nog naar de ene kant, noch naar de andere."

"Ik ben echt geen beroerde kerel, hoor," zei Kex gespeeld joviaal. "Als je me eenmaal beter kent zul je dat zelf ook wel inzien."

"Hoe zijn nu trouwens eigenlijk de slaapplaatsen verdeeld?"

"O, ja." Kex keek even een tel niet begrijpend. "Ik laat Ignazia wel een bed voor je opmaken op een van de divans. Morgen kun je naar de Vistamare of de Garibaldi verhuizen. Daar zul je je wel prettiger voelen, denk ik."

"Prima... Goedenavond dan."

Kex sprong overeind, weer helemaal vrolijk en overlopend van hartelijkheid. "Ik zou wel graag willen weten wat er bij de Dannisters gebeurt, als je er geen bezwaar tegen hebt om me dat te vertellen."

"Nee. Dat is min of meer inbegrepen bij de duizend dollar, lijkt me. Goedenavond."

"Goedenavond."

En toen ik door de witgekalkte opgang naar de straat klom was mijn ergernis jegens Kex vreemd genoeg bijna verdwenen. Misschien was hij eigenlijk echt geen beroerde kerel. Een slachtoffer van de omstandigheden, frivool, zelfzuchtig, maar in de grond eigenlijk geen beroerde knul. Een grote, grondig verwende Perzische kat, die op zijn eigen gerief uit was.

Toen ik de straat bereikte bleef ik even stilstaan bij Kex' auto om hem een klopje op z'n enorme bumper te geven — zes meter schitterende ingewikkeldheid. En hoewel ik nu Kex' autosleutels in m'n zak had, deed ik de motorkap open en haalde de rotor uit de stroomverdeler. Kex had vast nog wel een reservesleutel.

Het was acht uur. Tijd voor een maal in een van de strandrestaurantjes en daarna naar de Dannisters. Ik voelde me eigenaardig uitgelaten. Misschien had Kex me achteraf bezien helemaal niet zo'n rotstreek geleverd. Ik raakte ineens in een puike stemming, met louter het blote feit dat ik leefde als reden voor m'n opgetogenheid.

Hoofdstuk XI

De winkels van Positano waren allemaal nog open; kinderen speelden op straat; de vierduizend mensen, geboren, getrouwd en begraven
in Positano, leefden hun levens en de buitenlanders waren minder dan
onkruid in hun tuin. De twee groepen bestonden eigenlijk niet voor
elkaar; we waren twee aparte werelden die elkaar op maar heel weinig
punten raakten: in de Vistamare, in de winkel van signora Umberto, in
lui als Chi-Chi; elke groep vormde een kleurrijke achtergrond voor de
andere.

Voor de bioscoop stond een groep jonge jongens en meiden strikt
gescheiden op de tweede voorstelling te wachten. Toen ik langsliep
vielen de gesprekken stil. Vijfenveertig mensen staarden hevig geboeid
naar me en probeerden het geheim van mijn bestaan te doorgronden.
Die starende Italiaanse blikken hebben altijd een klein vleugje zwarte
magie; ze slorpen en zuigen alles op en putten daar kracht uit, zoals een
barbaar zich moed indrinkt met het bloed van een stervende krijger.
De Italiaan staart alsof hij in je ziel wil kijken: ongegeneerd, met open
mond en niet aflatend.

Ik liep de spitsroeden en slenterde heuvelafwaarts naar het strand.

Vanaf de promenade kon ik het terras van de Vistamare zien. De
tafels waren vol en de meeste gezichten waren mij vreemd, op Munton
na die met vier mij onbekenden aan tafel zat. Ik at spaghetti met ham
en kaas aan het andere eind van het strand. Om kwart voor negen ging
ik de heuvel weer op. De promenade eindigde en de trappen begonnen — vochtige stenen treden verlicht met zwakke gele straatlantaarns,
niet veel en nogal ver uit elkaar — die vaak onder onverwachte hoeken
omhoog leidden. Dit waren de gevaarlijke trappen waarop volgens

Oleg alle goede Positanesi aan hun einde kwamen. Ik passeerde gangen en tunnels die er in het donker geheimzinnig en fascinerend uitzagen, maar waarvan ik wist dat ze alleen maar naar urine zouden stinken.

Ik zwoegde verder en stond nu en dan even stil om uit te hijgen. Opwaarts, opwaarts, heen en weer, duizend meter omhoog over de schots en scheve stenen trappen. Nu eens doken ze onder een huis door, dan weer klommen ze omhoog langs een steile rotswand met een zwart gat eronder, en aan de overkant van de kloof glommen lukraak de lichtjes van de trappen, de stegen en de gangen van de overzijde.

Ik kwam uit op de bovenweg en begon in de richting van het huis van de Dannisters te lopen. De weg liep ongeveer honderd meter omhoog en begon toen in grote zigzaggen te dalen. Er moest toch een makkelijker manier zijn dan eerst omhoog klimmen en je dan omlaag laten zakken, leek mij.

Vijf minuten later kwam ik twee jonge boerenvrouwen met grote bundels gemaaid veevoer tegen. Ik gebruikte een van de twee Italiaanse zinnen die ik kende: *"Dov'è casa Dannister?"*

Ze wezen allebei omlaag langs de weg en begonnen allebei tegelijk te ratelen. Tweehonderd meter verder vond ik links aan de kant van de zee een smeedijzeren hek.

Aan een gekrulde smeedijzeren beugel hing een lantaarn die een geelkoperen naamplaat verlichtte. Daarop stond in een elegant lopend schrift waaraan klimopbladeren ontsproten: 'Villa Sirenia' en eronder met kleinere letters: 'Dannister'.

Ik probeerde het hek; dat zat op slot. Ik zag een belknop, drukte die in en wachtte. Tien seconden later stroomde er ineens licht door het smeedijzeren hek en de klink ging met een elektrisch gezoem omhoog.

Ik duwde het hek open en kwam terecht op een tegen de rotswand klevend terras, begroeid met weelderige groene planten. Een trap liep omlaag langs de helling, gemarkeerd met licht in bolvormige lampen van rode, groene en gele stukjes glas. De trap zigzagde wel tien keer heen en weer en kwam uiteindelijk uit op een tweede terras. Het huis doemde voor me op.

Het was een indrukwekkend bouwwerk dat als een kasteel boven de zee uittorende. Uit drie of vier ramen scheen een zwak licht; verder was alles donker. Een geheimzinnig huis, vol norse kracht. Er stond een deur open en in de verlichte opening stond een man op me te wachten. Dat moest Alfred Dannister zijn, wist ik. Hij was lang en mager en hij stond daar met volledige beheersing over elke spier en elke zenuw. Hij droeg een grijs pak van tamelijk ouderwetse snit en hij was duidelijk niet iemand die snel vertrouwelijk met mensen omging.

"Meneer Musgrave?" Hij stak zijn hand niet uit.

"Ja."

Hij bekeek me van top tot teen; een lang, spannend en onderzoekend ogenblik. Toen leek hij zich te ontspannen, of liever gezegd, ik zag hem nauwelijks hoorbaar uitademen. "Erg geschikt dat u even langskomt. Komt u toch binnen."

Ik liep een portaal in dat net zo'n gewelfd plafond had als een graftombe. In het schijnsel van de gele wandlampen zag ik Dannister nu pas goed. Hij was niet ouder dan vijfenveertig of vijftig, maar hij leek deel uit te maken van een eeuw die al dertig jaar voorbij was. Zijn gezicht stond zo kalm dat het wel uit marmer gehouwen leek en hij had de vreedzame, onverstoorbare schoonheid van een matinee-filmster uit 1925. Hij zag er vitaal uit, intelligent. Zijn streepvormige mond gaf hem een norse uitdrukking. Hij leek me echt geenszins iemand om zijn leven lang weg te rotten in Positano.

Hij ging me voor naar een grote woonkamer met een donkere houten lambrisering en goede, zij het wat conservatieve, schilderijen. Op de vloer lag een dieprood oosters tapijt en ouderwetse lampen met shantoeng kappen zorgden voor het licht. Op twee rechthoekige tafels, recht tegenover elkaar en even ver van de wanden, lag een grote verscheidenheid aan Engelse en Amerikaanse kranten en tijdschriften, zeer precies en netjes gerangschikt. Voor een open haard met rustig maar fel brandende houtblokken stonden leren stoelen. Wij waren de enige mensen in het vertrek.

Ik keek behoedzaam om me heen. Als ik Kex moest geloven, bevond ik me nu in een gevaarlijk oord. Ik maakte me geen grote zorgen. Dannister zou zich vast niet met zo'n plebejische aangelegenheid inlaten. Ik keek naar links en naar rechts, waar was Betty? De man die met Betty zou trouwen kreeg een onprettig stel verwanten op de koop toe. Freddy, de onbezonnen jeugdige malloot, de onbuigzame vader en god weet wat nog meer.

Dannister wees me een stoel bij het vuur aan en liep naar een antiek buffet. "Drinkt u Schotse whisky? Met spuitwater?"

"Ja, graag." Ik pakte een bruisend glas vol tinkelende ijsklontjes aan en ging in de stoel zitten. Dannister was veel ontzagwekkender dan ik had verwacht.

Hij ging zitten en kwam meteen ter zake. "Op de een of andere manier heeft u zich in mijn persoonlijke zaken gemengd, Musgrave." Hij leunde achterover en keek me aan met een blik waarin geen greintje vriendelijkheid te bespeuren was.

"Geen sprake van," zei ik.

"Dat kan ik maar moeilijk geloven."

"Toch is het de waarheid."

Dannister lachte een beetje. "Als u van plan bent om me af te persen benadert u de kwestie wel van een vreemde kant. Dat snap ik niet helemaal."

"Omdat u van een stel verkeerde uitgangspunten uitgaat."

Hij deed zijn mond open om iets te zeggen maar ik was hem te vlug af. "Ik weet dat u Dannister heet; ik weet dat u een hekel heeft aan een zekere Hilfstone op wie ik lijk. Dat is het enige wat ik over u en uw persoonlijke zaken weet."

"Ik zou u graag willen geloven."

"Maar dat doet u duidelijk niet."

"Onder de huidige omstandigheden zie ik niet in wat ik anders kan doen."

We zaten even zwijgend tegenover elkaar in een tijdelijke patstelling. Ik vroeg: "Wat zijn dat voor omstandigheden?"

Hij schudde zijn hoofd met een licht geamuseerde trek om zijn mond — een mooie gevoelige mond; het was niet moeilijk te raden van wie Betty en Freddy hun fraaie uiterlijk hadden.

"U zegt dat ik een afperser ben. Ik zeg dat dat niet zo is. Tot ik u daadwerkelijk begin af te persen — heb ik gelijk."

"Er zijn wat eigenaardige toevalligheden die op het tegendeel wijzen."

"Zoals? U spreekt vaag over omstandigheden en toevalligheden, maar u noemt er geen een."

Hij schudde nogmaals zijn hoofd met dezelfde uitdrukking van spottende geamuseerdheid.

"Omdat ik op uw vriend Hilfstone lijk?"

"Gedeeltelijk — hoewel ik Hilfstone niet bepaald een vriend zou noemen."

"Ik kan er niets aan doen dat ik op Hilfstone lijk."

"Nee, maar u komt naar Positano en verkondigt meteen dat u Hilfstone *niet* bent. Waarom zou u hierheen komen en waarom zou u de naam Hilfstone gebruiken wanneer er geen stiekeme band tussen u beiden bestaat? Het antwoord is onontkoombaar."

"Ik zou u niet graag in een jury hebben die over mijn leven moest beslissen."

Dannisters lippen krulden een beetje. "Wat voor ander antwoord is er?"

"Het verhaal zoals het echt is gebeurd."

"Ik ben bereid u aan te horen."

"Ik kwam hierheen omdat een vriend me vroeg om houtskoolschetsen van Positano te maken."

"En wie is die vriend?"

"Kex. Tot vijf dagen geleden had ik nog nooit van Positano gehoord, toen ontmoette ik Kex en hij stuurde me hierheen."

"Kex." Dannister keek peinzend in het vuur. "Ik geloof niet dat ik hem ooit ontmoet heb... Maar uw verhaal laat bepaalde andere omstandigheden onverlet."

Het gesprek was inmiddels een tamelijke beproeving. Ik had verwacht dat Dannister net zo iemand als de andere Positanesi zou zijn: uitgeblust, vaag en een beetje een slappeling. Dannister was hard en scherp. "Ik neem aan," zei ik vermoeid, "dat u een brief in een blauwe envelop hebt ontvangen waarin ik word weggezet als een afperser."

Dannister bleef me een volle vijf seconden aanstaren. "Wat brengt u ertoe om dat te vragen?"

"De andere leden van de Vuile-Wasclub hebben er ook een ontvangen."

Dannister liet een korte scherpe lach horen. "Ik zal niet net doen of ik u begrijp."

"Nee, het is nogal bizar. Bepaalde andere inwoners van Positano hebben brieven gekregen waarin ik beschuldigd word; ik zou niet weten waarom u overgeslagen zou worden."

"Blijkbaar beschouwt u zichzelf als slachtoffer."

"Slachtoffer — proefkonijn — lokvogel — medeplichtige — sukkel."

Dannister stond op, deed een paar snelle stappen en ging met zijn rug naar het haardvuur staan. "Hoe meer u vertelt, hoe meer u erin slaagt om me te verbijsteren."

"Dat spijt me. Maar ik ben in elk geval geen afperser. Daar kunt u gerust op zijn."

Dannister zei bedachtzaam. "Ik ben niet bang voor afpersing."

"Waar bent u dan wel bang voor?"

Dannister nam een slokje van zijn whisky. "Voor niets," zei hij op effen toon. "Ik heb mijn gezin hierheen gebracht om een rustig leven te leiden. Als iemand meent dat hij dat rustige leven moet verstoren, dan is dat des te erger voor hem." En hij wierp me een priemende blik toe die me ogenblikkelijk van gedachten had doen veranderen wanneer ik van plan was geweest hem een rotstreek te leveren. "Ik kan niet begrijpen waarom iemand zoveel moeite zou doen —"

"U kent Kex niet. Hij zou een goede Nero geweest zijn."

"Kex," zei Dannister met een behoedzame stem. "Ik moet maar eens kennis met hem gaan maken." Hij keek me een heel klein beetje minder vijandig aan. "Ik hoop dat u mijn positie begrijpt."

"Jazeker. Ik hoop dat u ook de mijne begrijpt."

Dannister liet zijn flauwe, kille lachje zien. "Ik verontschuldig me voor wat mijn zoon uitgehaald heeft. Hij is nogal impulsief en ik moet zeggen dat u op het eerste gezicht een gelijkenis vertoont met — Hilfstone." Hij schoof een lade in het buffet open en haalde er een foto uit. "Dat is Hilfstone. Heeft u hem weleens gezien?"

Ik bekeek de foto met bijzonder veel belangstelling — een kleine foto zoals voor een paspoort. "Dit lijkt helemaal niet op mij... Hij is op zijn minst vijftien jaar ouder dan ik. Zijn neus is langer, zijn kin is scherper en hij heeft een dikkere nek."

Dannister hield me scherp in de gaten. "U hebt gelijk. Hilfstone lijkt alleen oppervlakkig op u, hoewel uw profiel veel van dat van hem weg heeft. Maar u lijkt genoeg op hem om iemand bij een terloopse blik te verrassen. Mijn zoon en dochter kennen bijvoorbeeld Hilfstone lang niet zo goed als ik."

"Wie is die Hilfstone eigenlijk als ik vragen mag? Ik weet dat het mij niets aangaat, maar ik wil nu eenmaal graag weten voor wie ik doorga."

Dannister keek in de vlammen. "Hilfstone is een oplichter, een vervalser, een misbaksel. Hilfstone heeft de moraal van een jakhals. Toen ik van uw aanwezigheid hier in Positano vernam was ik ervan overtuigd dat James Hilfstone er op een of andere manier bij betrokken was." Hij ging zachter praten. "Ik dacht dat ik Hilfstone nooit meer zou zien. Maar nu begrijp ik dat hij me op de een of andere manier toch weer heeft gevonden."

"Niet noodzakelijk," zei ik zonder veel overtuiging.

Dannister haalde zijn schouders op, even liet hij de strenge plooi waarin hij zijn gezicht hield varen en hij zag er tot op het bot vermoeid uit.

Hij stapte bij het vuur vandaan. "Nog een whisky?"

Ik liet m'n glas bijvullen. Hij schonk zichzelf ook nog eens in en ging weer in zijn stoel zitten. "Mag ik vragen wat uw huidige voornemens zijn? Hoe lang denkt u in Positano te blijven?"

"Ik weet het nog niet, in ieder geval nog een week." Ik aarzelde een tel en zei toen: "Eerlijk gezegd ben ik erg geïnteresseerd geraakt in wat er gaande is."

"Bent u niet bang dat u zich in het hol van de leeuw waagt? Stel dat ik u niet had gevraagd om hier te komen voor een gesprek, maar met m'n pistool op pad was gegaan en u had neergeschoten? Ik verzeker u dat ik daartoe wel degelijk in staat ben."

"In dat geval zou ik een slechte overeenkomst met Kex gesloten hebben."

"Kex is blijkbaar de man die achter deze hele zaak zit."

"Dat lijkt me duidelijk."

"Waar is hij in hemelsnaam op uit? Geld?"

"Nee. Volgens de plaatselijke opvatting verveelt Kex zich."

"Ongelooflijk."

"Niet wanneer je Kex kent. Hij is tot vrijwel alles in staat."

"En hoe heeft u Kex leren kennen?"

Voor ik antwoord kon geven stormde Freddy het vertrek in. Hij droeg een kaki korte broek, witte gympen en een vaalrood katoenen shirt. Hij had drie roze visjes aan een lijn bij zich. "Moet je zien," riep hij, "kijk eens wat ik heb!" Hij liet de visjes heen en weer bungelen en grijnsde triomfantelijk. Zijn blik ging van Dannister naar mij en zijn grijns verdween alsof hij was afgewist met een spons en even dacht ik dat hij de visjes in m'n gezicht wilde smijten.

"Jij — jij —" Woorden schoten tekort. Hij keek Dannister aan. "Dit is de vent waarover ik je vertelde. Nou had-ie nota bene ook nog het lef om hierheen te komen en —"

"Freddy," zei Dannister kalm.

Freddy viel stil. De arm waarmee hij de vissen omhoog hield zakte langzaam omlaag.

"Je kunt beter even naar boven gaan tot meneer Musgrave en ik zijn uitgepraat."

Freddy's mondhoeken zakten omlaag. "Ik wil daar niet heen; ik wil niet lastiggevallen worden door die —"

"Freddy!" Dannisters stem klonk snijdend.

"Ik wil die vissen schoonmaken. Ik wil —"

"Naar boven!"

Freddy draaide om z'n as en beende knorrig de gang in.

Met een bedaarde stem zei Dannister: "Freddy is op een leeftijd waarin discipline het noodzakelijkst is en het moeilijkst te aanvaarden."

Ik liet een weifelend geluid horen. Freddy leek me een jaar of een-entwintig, zeven jaar jonger dan ik was. Ik had op m'n eenentwintigste geen enkele behoefte gehad aan discipline, maar ik kreeg het wel, op de militaire manier.

Maar ja, ik Clarence Musgrave, en hij Freddy Dannister, leken nog voor geen meter op elkaar. Het was duidelijk dat mijn gastheer zo zijn problemen had.

Hij richtte zich weer tot mij. "Wie heeft er nog meer zo'n brief gehad?"

Ik gaf hem de namen van de Vuile-Waslijst.

Dannister zat een tijdje zwijgend in gepeins verzonken. Toen zei hij: "Als ik u was zou ik vanavond nog uit Positano vertrekken, zonder ook maar een enkele aarzeling."

"U heeft ongetwijfeld gelijk," zei ik. "Maar dat ga ik niet doen."

"Mag ik vragen waarom niet?"

Ik was er niet echt gerust meer op dat het ethisch in orde was om geld van Kex aan te nemen om in Positano te blijven. Op het moment dat ik hem dat had afgedwongen, leek het een handige zet, maar inmiddels begon ik me er ongemakkelijk over te voelen. "Ten eerste omdat ik me voor deze zaak ben gaan interesseren," zei ik volstrekt oprecht. "En ten tweede ben ik me gaan interesseren voor een paar van de mensen die erbij betrokken zijn — van wie, om helemaal eerlijk te zijn, uw dochter er één is." Misschien liet ik me meeslepen door de opwinding van het moment. Maar zodra ik het had gezegd wist ik dat ik mijn mond had moeten houden. Dannister zat erbij als een wassen beeld en staarde me zichtbaar verbaasd en zelfs geschokt aan.

Hij hervond zijn stem en zei schor, door een gemoedsbeweging die ik niet kon thuisbrengen: "Weet Betty van uw interesse?"

"Dat weet ik niet."

"Ik denk niet dat ze zich erdoor gevleid zal voelen. Ik raad u aan om van een toevallige ontmoeting helemaal niets te verwachten — zeker niet in de huidige dubbelzinnige situatie."

Ik schoot overeind in m'n stoel met een strakgetrokken gezicht. Dannister vertoonde een hardnekkige verstoktheid jegens me, een ergerlijke, kritische houding. Ik zei: "Ik heb mijn aandeel in deze zaak uitgelegd, maar blijkbaar gelooft u me niet."

Dannister toonde even zijn kille lach. "U overdrijft mijn houding. Ik schort mijn oordeel op. De inlichtingen die ik heb ontvangen zijn nogal uitgebreid. Het zou dwaas zijn om die volstrekt te negeren."

"Maar gebruik toch uw hoofd! Als ik afpersing in de zin had zou ik toch niet hierheen komen en u van mijn zojuist genoemde interesse vertellen!"

"Op dit moment," zei Dannister, "zou niets mijn voorstellingsvermogen te boven gaan."

"Op dat punt ben ik het helemaal met u eens."

"Dat afpersen is in elk geval van ondergeschikt belang. Er zijn andere redenen waarom ik u moet ontmoedigen."

Ik deed mijn mond al open om op te merken dat Betty toch ten minste een paar eigen beslissingen zou moeten mogen maken, of dat nu gunstig of ongunstig zou uitpakken, maar ik kreeg geen gelegenheid om wat te zeggen. Van boven klonk een koor van zwak gegil, als van kleine kinderen die iemand plotseling laat schrikken of bang maakt.

Dannister sprong op uit zijn stoel terwijl hij met zijn tanden op elkaar "Freddy, Freddy, Freddy!" siste en hij rende het vertrek uit. Aan het andere eind van de kamer ging een deur open en Betty glipte naar binnen. Ze wierp me een vlugge vragende blik toe en holde achter haar vader aan.

Ik kwam overeind en luisterde naar het geluid van hun omhoog hollende voeten. Er ging een deur open en weer dicht en toen was het ineens vrijwel doodstil.

Toen deed ik iets waarop ik niet bepaald trots ben, maar waarvoor ik me ook niet schaam. Ik liep naar het buffet waaruit Dannister de foto van Hilfstone had gepakt en trok de lade open. Zoals ik al half had gehoopt en verwacht lag daar open en bloot een blauwe envelop. Van boven netjes opengesneden. Met trillende vingers haalde ik de brief eruit en vouwde hem open.

In de kop stonden de namen Bray, Medlary, Caldecott, Chivers en Bray, advocaten van Grays Inn in Londen. De brief was gedagtekend in Rome en volgens de regels geadresseerd aan: De weledele heer Alfred Dannister, Villa Sirenia, Positano.

Geachte Heer, (luidde de brieftekst)

Tot mijn spijt moet ik u langs deze weg op de hoogte brengen van een gerucht dat mij in Londen ter ore kwam, waarna ik zo vrij ben geweest om het in Rome na te trekken.

Om kort te gaan: James Powan Hilfstone is achter uw huidige woonadres gekomen. Men heeft hem gezien in het gezelschap van een zekere Clarence Musgrave, een Amerikaan, die zich voordoet als kunststudent, maar in werkelijkheid een beroepsoplichter van goedgelovige oudere vrouwen is en die van uiterlijk opmerkelijk veel op Hilfstone lijkt.

Ik vrees dat er afpersing dreigt aangaande een kwestie die ik hier niet op papier zal zetten. Mijn informant meldt dat Musgrave blijkbaar de handelende partij zal zijn omdat Hilfstone niet graag het risico van afpersing neemt.

Neemt u alstublieft contact op wanneer mijn bange vermoeden gerechtvaardigd blijkt.

Inmiddels verblijf ik met de meeste hoogachting,

Bradshaw Bodley Caldecott

Ik hield de brief in een ijskoude hand. M'n hart bonkte als een uitgelopen lager. Ik dacht dat ik een redelijke inschatting had van Kex' schurkachtigheid; dat niets wat hij verder deed me nog zou kunnen treffen. Ik had het mis gehad. Ik gloeide van woede. "Een zekere Clarence Musgrave — beroepsoplichter van goedgelovige oudere vrouwen!" Ook al had ik in zijn algemeenheid wel geweten wat er ongeveer in de brief zou staan, toch maakte de daadwerkelijke tekst me razend. Op dat moment had ik Kex wel kunnen vermoorden.

Ik hoorde voetstappen op de trap; herinnerde me waar ik was en kwam tot mezelf. Haastig vouwde ik de brief weer op, stopte hem in de envelop en liet hem in de lade vallen. Ik had heel even tijd voor een korte blik op een tweede foto. Ik stond erop met een tennisshirt aan en naast me stond Betty in een eigenaardig kort rokje. Vreemd! Versuft besefte ik dat de man Hilfstone moest zijn van vijftien of twintig jaar geleden en de vrouw Betty's moeder.

Ik schoof de la dicht, liet me in m'n stoel vallen en precies op dat moment liep Betty in levenden lijve het vertrek in. Ze kwam aarzelend in mijn richting. Ik sprong overeind. De aanblik van haar gezicht begon trillinkjes in mijn middenrif op te roepen.

Die ervaring, bovenop mijn woede jegens Kex, bracht me in een buitensporige gemoedstoestand. Ik zei: "Betty!" met een stem die vreemd en afwezig klonk.

Twee meter van me af bleef ze staan en ze keek me aan met een zorgelijke, vragende blik in haar ogen. "Waarom zei je nou zoiets tegen m'n vader? Over mij?"

"Heeft hij het aan je verteld?"

"Nee. Ik stond te luisteren. Ik heb elk woord gehoord. Hij denkt vast dat ik je aangemoedigd heb."

"En wat dan nog? Daar is niets verkeerds aan."

Haar ogen glinsterden vochtig. "Ja, dat is er wel."

"Ik snap niet waarom."

"Er zijn een heleboel dingen die jij niet snapt, en die je ook nooit zult snappen, en je zult me moeten geloven!"

Ik had gewild dat Betty haar eigen mening gaf; nu deed ze dat maar ik was nog steeds niet tevreden. "Ik wil je zien Betty en met je praten — niet hier, ergens anders. Morgen. Wat vind je?"

"Nee!"

"Mag je me niet?"

"Nee. En al mocht ik je wel — het kan gewoon niet!"

"Waarom niet? Waarom kan het niet? Ik ben niet wat —" Ik zweeg even. "Je moet niet geloven wat er over mij in die brief stond."

"O, dat geloof ik ook niet. Dat is het niet." Ze keek geschrokken over haar schouder, een beweging vol angst en schuld. "M'n vader mag me niet met je zien praten; anders denkt hij —" haar stem stierf weg.

"Wanneer kan ik je ontmoeten?"

Ze maakte aanstalten om weg te lopen. "Ik moet weg voor…"

"Morgen."

"Nee, ik kan niet!" Ademloos: "Ik kan niet!"

"Dan kom ik hierheen en dan wacht ik tot ik je zie. Ik klim gewoon over het hek."

"Nee! O, alsjeblieft, je weet niet wat er aan de hand is!"

Op de trap hoorde ik trage, bedachtzame voetstappen.

"Wanneer kan ik met je praten?"

"Ik — ik ga morgen wandelen."

"Hoe laat?"

"Ik ga hier om negen uur weg — halftien."

De voetstappen waren nu halverwege de trap. Ik deed een stap naar voren; Betty deinsde geschrokken achteruit. Ik pakte haar stevig beet; ze hijgde van angst, maar ze hief haar gezicht naar me op — een snelle, vluchtige zoen, heet en zoet als gebrande karamel. Ze rende naar de deur aan het eind van het vertrek en verdween.

Bruisend als een fluitketel, bevend en helemaal hoteldebotel, leunde ik achterover tegen de schoorsteenmantel.

De magere gestalte van Alfred Dannister verscheen in de deuropening. Hij had de drie roze visjes die Freddy mee naar boven had genomen in zijn hand. Snel liet hij zijn ogen door het vertrek gaan en toen stapte hij bedaard naar binnen. Hij legde de visjes op de dichtstbijzijnde tafel op een tijdschrift en liep naar het buffet. Mijn glas was nog halfvol. Hij schonk zichzelf anderhalve vinger whisky in en deed er een kneep spuitwater bij.

Toen draaide hij zich met bestudeerde kalmte naar me toe. "Volgens mij hebben we al het nodige besproken."

"We zijn anders nog geen stap nader tot elkaar gekomen, u denkt nog steeds dat ik een schurk ben."

Hij schudde zijn hoofd. "Bij nader inzien denk ik dat niet langer. Ik denk dat u in dezen een slachtoffer bent, een koppige jongeman die nog de nodige wijsheid moet vergaren."

Dat maakte me nieuwsgierig. "Wat heeft u van gedachten doen veranderen?"

"Dat waren uw eigen woorden in verband met mijn dochter."

"Oh."

"U had gelijk, maar om, laten we zeggen, de verkeerde reden."

Ik deed maar geen poging om hem te begrijpen. "Nu ja, als u tevreden bent, ben ik ook tevreden."

Hoofdstuk XII

Ik liep over de weg, in de schaduw van de rotswand en er weer uit. De maan glom als een zilveren theepot, de zee was kalm, donker en hard, wolken stapelden zich op rond de horizon als een dot slagroom op een kop koffie in Rome: een buitensporig uitzicht. Ik verkeerde in een bijpassend buitensporige stemming, met al die emoties die in m'n brein rondtolden als gekleurd wasgoed in een wasmachine.

Ik dacht aan Kex en kon m'n voeten amper op de grond houden zo woedend was ik. "Een beroepsoplichter" was ik, "van goedgelovige oudere vrouwen" — dat was aantoonbare laster. Ik ging een miljoen dollar van Kex eisen!

En ik dacht aan Dannister en zijn uitermate vreemde gedrag en ik was zo onthutst dat ik bijna stil bleef staan... Ik overdacht de avond in de Villa Sirenia en die leek nu wel een geheimzinnig toneelstuk waarin ieder die daar woonde een rol had.

Ik dacht aan Betty — dat had ik voor het laatst bewaard — en m'n hoofd werd licht en m'n huid begon te tintelen; zo had ik me ooit ook gevoeld na m'n eerste afspraakje en ik had gedacht dat ik zulke adolescentenkuren wel achter me had gelaten.

Ik dacht aan Betty's gezicht — een vreemd gezicht, alsof er in het instituut waar ze nieuwe gezichten ontwerpen ruzie was geweest over of ze van haar een klassieke schoonheid moesten maken, een pikant zigeunermeisje of een romantische Keltische bloem. Ze hadden in ieder geval een aantrekkelijk compromis weten te bereiken.

Ik dacht weer aan Kex en werd opnieuw woedend, waarna ik de hele cyclus nog een keer doormaakte, waarbij de emoties als gloeiende bliksemschichten door mijn hoofd flitsten. Zo in beslag genomen liep ik steeds verder omhoog rond de hele kloof, met het stadje broos en bevroren in de verre diepte, om daarna langs de overkant terug te lopen naar de zuidgrens van de stad. Ik kwam op de hoofdweg uit, ging op weg naar beneden en passeerde het appartement van Pamela en Hester Ryen. Hun raam was een effen citroengele rechthoek.

Ik stond stil. Als zij ook een van Kex' brieven hadden gekregen konden ze wel helemaal over hun toeren zijn — wat misschien had bijgedragen aan de boze stemmen die ik eerder die dag had gehoord. In mijn onnozelheid dacht ik dat ik met hen moest gaan praten om hen gerust te stellen; ik vond zelfs dat het mijn plicht was om ze zo mogelijk wat opluchting te bezorgen. Ik liep de trap op en klopte op de deur.

Binnen was alles stil, het voelde leeg aan op de manier van een huis waarvan de bewoners even naar buiten zijn gestapt. Ik klopte nog een keer en nu hoorde ik binnen voetstappen, zware onheilspellende stappen.

Een doodse, toonloze stem, Hesters stem zei: "Wie is daar?" Het klonk effen en dof alsof ze praatte terwijl ze diep in slaap was.

"Chuck Musgrave."

Ik wachtte. Ze gaf geen antwoord. De deur stond tussen ons in; ik kon me haar gezicht niet voorstellen. Na een korte stilte zei ik nog eens: "Ik ben het — Chuck Musgrave. Ik wil met jullie praten."

"Ga weg," zei ze heel zacht — bijna fluisterend.

Ik zei: "Er is een misverstand ontstaan; ik wil met jullie praten."

Doodse stilte. Ik zag haar haast voor me, zoals ze daar verstijfd voor de deur stond, met haar hoofd een beetje gebogen.

"Waar is Pamela?" riep ik. "Ik wil met Pamela praten."

Een paar tellen later liep ik de trap weer af en ik slenterde mismoedig verder.

En daar was de deur naar het appartement van Kex. Kex — duivel met een cherubijntjesgezicht, verdorven kind. Ik werd bijna overweldigd door woede; ik proefde het in m'n mond en voelde het aan de pijn in m'n maag. Onderaan die bleke trap zat Kex, een bebrild insect in een slakkenhuis.

Ik staarde naar de deur en begon te zweten van de heftige emotie. Van beneden klonk zwak geluid — gebrom van stemmen, een deur die zacht dichtviel.

Ik stak de sleutel in het glimmende bronzen slot en maakte de deur open. Onderaan de trap stond Chi-Chi, met zijn voet op de onderste trede.

Hij keek omhoog; ik keek omlaag. Zijn gebeeldhouwde mond viel open, zijn fraaie wenkbrauwen schoten omhoog. Hij begon langzaam de trap op te lopen en toen hij zijn achteloosheid terug had, wat sneller. Zijn voetstappen klonken als *kraak-tik, kraak-tik*. Ik grijnsde want ik herinnerde me voetstappen die als *kraak-tik* klonken toen ze de trap af kwamen.

Hij zag mijn blik, sloeg zijn ogen neer, aarzelde, en kwam vervolgens met onbezorgde zelfverzekerdheid op me af hollen.

Ik stond midden in de gang en toen hij bijna bij me was moest hij wel stoppen. Ik keek hem een tel diep in zijn ogen en haalde toen uit, pal op zijn neus. Die kraakte met zo'n geluid als van een hardgekookt ei waar je bovenop stapt. Chi-Chi viel achterover. Ik gaf er nog een zwieper achteraan en Chi-Chi tuimelde halsoverkop van de trap af.

Dat was schitterend, het kon gewoon niet mooier. Ik kon wel juichen, zo uitgelaten voelde ik me! Ik rende over de trap naar beneden waar ik Chi-Chi brakend en druipend van het bloed op handen en knieën aantrof.

In een haastig omgeslagen, wapperende badjas was Kex het terras op gehold, met ogen als schoteltjes en een mond als een verbaasd roze gat. "Wat krijgen we nou, wat krijgen we nou —"

Ik zei: "Dat is de knul die me laatst 's nachts van de trap liet vallen; nu heb ik hem een koekje van eigen deeg gegeven."

"Wat vertel je me nou?" blaatte Kex terwijl hij van mij naar Chi-Chi keek en weer terug.

Chi-Chi liet zich op zijn zij vallen en begon te kermen. "Haal een dokter, man!" schreeuwde Kex terwijl hij achteruit bij het gedoe vandaan deinsde. "Doe wat! Blijf daar niet zo stom staan!"

"Ik heb niks met hem te maken. Voor mijn part kannie doodbloeden!"

"Dat is verdomd harteloos van je!" zei Kex die steeds kwaaier werd.

"Hij heeft mij anders ook nogal harteloos geschopt!"

"Hoe weet je nou dat hij dat was? Het kan wel iedereen uit de stad geweest zijn."

"Nee. Erg onwaarschijnlijk. Ik weet al een paar dagen dat hij het was.

Niemand anders had zo helemaal aan het begin van het spel een reden om mij een rotstreek te leveren. Maar dit stuk vullis wel."

Chi-Chi hing inmiddels schuin tegen de muur, met een zakdoek tegen zijn neus en zijn gezicht was helemaal grijs en gekreukeld — een ellendig brok vlees en bloed dat zichzelf erg zielig vond.

"Freddy Dannister is hier helemaal niet geweest. Die lag thuis in bed. Chi-Chi hier nam aan dat ik jouw nieuwe vriendje was en besloot stappen te ondernemen."

"Dat weet je helemaal niet zo zeker," riep Kex. "Misschien was het wel —"

"Nee. Niet met diezelfde krakende schoenen. Dat is veel te toevallig."

"Dit is vreselijk," zei Kex met een afwezige stem. "Chi-Chi, hoe gaat het?" En hij leunde bezorgd naar voren, maar bleef nog steeds op ruim anderhalve meter afstand staan.

Chi-Chi liet hijgend een paar Italiaanse vloeken horen.

"Hij zegt dat je zijn neus hebt gebroken," vertelde Kex.

"Nou, jammer dan."

Kex wapperde met zijn handen als een zenuwachtige kip en rende de trap op. Ik ging naar binnen en pakte mijn schamele bezittingen in. Buiten hoorde ik verwarde stemmen — Ignazia, signora Umberto, Luigi, Kex. Er werd vijf minuten lang geruzied en toen hielpen Luigi en signora Umberto Chi-Chi de trap op en Ignazia liep naar binnen om een emmer water te halen, met Kex op haar hielen.

Kex zei op hoogdravende toon: "Onder de huidige omstandigheden lijkt het me beter —" toen kreeg hij mijn koffer in het vizier en hij eindigde mompelend "— als je vannacht in de Vistamare slaapt."

"Dat lijkt mij ook; ik ben eerlijk gezegd al onderweg. Ik hoop trouwens dat je niet gauw van je stuk raakt van een aanklacht wegens laster."

"Laster?" Kex keek stomverbaasd op. "Waar heb je het over?"

"Ik ben toch een beroepsoplichter van goedgelovige vrouwen?"

Kex' kin ontspande zich en zijn snor zakte weer omlaag. "Heeft — heeft Dannister je dat verteld?"

"Hij liet me de brief zien. Ik ga een bedrag van honderdduizend dollar van je eisen — zodra ik niet meer voor je werk."

Kex lachte zwakjes. "Jij hebt toch een ongeëvenaard gevoel voor humor."

"Ik hoop dat je nog steeds kan lachen wanneer je de cheque tekent."

"Poe. Wat een onzin. Je kunt geen aanklacht indienen op grond van zoiets."

"Dat kan wel degelijk. En dat ga ik doen ook. En ik wil dat geld ook echt hebben. Dat 'beroepsoplichter' was de druppel die de emmer deed overlopen. 'Misdadiger' en 'detective' waren erg genoeg, maar die laat ik onder onze duizend dollar per week afspraak vallen. Maar 'beroepsoplichter van oudere vrouwen' dat is een stoot onder de gordel."

Kex liep naar het buffet en schonk met katachtig soepele bewegingen een borrel in. "Je slaat een steeds agressiever toon tegen me aan, Musgrave."

"Vind je niet dat ik daar een goeie reden voor heb?"

Kex maakte een achteloos gebaar met zijn glas. "Ik heb ermee ingestemd om je het loon dat je vroeg uit te betalen, hoe bizar dat ook was. Je bent toch wel van plan om daar iets tegenover te stellen?"

"Daar hebben we het al eerder over gehad. Ik heb je duidelijk en met veel nadruk laten weten dat ik voor duizend dollar per week als tegenprestatie lijfelijk hier in Positano aanwezig zou zijn, anders niet. Laster kost extra."

"Mag ik je er even attent op maken dat je onmogelijk kunt bewijzen dat ik voor die zogenaamde 'laster' verantwoordelijk ben?"

"Daar hebben we gerechtshoven voor. Ik heb de hele kwestie doorgesproken met Dannister. Hij denkt dat ik geld kan vangen. En dat denk ik ook."

Kex haalde zijn hand door zijn witte broshaar en liet een diepe zucht horen. "Dat is onzin en dat weet je." Zijn stem begon boos te klinken. "Ik heb meer dan genoeg van jouw brutale praat. Maak dat je wegkomt!" Hij draaide me zijn rug toe en liep weer naar het buffet.

"Moet ik dit als het einde van mijn werkverband beschouwen?"

Kex worstelde even met zichzelf. "Nee," zei hij met tegenzin. "Die afspraak blijft staan." Hij draaide zich zelfingenomen om. "Wanneer ik iets afspreek dan houd ik me eraan; ik ga jou niet belazeren of bedreigen."

"Ze hebben jou nog niet van de trap laten vallen. En er zijn ook geen lasterlijke verhalen over je verteld. Wil je liever een schikking buiten het gerecht om?"

"Waarover, in hemelsnaam? Waarover?"

"Laster."

"Die laster is je in je bol geslagen, Musgrave; je kunt nog steeds niet bewijzen dat ík je belasterd heb."

"Ik weet donders goed dat ik dat wel kan."

"Dannister heeft dus een anonieme brief gekregen. Nou, en? Wat heb ik daarmee te maken?"

"Jouw vingerafdrukken zitten erop." Dat was een gok, maar het was raak. Kex knipperde met z'n ogen en krabde in z'n nek.

"Die vingerafdrukken zijn natuurlijk helemaal versmeerd," zei Kex zonder veel overtuiging.

"Geen kijk op. Dannister heeft die brief heel voorzichtig behandeld. Hij is van plan om zelf ook een hartig woordje met jou te spreken. Ik vraag je dus nog een keer: wil je een schikking buiten het gerecht om?"

"Dat is chantage!" riep Kex en z'n snor bibberde ervan.

"Chantage, m'n neus. Ik vraag jou of je buiten het hof om wilt schikken."

Kex streek z'n snor weer in model. "Stel dát ik een schikking met jou overeenkwam — die zou dan alle schade moeten omvatten waarvan jij vindt dat je die tijdens je verblijf hier hebt opgelopen."

"Met uitzondering van lichamelijke schade."

Kex gebaarde luchtig met z'n glas. "Jij hebt te veel goedkope misdaadromannetjes gelezen. Ik wil gewoon niet nog een keer bedreigd worden met een aanklacht wegens laster."

"Je hebt er dus nog een paar te verwachten?"

Kex grinnikte. "Misschien ben ik weleens wat te loslippig geweest — heb ik wat overdreven, wat dingen te veel aangedikt."

Ik dacht een paar tellen na. "Met vijftigduizend dollar moet zo'n beetje alles gedekt zijn."

"*Vijftigduizend dollar!*" brulde Kex.

"Ga maar na wat ik bij een rechtszaak toegekend zou krijgen —"

"Jij bent krankzinnig!" snoof Kex. "Zoveel is jouw reputatie niet waard."

"Dat zal het hof wel uitmaken."

"Ik peins er niet over om je zo'n bedrag te betalen."

"Hoeveel dan wel?" Nu gingen we spijkers met koppen slaan.

"Oh," Kex kauwde op zijn lip. Hij snauwde: "Ik had er niet op gerekend dat deze zaak me een fortuin zou gaan kosten."

"Het kan je wel meer gaan kosten."

"Hoe bedoel je?"

"Ik zou nog geen rooie duit voor jouw leven geven."

"Ach, onzin," snibde Kex. "Hier —" hij gaf me een vulpen en griste een vel papier van een bureau "— schrijf: 'Tegen betaling van de somma van één duizend dollar verklaar ik' —"

Ik legde de pen neer. "Duizend dollar? Kom nou, Kex."

"Ik weiger hoger te gaan. Ik laat me niet tot slachtoffer bombarderen."

"Jij draait de rollen om. Ik ben het slachtoffer en ik wil een vergoeding."

Kex zei mopperend. "Als ik had geweten dat je je zo zou opstellen had ik je nooit in vertrouwen genomen."

Smalend zei ik: "Sinds wanneer heb jij mij in vertrouwen genomen?"

"In elk geval," zei Kex nuffig, "ben ik niet van plan om je zo'n absurd bedrag te betalen. Vijftienhonderd is mijn limiet."

"Ach, ik wil er wel een duizendje afdoen hoor. Schrijf maar een cheque voor negenenveertigduizend."

"Poe."

Ik kwam overeind. "Dan ga ik ermee naar het gerecht."

"Een Italiaanse rechtbank? Denk je soms dat je een Italiaan beledigt wanneer je hem een gigolo noemt? De helft van die lui leeft daarvan."

Zo bleven we doorkiften, over en weer. Ik kon hem niet hoger krijgen dan vijfentwintighonderd en hij kreeg mij niet lager dan dertigduizend. "Weet je wat," zei ik ten slotte, overmand door weerzin, "verscheur die terugverkoopnota die ik je voor je auto gaf maar, dan zijn we quitte."

"Mijn auto!" jammerde Kex. "Dat is toch wel het allerbrutaalste dat ik ooit heb gehoord. Ik heb me tot het uiterste ingespannen om —"

"Doe er nog duizend dollar bij dan kan ik nog wat benzine kopen. Met honderddertig lire per liter is het goedkoper om de auto als vracht te laten verzenden dan om erin te rijden."

Kex beende heen en weer, zwaaide met zijn armen als seinvlaggen en maakte zo'n misbaar dat ik ten slotte riep: "Schrijf een cheque uit voor vijfenzestighonderd en geef me een verkoopnota voor je auto. Als en wanneer de cheque geïnd kan worden verscheur ik die verkoopnota.

Zo niet dan hou ik de auto en moet jij die terugverkoopbon die ik jou gaf verscheuren."

"Ik snap er niks meer van; het wordt mij te ingewikkeld; nou hebben we al drie verkoopbonnen..."

"Ik begrijp het anders wel," zei ik. "Geloof me maar, je komt er nog makkelijk vanaf."

Schor, met rode ogen en een beetje aangeschoten gooide Kex zijn armen in de lucht. "Goed dan. Ik zal je moeten vertrouwen. Schrijf maar een kwitantie voor me uit waarin je verklaart dat het bedrag alle schade die je door enige uiting van mij, op schrift of anderszins, hebt ondervonden volledig dekt."

"Tijdens de lopende maand."

"O, goed hoor. Tijdens de lopende maand."

"Dat betekent dat ik jou wanneer je volgende maand weer brieven gaat schrijven opnieuw voor het gerecht kan slepen."

"Je hebt me helemaal nog niet voor het gerecht gesleept, je hebt me alleen onder tafel gekletst!"

We wisselden plechtig de documenten uit. Ik weigerde een borrel, pakte mijn koffer en vertrok.

Het terras had een donkere vlek waar Ignazia Chi-Chi's bloed had weggeschrobd en de trap was zo bleek als de schaal van een wit ei.

Buiten op straat bleef ik even staan bij de open wagen van Kex. Wat zou ik ermee doen als hij van mij was? Erin rijden kon ik niet betalen, zeker niet in Italië waar zelfs de lucht van benzine al geld kost.

Dat het echt zou gebeuren was niet waarschijnlijk. Aangenomen dat Kex en ik allebei de komende twee weken zouden overleven, had ik geen enkele reden om te denken dat de cheque van Kex niet zo goed als goud was.

Ineens merkte ik dat ik moe was — doodop. De uitgelatenheid van die morgen was verdwenen, de stroom van snel wisselende gebeurtenissen had me totaal uitgewrongen. Ik was een omhulsel zonder gevoelens, een holle schil van een mens.

Ik beende door de schaduwen de heuvel af. De maan was onder en Positano lag erbij als een bleek kerkhof.

De Vistamare was de enige oase vol leven. Er waren vier of vijf tafels bezet, grotendeels met mensen die ik niet kende. Blaine hing op een barkruk naast Alma en gravin Margaret, precies zoals op die eerste avond. Oleg Vroznek zat somber patience te spelen en toen hij opkeek en me zag, sloeg hij zijn ogen neer en hij boog zich over zijn kaarten.

Ik was te moe om de omstandigheden aan hem uit te leggen en liep langs het bureau van de kassier naar Giovanni die de krant zat te lezen om hem te vertellen dat ik een kamer wilde.

Twintig minuten later had ik een hete douche genomen en lag ik languit op de koele lakens. Ineens dacht ik aan het geld dat ik van Piombino had gekregen. Ik rekte me uit tot ik bij m'n jasje kon, haalde de envelop eruit en telde wat erin zat. Tweeduizend dollar. Ik bedacht een beetje wrang dat Piombino had gemeend dat hij er bij mij voor een koopje vanaf kon komen — een schamele tweeduizend dollar. Wat zou ik ermee doen — zou ik het houden of terugsturen. Een kwestie van afwegen. Het was mijn geld niet, ik had het niet verdiend, maar strikt genomen had Piombino het ook niet verdiend. Ik had er evenveel recht op als hij... Samen met de vijfenzestighonderd van Kex geen gekke verdienste voor een dag. Een aanbetaling op een appelboomgaard in Oregon of een citroengaard in het district Los Angeles. Slaperig vroeg ik me af of Betty liever in Oregon zou wonen dan in Californië. Morgen zou ik het haar vragen. Toen viel ik in slaap.

Die nacht had ik een ijzingwekkende droom waarvan ik me maar heel weinig herinner. Er kwam een bleek, maskerachtig gezicht in voor en twee schimmige gestalten die dwarrelend omhoog spiraalden de duisternis in. Ik noem die droom omdat ik er de volgende dag, toen ik hoorde dat Hester en Pamela Ryen dood waren, weer aan moest denken. Het moet toeval zijn; dat moet wel. Ik wil niets anders denken. Als ik dacht dat ik een voorspellende gave had zou ik niet meer durven slapen.

Hoofdstuk XIII

Ik werd wakker, nam een douche, schoor me en ging met een reusachtige honger naar beneden om te ontbijten. Terwijl ik m'n gebakken eieren met spek en plakken sinaasappel at kwam Giovanni me het nieuws brengen.

"Kende u ze goed, die twee Engelse dames?"

"Niet erg goed. Wat is er aan de hand?"

"Gisteravond —" hij maakte een verbijsterd gebaar met zijn handen "— ze zijn dood." Hij trok een stoel onder de tafel vandaan en ging zitten met een gezicht van: "Dat kan ons allemaal ook overkomen."

Ik legde m'n mes en vork neer. "Hoe zijn ze gestorven?"

Giovanni haalde zijn schouders op. "Wie zal het zeggen? Ik was er niet bij; het kan in ieder geval geen prettig gezicht geweest zijn."

"Ik bedoelde niet —" Ik zweeg en begon opnieuw. "Waardoor zijn ze doodgegaan?"

"Door de pillen — een heel flesje pillen om te slapen. Opgedronken in hun thee." Giovanni trok een vies gezicht. "Altijd maar thee voor die Engelsen."

Ik hoorde mijn eigen stem alsof hij van ver kwam. "Allebei?"

"Allebei," zei Giovanni op morose toon. "De ene, die lange, zenuwachtige, lag in bed; de andere, die zieke, zat op een stoel. De burgemeester heeft naar Napels gebeld om de Britse consul te laten komen."

"Maar waarom?"

"Dat weet niemand."

"Was er geen brief, geen afscheidsgroet?"

"Niets."

Ik roerde in m'n koffie en keek naar m'n kopje zonder het te zien.

Giovanni sprong overeind en liep weg en ik bleef maar in m'n kopje zitten roeren. Ik herinnerde me gisteravond — toen ik Hesters stem door de deur heen hoorde. Toen klonk ze al dood, al voorbij die laatste beslissende grens, toen ze al wist ze dat het leven voor haar afgelopen was. Wat ging er in haar hoofd om toen ze mijn stem hoorde? Ik moet de duivel in eigen persoon geleken hebben, daar achter die dunne voordeur. Ik kreeg een eigenaardig visioen: mezelf door Hesters ogen, met een glimmend gezicht, olieachtig geelgroen glinsterend van het kwaad, met vurige ogen en een kwijlende mond... Nog een wonder dat ze de deur niet opengesmeten had om me met een mes te lijf te gaan. Misschien had ik dat wel verdiend. Was ik niet in ieder geval gedeeltelijk verantwoordelijk voor hun dood? Was ik niet de betaalde nachtmerrie van Kex? Was ik dan niet overduidelijk net zo goed een moordenaar als Kex zelf? Ik dronk een paar slokken koffie. M'n keel zat dicht en was gevoelloos. Ik had moeite met slikken.

Wat moest ik doen? Wat kon ik hiertegenover stellen? Weggaan uit Positano, weggaan uit Italië, weggaan uit Europa? Teruggaan naar de Verenigde Staten om me in de verste woestijn te verstoppen, in Idaho, Utah, Arizona? En wat zou ik daarmee bereiken? De schade was al geschied; ik had louter door m'n aanwezigheid hier Kex z'n plannetjes op weg geholpen.

Zo zat ik daar in elkaar gedoken slokjes koffie te drinken en me ellendig en verdoofd te voelen als nooit tevoren.

Langzamerhand zakte de verdoving een beetje weg en begon er wat verweer los te komen; langzamerhand begon ik wat troostende gedachten te verzamelen. De precieze mate waarin ik schuldig was leek moeilijk te definiëren. Ik kon eigenlijk helemaal niet aanwijzen waar ik iets fout had gedaan, anders dan het feit dat ik met iets fouts te maken had.

Ik had natuurlijk wel geld van Kex aangepakt — maar ik had m'n best gedaan om zijn plannetjes in duigen te laten vallen, en dat had ik openlijk gedaan, en met medeweten van Kex. Ik hield mezelf misschien een beetje schijnheilig voor dat ik zelfs Kex niet had bedrogen. Ik had niets op m'n geweten. Ik had beloofd om in Positano te blijven, maar zouden de brieven van Kex minder hard aangekomen zijn wanneer ik was vertrokken? Het had zelfs wel slechter af kunnen lopen. Ondanks het feit dat ik geld van Kex had aangepakt kon ik niet zien in hoeverre ik ook maar enigszins verantwoordelijk was voor de dood van Pamela en Hester Ryen.

Een beetje opgeklaard nam ik een tweede kop koffie en keek ik hoe laat het was. Kwart over negen. Ik tuurde op de wijzerplaat van m'n horloge met een vaag knagend gevoel achterin m'n brein. Het leek alsof ik iets over het hoofd zag, iets belangrijks. Ik liep de recente gebeurtenissen na … Had ik afgesproken om Kex te ontmoeten? Blaine? Volgens mij niet. Post, telefoon, dokter, tandarts … Ik ontspande me en nam een derde kop koffie.

M'n gedachten dwaalden terug naar Pamela en Hester. Het was onvoorstelbaar dat Pamela, zo vol geestige praatjes, zich om kon brengen. Het initiatief moest van Hester uitgegaan zijn. Dat kon ik beter bevatten. Ik kon me wel voorstellen dat Hester met haar perkamenten gezicht zich van het leven afkeerde als een vermoeide huisvrouw die de deur van een kamer vol rommel dichttrekt. Maar het was allemaal zo onbegrijpelijk!

Wat hadden die twee oude vrijsters gedaan dat de dreiging dat het uitkwam ze tot zelfmoord had gedreven? Ik overwoog een paar mogelijkheden waar ik niet tevreden over was en keek op mijn horloge. Kwart voor tien. Weer dat vage knagen, dat gevoel dat er iets belangrijks was. Wie, wat — *Betty!*

Ik sprong uit m'n stoel en stond met drie stappen buiten. Om half-tien zou Betty uit de Villa Sirenia weggaan en ik zou haar ontmoeten. Hoe kon ik dat vergeten, hoe kón ik, hoe kón ik?

Ik rende als een haas over de boulevard, dwars door een verbaasd groepje kinderen dat op straat een spelletje met stenen speelde, langs grijnzende vissers die hun netten zaten te boeten en liep bijna een onduidelijke vent in een geel jasje met een tekenmap en een schilders-doos omver. Ik rende een trap op, stopte en wachtte ongeduldig tot vier elegante blondines in zomerpantalon, truitje en sieraden me voorbij geslenterd waren. Verder omhoog, hollend de trap op, alsof ik bang was dat ik een trein zou missen. Ik rende langs een jongen met een ezel, een meisje met een mand vol brood op haar hoofd, twee dikke vrouwen die hijgend stonden te lachen, en ze staarden me allemaal na met een spottende blik — weer zo'n idiote buitenlander.

Met een rood hoofd en een bonkend hart arriveerde ik bij de bovenweg. Ik was een halfuur te laat. Als ze al weg was zou ik haar niet meer kunnen vinden.

Ik liep over de weg tot bij het smeedijzeren hek. Niemand te zien. Ik bleef mismoedig staan. Geen Betty. Het zonlicht viel witheet over de helling en de zee rimpelde in een helblauw met groene waaier van kattenpootjes.

Ik zag haar! Ze zat op een laag muurtje, half verscholen achter een enorme agave. Ze droeg een spijkerbroek en een witte bloes en ze bloosde van verlegenheid omdat ze zo duidelijk op me had zitten wachten. Ze liet zich met afgewend hoofd naar de weg omlaagglijden en durfde me niet aan te kijken.

Ik was zelf ook onverklaarbaar verlegen. "Het spijt me dat ik je heb laten wachten."

"Dat geeft niet." Ze keek naar me en toen over haar schouder naar het smeedijzeren hek, en alsof dat haar aanspoorde of dwong draaide ze zich om en begon ze snel weg te lopen.

Ik haalde haar in. Dit zou overduidelijk geen alledaags liefdesavontuurtje worden. Even flitste er een gedachte door m'n hoofd, een gemene wanklank. Blaine en zijn affaires met Alma en gravin Margaret.

Ik hervond m'n stem. "Er is gisteravond iets verschrikkelijks gebeurd. Daar zat ik vanmorgen aan te denken en — nu ja, al met al, ging ik te laat de heuvel op."

"Wat is er dan gebeurd?" vroeg ze met een matte stem.

"Kende je die twee Engelse vrouwen die dicht bij me woonden — Pamela en Hester Ryen?"

"Ken*de* ik ze?" Ze keek me aan. Ik kon m'n ogen amper van haar gezicht afhouden; ik had het echt flink te pakken. "Ik weet wie ze zijn; ik zag ze weleens — een lange kwieke, net een schooljuf en een kortere mollige die er ziek uitzet."

"Dat klopt. Ze zijn allebei dood."

"Dood." Ze sprak het woord zacht en nadenkend uit. "Hoe?"

"Ze hadden een van Kex z'n brieven gekregen en hebben gisteravond slaappillen geslikt."

Ze zei niets. We liepen langs een wijnzaak waar een stuk of zes nieuwsgierige hoofden ons aangaapten. Vanaf een balkon namen drie vrouwen ons tot in de kleinste details op, als wilden ze onze diepste geheimen doorgronden. Niemand in Positano wilde zelfs maar een kleinigheid missen uit het dagelijks leven van buitenlanders, hoe onbenullig ook.

We naderden het stadje. Ik vroeg: "Waar gaan we heen?"

Ze vertraagde haar pas en keek omhoog naar de berghellingen. "Maakt niet uit waarheen."

"Waar ga jij meestal heen?"

"Niet naar een speciale plek. Weleens omhoog naar Montepatuso."

"Word je niet moe van al dat gewandel?"

Ze haalde haar schouders op. "Ik wandel niet omdat ik wandelen zo leuk vind. Als ik een auto had zou ik rijden."

"Waarom ga je dan aan de wandel?"

"Omdat ik niet graag thuis ben." Ze sloeg af een donkere trap op die door olijfgaarden omhoog liep. "Laten we hier omhoog gaan."

Trappen zigzagden langs de helling omhoog, om kalkstenen bulten en pieken heen, langs grotten versierd met stalactieten. Praten was er niet bij.

Positano begon steeds meer op een fraai versierde huwelijkstaart te lijken, met huisjes en kerken en hotels van suikergoed. Drie keer passeerden we een boer met een ezeltje met een grote vracht brandhout, en een keer een jonge, piekfijn uitgedoste Italiaan die naar Betty loerde als een kat naar een vis.

Waar het pad om een steile wand wegboog gingen we even zitten om op adem te komen. Met haar blik op de zee zei Betty: "Ik wou dat ik snapte wat er in Positano aan de hand was."

Een tel later zei ik: "Het doet me denken aan een kas met een heleboel vreemde planten — bekerbloemen, mistletoe, zeeanemonen, orchideeën — waar ineens een krankjorume tuinman de hele boel met groeihormonen bespuit om er dan ultravioletlicht op te zetten en radioactief plantenvoedsel in de wortels te spuiten —"

"En Kex is de krankjorume tuinman?"

"Ja. Ik denk dat we hem zo wel kunnen noemen. Maar hij is tegelijk een van de kasplanten. Het is nogal een eigenaardige toestand."

Ze keek me spottend aan. "Ik ben zeker ook een van de kasplanten?"

"Nee, nee —" begon ik te protesteren.

"O, reken maar van wel," zei ze koeltjes. "Ik ben net zo vreemd als alle anderen hier in de buurt."

"Maar jij bent vreemd op een leuke manier."

"Je kent me niet eens goed."

"Ik wil je graag beter leren kennen."

Haar mond verstrakte met een beetje een preuts trekje — een onnatuurlijke uitdrukking die snel weer verdween. "Als ik jou was zou ik de moeite niet nemen." Ze bleef strak naar de zee staren. "Over een week of twee vertrek je en dan gaat alles weer zijn gewone gangetje."

"Dat weet ik zo net nog niet."

"Wat weet je zo net nog niet?" vroeg ze, ineens nieuwsgierig.

"Of alles weer zijn gewone gangetje zal gaan."

"Oh."

"Het lijkt mij dat de boel nog maar net op gang begint te komen. Eerlijk gezegd geloof ik niet dat Kex er ook maar een flauw vermoeden van had dat iemand hem serieus zou nemen — in ieder geval niet ernstig genoeg om zelfmoord te plegen of iemand anders te vermoorden. Hij heeft zich deerlijk vergist."

"Maar *waarom*? Waarom wilde hij zich overal mee bemoeien?"

"Dat moet je aan Kex vragen."

Ze keek me kalm aan. "Waarom blijf je eigenlijk hier?"

Ineens kreeg ik een rood hoofd van verlegenheid. In m'n eigen hoofd wist ik precies waarom, maar zou zij het ook zo zien?

"Ten eerste omdat ik ervoor betaald word."

"Geld," zei ze minachtend.

"Maar ik doe niemand kwaad, ik heb juist geprobeerd om iedereen op de lijst van Kex gerust te stellen. Ik hou me voor dat ik eerder goed dan kwaad doe."

Ze haalde haar schouders op.

"Dat is reden een. De tweede is dat ik wil weten hoe het verder gaat, ik wil nu niet vertrekken. En de derde is — nu ja, eerlijk gezegd, dat ben jij."

"Ik?" Ze leek nogal verbaasd.

"Ja. Heb je niet gemerkt dat ik heel veel belang in je stel?"

"Eh — nee." Ze dacht aan gisteravond. Ik ook.

"En je lijkt geen hekel aan me te hebben."

"Nee... Maar —" Ze aarzelde. Haar mond verstrakte.

"Maar wat?"

Ze gaf geen antwoord.

Ik zei mopperend: "Dat geheimzinnige gedoe begint me op m'n zenuwen te werken."

Ze grinnikte. "Kom, we gaan weer. We zijn nog maar halverwege."

De helling werd wat minder steil; de traptreden waren brede plakken bemost kalksteen, zo te zien even oud als de heuvels zelf. Het pad zwierf zigzaggend door dunne olijfbosjes en kleine terrasakkertjes met artisjokken, sla en aardappelen. Erachter lag de zee, kalm en blauw als de kleur op een aanplakbiljet van een reisbureau.

Betty zei: "Hierboven ligt het enige stukje Italië dat ik niet graag zou willen missen."

"Je bent toch niet van plan om weg te gaan, hè?"

"Nee."

"Je vader soms wel?"

"Nee."

We hadden alweer tien minuten gezwegen toen we hoog in de kale rotsen op een dorpje stuitten. De stenen huizen groeiden uit het gesteente als een eigenaardig poreuze korstmos. Dit was Montepatuso.

In een kruidenierswinkeltje kocht ik een brood en een kaas die de vorm had van een kleine, gladde pompoen — provolone. Die namen we mee naar het terras van een wijnwinkel met uitzicht op de zee, en daar in het warme zonlicht en de bries uit zee, aten we onze lunch, terwijl vier kleine kinderen uit een lage deuropening ons als muizen in de gaten hielden.

Betty zei maar weinig. Ik vertelde haar een paar dingen over mezelf. Ze luisterde stilletjes, maar ze vroeg niets en vertelde me ook niets over zichzelf. Normaal zou ik dat voor domheid of verveling gehouden hebben maar zij leed overduidelijk aan geen van die twee. Ze leek me verlegen en in haar gedachten verdiept. Ik vond haar lief, gevoelig en intelligent, met haar levendigheid in haar binnenste samengeperst als de stoom in een drukketel. We bleven daar een tijdje zwijgend zitten. Betty keek uit over zee. En ik zat naar haar te kijken met het gevoel dat ik iets tijdelijks en vluchtigs meemaakte dat ik nooit meer zou tegenkomen. Ik probeerde het moment te omarmen, het volledig in me op te nemen, het tot een deel van mezelf te maken zodat ik het altijd bij me zou houden waardoor ik feitelijk de tijd stil kon zetten.

Wonderbaarlijk, dacht ik. Een week geleden wist ik niet van het bestaan van Betty. En nu werd ze hier met de seconde belangrijker. De toestand was zo emotioneel dat alles onwerkelijk leek, als een plaatje dat door een kristalheldere lens wordt bekeken. Het zonlicht was sterker, de lucht helderder, het tijdverloop trager, duidelijker.

"Betty," zei ik, "binnenkort ga ik terug naar huis."

Ze draaide haar hoofd om en keek me nadenkend aan. "Over hoeveel tijd?"

"Zodra ik weet hoe deze narigheid afloopt."

Ze bleef me aankijken zonder al te veel belangstelling. Dit was een andere Betty dan het opgewonden meisje van gisteravond. Deze Betty leek afgerekend te hebben met haar innerlijke twijfels; het was een Betty tegen wie ik minder zelfverzekerd uit de hoek kon komen, leek me.

Toch zei ik: "Als ik vertrek wil ik graag dat je met me meegaat."

Ze lachte. "Nee."

"Ik dacht al dat je dat zou zeggen. Ik wil weten waarom niet."

"Er zijn een heleboel redenen," zei ze vlotjes.

"Laat maar horen."

"Ik kan m'n vader en moeder niet alleen laten."

"Meisjes verlaten hun vaders en moeders al een eeuwigheid."

"De mijne zijn anders."

"Het zijn mensen, toch? Zo te zien hebben ze genoeg geld."

Ze ging gewoon verder alsof ze me niet had gehoord. "Of misschien ben ík wel anders...ja, ik denk dat dat het is."

"Niet waar het een of twee tamelijk belangrijke dingen aangaat."

"Hoezo?"

"Nou," ik liet de wijn in m'n glas ronddraaien en keek er kritisch naar, "gisteravond gaf ik je een zoen en dat leek je wel te bevallen."

"Daar ben ik niet zo zeker van. Ik was tamelijk overstuur. Ik geloof eerlijk gezegd dat ik mannen niet erg mag. Ik vind — vrouwen wel leuk."

Ik staarde haar aan terwijl m'n hart in m'n schoenen zonk. Ze schoot in de lach. "Kijk niet zo geschokt. Dat is hier in de buurt toch amper iets nieuws."

"Maar ik bén geschokt. Als je tenminste bedoelt wat ik denk dat je bedoelt."

"Ik denk dat het hetzelfde is. Maar ik ben er niet zeker van. Eerlijk gezegd ben ik nogal in de war."

Ik zei droogjes: "Dat lijkt me wel, zeg."

"Maar het lijkt erop dat ik ook niet erg van vrouwen houd. Al heb ik het niet echt geprobeerd. De vrouw in de keramiekwinkel flirtte wel aldoor met me en ze leek me wel aardig." En ze keek me van opzij aan om te zien hoe ik op dit alles reageerde. Ik voelde me misselijk. Het leek wel of ik het ijzeren contragewicht van een schuifraam in m'n lijf had in plaats van een lever.

Ik zei zo onverschillig mogelijk: "Hortense? Ik dacht dat Hortense normaal was. Eerlijk gezegd eigenlijk supernormaal."

"Ze lijkt wel alles tegelijk. Ze is met Freddy naar bed geweest."

Ik leunde achterover in m'n stoel en dacht na over dit vreemde, meedogenloze schepsel dat ik voor me zag. Ten slotte zei ik: "Dat meen je niet."

Zij haalde haar schouders op. "Waarom niet? Een mens moet toch iets zijn."

"Waarom dan niet normaal zijn? Misschien wel trouwen? Dat was wat ik bedoelde."

Ze schudde ijskoud en vastberaden haar hoofd. Ze trok zich met de minuut verder van me terug. "Ik wil niet normaal zijn." Ze keek me een beetje verwilderd aan. "Ik bén niet normaal."

Ik was een beetje beduusd. "Wat is er in hemelsnaam mis met normaal zijn? Sommige van m'n beste vrienden zijn normaal."

Ze lachte, half verbitterd en half opstandig. "Als je normaal bent krijg je — baby's."

"Ja, soms. Wat zou dat? Het zijn vieze kleine krengen, wat dan nog? Je hoeft ze pas te krijgen als je er zin in hebt."

Ze keek me onbegrijpend aan alsof ik onzin uitkraamde. "Hoe kun je voorkomen dat je baby's krijgt als je normaal bent?"

Een eigenaardig vermoeden kwam bij me op, het werd steeds vreemder. "Jij weet niet hoe je moet zorgen dat je geen baby's krijgt?"

"Nee." Dat had haar aandacht.

"Er zijn een heleboel manieren. Sommige werken en andere niet." Ik kon me wel voor m'n kop slaan; een ongelooflijke ongerijmdheid die alleen maar in Positano kon bestaan. Een wereldsheid die heel terloops over homoseksualiteit dacht, in combinatie met een onnozelheid die niets over voorbehoedsmiddelen wist. Ik legde haar drie of vier manieren uit. "Ze zijn zelfs bezig om vrouwen in India wegwijs te maken met periodieke onthouding. Wat heb je in hemelsnaam op die Zwitserse meisjesschool geleerd?"

"Zulke dingen niet."

"Maar heb je dan nooit een vrijer gehad?"

"Nee." Ze keek een beetje bang. "Nee. Nooit."

"Nou, nu heb je er wel een. Mij."

Ze keek bedachtzaam. "Nee."

"Kun je dan nooit eens 'ja' zeggen?"

"Nee, nee. En na vandaag kan ik je nooit meer ontmoeten."

"Waarom dan niet? Betty, je moet het me vertellen — want misschien kan ik je helpen. Ik wil je helpen. Wil je het me niet vertellen?"

Ze schudde haar hoofd en keek naar haar vingers. Ik pakte haar hand, "Je moet afschuwelijk eenzaam zijn dat je dit allemaal geheim houdt."

Ze zei niets.

"Wat voor rol speelt die vent van Hilfstone in het geheel."

"Rechtstreeks geen enkele. Hij is alleen maar een lastpak."

"Je vader gedraagt zich anders of hij heel wat meer is dan een lastpak." Ik dacht aan de brief die Kex aan de Dannisters had gestuurd. "Heb jij trouwens die brief nog gezien die je vader gister heeft ontvangen?"

"Hoe weet jij dat hij een brief heeft gekregen?"

"Iedereen op Kex z'n lijstje heeft een brief gekregen, waarin ik word zwartgemaakt. De Ryens kregen er ook een en die hebben zich gisteravond van kant gemaakt."

"Iemand moet Kex ombrengen."

Ik haalde m'n schouders op. "Vroeg of laat krijgt hij het voor z'n kiezen. Maar wat ik wilde zeggen — geloof alsjeblieft niets dat je over mij te lezen krijgt — het zijn allemaal leugens."

Ze zei niets.

"Betty."

"Wat?"

"Wanneer ik vertrek — ga je dan met me mee?"

Haar mondhoeken gingen omhoog, haar wenkbrauwen vormden boogjes en haar hele gezicht werd een treurig mombakkes. "Nee, ik zei toch dat dat niet kon."

"Wil je het wel?"

Ze aarzelde. "Nee. Het kan niet. Kan niet — kan niet. Je zou me niet begrijpen." Ze stond abrupt op. "Misschien," zei ze met Europese vormelijkheid, "moesten we maar eens gaan."

Ik betaalde voor de wijn en de vier kinderen met hun spiedende muizenoogjes verdwenen in de schaduw.

We liepen door het dorp; ik pakte Betty's hand vast en zo wandelden we, elk met zijn eigen gedachten, over een smal pad dat langs de bergwand liep.

Na een tijdje zei ik: "Betty, toen je mij voor het eerst zag, heb je je toen ooit voorgesteld dat het leven zoals nu zou worden?"

Ze siste spottend tussen haar tanden. "Ik ben nog nooit van m'n leven zo ongelukkig geweest."

Ik bleef staan en trok aan haar arm tot ze tegenover me stond. "Maar het is meer dan dat, toch?"

Ze bewoog zenuwachtig; ze stond zichzelf niet toe om antwoord te geven.

"Dat is toch zo?"

"Ik weet het niet. Misschien wel."

Ik boog naar voren om haar weer een zoen te geven, maar toen ik de ijzige, blinde blik in haar ogen zag hield ik me in.

Toch voelde ik, toen we weer verder liepen, een verandering in haar gemoed; ze was rustiger, ontvankelijker, alsof onbuigzaamheid erg vermoeiend was.

We daalden nog weer een monumentale trap af en belandden tenslotte op de weg naar Amalfi. Terwijl we terugliepen naar Positano begon de dood van Pamela en Hester, die ik in m'n hoofd naar de achtergrond had geschoven, samen met mijn eigen twijfelachtige positie steeds dreigender proporties aan te nemen en het persoonlijker probleem van Betty opzij te schuiven. Hoe dichter bij het dorp we kwamen hoe meer zorgen ik me maakte. De lucht was te zwaar, er zwierf te veel emotie rond. Iets zou het gaan begeven. Ik had geen flauw idee van wat en in welke richting. Maar naarmate we dichterbij kwamen bewogen mijn voeten met steeds meer tegenzin.

Het leek bijna wel of ik bang was. En ik was eerlijk gezegd ook bang.

Aan de rand van de stad waar de weg zich splitste in een hoge weg en een lage weg, bleef Betty staan. Ik draaide me om en keek haar aan.

"Ik ga bovenover," zei ze gehaast. "Loop alsjeblieft niet verder mee."

"Wanneer kan ik je weer zien?"

"Dat weet ik niet. Het lijkt me beter dat we elkaar niet meer zien."

"Ik heb er genoeg van om steeds maar waarom te moeten vragen — dus dat ga ik niet doen."

Er trok een vluchtig lachje over haar gezicht. "Als je het wist zou je het begrijpen — en dan zou je me dankbaar zijn."

"Geheimzinnig doen vind ik helemaal niets voor jou."

"Vaarwel, Chuck."

"Wacht." Ze stond stil. "Wanneer kan ik je weer zien?"

"Maar ik zei toch net —"

Ik maakte een ongeduldig gebaar. "Het kan me niet schelen wat je net zei. Het kan me niet schelen wat er mis is; misschien ben je wel besmet met lepra — is dat zo?"

"Nee."

"Omdat Freddy een simpele ziel is? Krankzinnigheid in de familie?"

"Nee." Ze draaide zich om en liep snel weg. Ik rende achter haar aan.

"Betty — wanneer kan ik je ontmoeten?"

"Ik weet het niet."

"Morgenavond."

"Nee."

"Ja."

"Ik kan niet weg zonder dat m'n vader het te weten komt."

"Stel dat hij het te weten komt, wat dan nog?"

Vlug zei ze: "Nou goed dan, morgenavond — maar niet lang."

"Waar?"

Ze wees naar een hoek van het strand. "Daar. Om negen uur. Tot dan."

"Tot dan."

Ik keek haar na terwijl ze de bocht om liep, een tragische gestalte met haar donkerblonde hoofd verdrietig omlaag gebogen. Toen draaide ik me om en ik keek omlaag naar Positano. Ik had geen zin om iemand tegen te komen, vooral Kex niet. Om van die onrust die inmiddels een enorme omvang had aangenomen maar niet te spreken. Maar ik kon niet de hele nacht hier op de weg blijven staan. Ik slikte de prop in m'n keel weg en begon aan de tocht omlaag.

Hoofdstuk XIV

Ik dwaalde traag omlaag naar het strand; nerveus en waakzaam, als een kind dat verstoppertje speelt. Signora Umberto tuurde als een wraakzuchtige terriër uit haar winkel en wenste me veel akeligs toe. Waar de weg bij het postkantoor de helling op draaide stond een groepje jonge arbeiders me vanuit hun ooghoek aan te loeren en in het stof te spugen en toen ik ze voorbij was hoorde ik grof gemompel.

Waarschijnlijk was *l'affaire Chi-Chi* al rondgebazuind en ik kon dus tijdens de rest van mijn verblijf in Positano geen enkele vriendelijkheid verwachten. Nu ja, met een beetje geluk kwam ik er toch wel zonder doorgesneden keel vanaf. Ik passeerde een van de plaatselijke carabinieri die als een opgeblazen kalkoen in zijn uniform liep te paraderen. Zelfs hij keek me bars aan alsof hij wilde zeggen: "Geen formele aanklacht, jongeman, maar voor een briefje van tien lire smeet ik je evengoed zo in het gevang."

Ik liep langzaam de zijsteeg door en voelde me zwak en opgejaagd. Voor me uit zag ik Hortense uit haar winkel naar buiten stappen en de deur op slot doen. Een ouder stel, de man in een grijs polyester pak en hoge schoenen met harde neuzen en de vrouw zo mager als een wezel met een hoed als de Engelse koningin, hielden haar staande om de weg te vragen. Toen ze stilstond en zich omdraaide om antwoord te geven, kreeg ze mij in het oog. Ik zag dat ze haar wenkbrauwen fronste en dat haar ogen schitterden als de ogen van een schichtig paard.

Ze gaf het toeristenpaar antwoord; die dankten haar met welgemeende beleefdheid en beenden langzaam verder door het straatje. Hortense draaide zich half van me af en wierp me over haar schouder een kokette blik toe. "Hallo, meneer Musgrave."

"Hallo."

Ze liep met me mee. "Je bent helemaal verbrand; zeker buiten in de zon geweest."

"De hele dag. Ik ben de berg op geweest."

"Het is daar erg mooi." Bij een zijstraatje bleef ze staan. "Hier woon ik."

"Oh?"

"Ja." Ze lachte verlegen. Of koket. "Kom je een kopje thee bij me drinken? Of een borrel?"

Ik wreef een beetje wezenloos over m'n kin want ik wist niet of ik ja moest zeggen of juist nee, maar ik had het sterke vermoeden dat het altijd fout zou zijn, wat ik ook deed.

Ze stond te wachten, kalm en oplettend als een verkoopster met een besluiteloze klant. Ik begluurde haar uit m'n ooghoek — lenig als een nerts, onmiskenbaar vol verwachting. Als ik mee naar binnen ging voor een borrel zou ik op de bank belanden. Hier in Positano met z'n Argusogen, en amper tien minuten nadat ik afscheid had genomen van Betty, was niet bepaald het goede moment.

Ze stond onbewogen toe te kijken hoe ik tot een besluit kwam. "Nee," zei ik, "nu even niet, dank je."

Ze knikte en haar oorringen tinkelden. "Ik zie je vanavond toch nog wel. Je gaat toch ook naar Busters feestje, neem ik aan?"

"Daar had ik nog niks van gehoord."

Ze lachte geheimzinnig. "Jij bent zo'n beetje de eregast. Buster zegt dat het een bijeenkomst van de Vuile-Wasclub is."

"Oh." Ik had daar eigenlijk helemaal geen zin in. "Nou, misschien zie ik je daar dan wel."

"Tot ziens dan."

Ik bereikte de boulevard. Positano leek wel in een merkwaardige trance te verkeren, alsof alles stilstond. De zon stond laag boven de heuvel en het licht had de weemoedige bleekgouden kleur van de namiddag. Van zee kwam een kil briesje dat het bleke zonlicht zijn kleine beetje warmte ontnam.

Ik liep verder naar de Vistamare. De markies en een onbekende roodharige vrouw zaten kreeft te eten met een fles champagne onder handbereik. Aan een andere tafel zaten Munton en Oleg Vroznek;

Munton met een ontzagwekkend losbladig notitieboek en op de grond naast z'n stoel een open aktetas en Oleg met een indrukwekkend dik boek.

Ik hield even in want ik had niet bepaald zin om bij hen te gaan zitten, maar ik wilde ook niet toegeven dat ik daar geen recht toe had.

Oleg draaide zijn hoofd om en knikte behoedzaam. Ik liep verder alsof ik onder een koude douche terechtkwam en trok een stoel naar achteren. Munton keek me verontwaardigd en gekweld aan, met zijn hoofd naar achteren en zijn neusvleugels opengesperd als een kwaaie stier. In zijn snor mopperend propte hij het notitieboek in zijn tas, sprong overeind, maakte een stijf buiginkje en stampte de bleke middag tegemoet.

Oleg keek hem na met een vaag lachje. "Munton heeft een vooroordeel tegen jou gevormd."

"Als dat een vooroordeel is, dan zou ik niet graag willen dat hij echt een hekel aan me had."

Oleg tuitte zijn lippen. "Hij noemt jou een 'vervloekte bemoeial'. Hij had het over 'aftuigen met een rijzweep' en 'de stad uitjagen'."

"Typisch Brits."

"Volgens mij is het een vergissing om Britten voor een flegmatiek volk te houden. Ik weet eerlijk gezegd geen enkel ander volk dat zich zo laat leiden door sentiment en emotie. Munton is bijvoorbeeld buiten zichzelf van woede."

"Dan heeft-ie vast een heleboel op z'n geweten."

"Tja." Oleg wreef dromerig over zijn lange kin. "Waarom zeg je dat?"

"Ga maar na. Ik schijn hier de rol van wraakengel opgedrongen gekregen te hebben. Als Munton een schoon en onschuldig geweten had zou hij me heel wat voorkomender behandelen."

Met een flauw spottend lachje zei Oleg: "Ik moet helaas bekennen dat ik de volgorde van de gebeurtenissen van de afgelopen paar dagen niet helemaal heb begrepen. Maar zo voor de vuist weg zou ik zeggen dat jij een verantwoordelijkheid op je neemt waarvoor ik zelf tamelijk bang zou zijn." En met een nogal zelfvoldaan gezicht nam hij een slokje wijn.

Ik keek hem grijnzend aan. "Jij bent zelf al over je schrik heen, zie ik."

"Schrik? Ha, ja, hm, nou — ik zou toch niet willen beweren dat —"

zijn stem stierf weg, hij sloeg een bladzijde van zijn boek om en staarde strak naar een voetnoot.

Arturo kwam naar onze tafel en ik bestelde een flesje bier. "Misschien heb ik het mis," zei ik, "maar toen jij gister die brief opende leek je — nu ja, in ieder geval verbaasd."

"Mogelijk," zei Oleg op effen toon. "Mogelijk."

"Ik hoef je toch vast niet te vertellen dat die brief een van de grappen van Kex is."

"Ja," zei Oleg. "Dat wist ik drie minuten nadat ik die brief opengemaakt had al."

"Jij hebt je hoofd beter gebruikt dan al die anderen hier."

Oleg lachte, duidelijk in zijn sas. "Misschien wel omdat ik niet echt iets op m'n geweten heb, niets in m'n binnenste dat me ongerust zou kunnen maken. Mijn angsten betreffen feiten. Ik kan er rationeel over nadenken en als ik dan lees dat jij beschreven wordt als een *agent-provocateur*, een beul van de Cominform die hierheen is gestuurd om mij te vermoorden, dan zie ik algauw het belachelijke van de situatie in. Ik herkende bijna onmiddellijk de stijl van Kex."

"In jouw geval ging Kex nogal amateuristisch te werk. Hij raakte je niet op een plek waarvan je van de wijs raakte."

"In het verleden was hij niet amateuristisch," zei Oleg behoedzaam en zijn ogen werden dof.

"In ieder geval schoot hij bij de Ryens precies in de roos."

"Ja, nogal."

Er viel een stilte. Arturo bracht mijn bier en schonk het met Italiaanse zwier van grote hoogte uit. Ik keek er met een afkeurende blik naar.

Ineens zei Oleg. "Een tragisch geval." En toen venijnig: "In ruime zin vooral ook tragisch voor jou."

"Ik vind niet dat ik er wat mee te maken had."

"Zo, zo," Oleg schoof zijn boek opzij en boog naar voren. "Dat is interessant. Ik vraag me af hoe je aan die overtuiging komt."

Ik probeerde hem de gedachtetrein uit te leggen die me tot die slotsom had doen komen. Oleg luisterde met flatteuze aandacht, alsof hij zich er werkelijk voor interesseerde — wat ook eerlijk gezegd zo was.

"Dan," zei hij, "schuif je dus de hele last van de verantwoordelijkheid op Kex."

"Ik zou het misschien wat minder bot verwoorden, maar dat is wat ik bedoelde."

Oleg zette zijn vingertoppen tegen elkaar waardoor hij eruit zag als een karikatuur van een schoolmeester. "Dat levert een boeiend probleem op. Jij komt erachter dat je als werktuig voor een rotstreek wordt gebruikt, je trekt voordeel uit diezelfde rotstreek, maar je vindt — wellicht terecht — dat je door je pogingen om de rotstreek tegen te gaan geen morele verantwoordelijkheid draagt."

"Dat is een nogal onaardige manier om het uit te drukken — maar het komt in zijn algemeenheid overeen met mijn redenering."

"Op een heleboel manieren," zei Oleg, "is dat het patroon van de logica van hetgeen fijngevoelige hoge Nazi's in de tweede wereldoorlog aanvoerden. Hun bevoorrechte positie kwam voort uit en was gegrond op een kwaadaardigheid die tegenwoordig alleen door communistische regiems wordt geëvenaard. Sommige van die lieden rechtvaardigden hun positie door te beweren dat ze enkele van de allerschandaligste wreedheden hadden weten af te zwakken." En met een triomfantelijk gezicht nam Oleg kalmpjes een slok wijn.

Ik vond dat niet bepaald een tactvolle opmerking. Ik zei kil: "Jouw vergelijking lijkt wel een Zwitserse kaas, want hij zit vol gaten."

"O," zei Oleg haastig. "Hij was ook niet bedoeld als het spiegelbeeld van ons onderhavige geval, maar louter om enig licht te laten schijnen op —"

"Om te beginnen ben ik geen Nazi."

"Natuurlijk niet; ik wilde absoluut niet —"

"Ten tweede hadden die Nazi's een keus: berusten, betreuren, er maar het beste van hopen, allemaal negatieve houdingen — of positieve opstandigheid. Ik heb positief geprobeerd de rotstreek van Kex tegen te gaan. Ik heb geen positief alternatief anders dan Kex ombrengen."

"Hè?" vroeg Oleg ernstig. "Ben je serieus bezig om die stap te overwegen?"

"Nee," zei ik. "Zo'n groot weldoener van de mensheid ben ik nou ook weer niet. Ik wijs je er louter op dat ik me niet hoef te schamen louter voor het feit dat ik Kex geld afpers."

Oleg trommelde met zijn lange bleke vingers op tafel. "Misschien zit daar iets in." Oleg sloeg zijn ogen dromerig omhoog naar het plafond.

"Laat ons dan als oefening in moreel oordelen de volgende veronderstelling eens bekijken: stel dat Kex jou in Rome precies had verteld
welke diensten hij van jou zou verlangen. Zou je onder die omstandigheden ook naar Positano gekomen zijn? Met andere woorden, als je
wist wat je nu weet, zou je dan hetzelfde nog eens doen?"

Ik deed m'n mond al open om "Jazeker" te zeggen, maar bleef toen
toch zwijgen om me af te vragen of dat eigenlijk wel een eerlijk antwoord zou zijn. Ten slotte zei ik: "Tja — als je daar per se antwoord
op wilt hebben zou ik, om een beetje consequent te zijn, 'ja' moeten
antwoorden. Omdat we het over hypothetische gevallen hebben zou ik
me voor kunnen stellen dat Kex een of andere boef in de arm nam die
er echt genoegen in schept om mensen doodsangst aan te jagen."

"En die," zei Oleg vriendelijk, "dus heel best in dezelfde problemen
zou kunnen komen te verkeren als waar Kex nu in zit."

"Zit Kex in de problemen?"

"Ik ben van mening dat Kex zich lelijk heeft verrekend. Zijn vorige
streken hadden nooit zulke ernstige gevolgen en veroorzaakten nooit
zoveel schrik. Het is waar dat hij niemand echt kwaad wil doen, hij is
geen geboren schurk, maar hij moet wel degelijk de consequenties van
zijn daden dragen."

"Wettelijke consequenties?"

"Wettelijk, als die er zijn, wat ik eerlijk gezegd betwijfel. Er staat
hem in ieder geval een flinke mate van sociale afkeuring te wachten."

"Dat kan Kex niets schelen. Hij verkast gewoon naar Majorca of
naar Lipari of Taormina of Barcelona als ze hem hier doodzwijgen."

Oleg knikte behoedzaam. "Onze huidige manier van leven maakt het
makkelijker voor wat een antropoloog een 'taboedoorbreker' zou noemen om de sociale druk te negeren die vroeger het leven in vaste banen
leidde... Nu ja, Kex' handelen geeft ons in ieder geval stof genoeg voor
eindeloze discussies. Ik neem aan dat we vanavond op Blaines feestje
weinig anders zullen horen. Je komt toch ook?"

"Ik ben nog niet uitgenodigd."

Oleg maakte een gebaar. "Dat zegt niets. Blaine verwacht Jan en
alleman als ze maar een fles of twee meenemen. Vandaag is het de
Vuile-Wasclub — zo noemt Blaine het tenminste."

"Komt Kex ook?"

"Weet ik niet zeker. Hoe moet ik dat nou weten? Maar laten we het eens over leukere dingen hebben. Ik begreep dat jij schildert?"

"Niet serieus. Ik doe net alsof."

"Dan is schilderen dus niet het ding waar je het meest om geeft in je leven."

"Nee. Ik was alleen bezig om een techniek te ontwikkelen waarbij ik een schetsboek kon gebruiken in plaats van een camera."

"Ha." Oleg dacht een tijdje over dat idee na en kwam vervolgens op de proppen met de zorgvuldige opmerking waarvan ik wist dat die onvermijdelijk was. "Heb je niet een beetje het gevoel dat dat — nu ja, laten we zeggen een onverschillige, een oppervlakkige, een onfatsoenlijke houding is die jij aanneemt tegenover een van de schone kunsten?"

"Twee of driehonderd jaar geleden was ik het misschien met je eens geweest."

Oleg maakte zich op voor een pittige discussie; zijn ogen schitterden en hij likte langs zijn lippen. "Als ik je goed begrijp, lijk jij van mening dat er in de hedendaagse wereld geen plaats is voor de moderne schilderkunst."

"Je hebt me niet goed begrepen. Ik denk alleen maar dat kunstschilder niet de juiste beroepskeuze is voor een begaafde en intelligente jongeman."

"Ha! Om financiële redenen?"

"Nee. Om intellectuele redenen — als je me dat woord niet kwalijk neemt. Schilderen is heden ten dage totaal niet authentiek — om maar eens een duur woord te gebruiken. Er zit geen leven in, geen groei. Het is een onbelangrijke kunstvorm geworden."

Oleg schudde bedroefd zijn hoofd. "Maar goede vriend, we kunnen toch een traditie van bijna duizend jaar niet afdoen als een onbelangrijke kunstvorm."

"Het was geweldig zolang het duurde — maar we bouwen al een hele tijd geen piramides meer en dat was toch ook iets geweldigs zolang het duurde. En moet je al die marmeren standbeelden in Rome en Florence eens zien; voor negentig procent boeven die elkaar met knotsen in elkaar slaan. Misschien was dat ook ooit kunst van betekenis, maar wat betekent het tegenwoordig nog? Helemaal niks."

Met venijnige spot vroeg Oleg: "En wat stel jij voor als de nieuwe schone kunsten? Gezongen advertenties? Stripboeken?"

"Ik weet het niet. Het is misschien wel iets dergelijks, iets waarmee we leven, dat zich onder onze neus ontwikkelt en groeit. Film, tekenfilms misschien. Ik weet dat het niet in Italië gebeurt en waarschijnlijk ook niet in Europa. In de VS zitten we te dicht bij de bomen om het bos nog te kunnen zien. Vijfhonderd jaar in de toekomst kijken de kunstcritici misschien terug om mensen uit te kiezen van wie wij nooit gehoord hebben, die dingen doen die wij onbenullig vinden, overbodig, zoals putdeksels ontwerpen of ocarina spelen, of teksten schrijven voor modeadvertenties, of namen bedenken voor nieuwe lippenstiftmerken. En er is één ding waarvoor ik mijn hele inkomen van het komende jaar op het spel durf te zetten — dat de zogenaamde *avant-garde* achteraf beschouwd nogal achterhoedemateriaal blijkt te zijn."

"Ik zou toch denken," zei Oleg nadrukkelijk, "dat het voor een groot deel afhangt van de kant die de wereld op gaat. Als bijvoorbeeld de Russen hun streven zouden verwezenlijken, wordt onze hele westerse cultuur niet veel meer dan een onderwerp waar je op school over te horen krijgt. Als de Verenigde Staten erin slagen om hun geestelijke invasie van Europa compleet —"

"Je bedoelt, als Europa blijft doorgaan met het opzuigen van geestelijke kracht uit de Verenigde Staten."

"— dan wordt ons erfgoed ook een gouden herinnering."

En zo bleven we discussiëren en de tijd verstreek. We aten een avondmaal en dronken wijn. Om ongeveer acht uur sloop Munton de gelagkamer in, wierp mij een woeste blik toe, ging aan de bar zitten en dronk een gin-tonic.

Tien minuten later stak Blaine zijn hoofd om de hoek van de deur. "Kom nu meteen maar," zei hij. "Ik heb m'n kamer schoongemaakt en m'n werkster heeft bloemen in een vaas gezet en m'n bed opgemaakt en ik begin een beetje rusteloos te worden. Kom mee, dan kan het feest beginnen."

Blijkbaar gold die uitnodiging ook voor mij; Blaine leek dat vanzelfsprekend te vinden. Ik zei: "Wacht even, dan haal ik even een fles van m'n kamer en dan ga ik mee."

"Eerste jaarvergadering van de Vuile-Wasclub," riep Blaine zangerig. "Nu geopend; messen en flessen bijtend zuur meenemen want het gaat gegarandeerd op een kroeggevecht uitlopen, zowaar mijn naam Buster Barbecue Blaine is."

HOOFDSTUK XV

MUNTON DIE AAN DE BAR zat te mokken, wilde niet met ons mee. "Geen kijk op," mopperde hij terwijl hij mij uit zijn ooghoek kwaad aankeek.

"Jemig," zei Blaine, "je moet die knul van Musgrave de schuld niet geven. Hij is net zo goed een slachtoffer als wij allemaal."

"Wie in Engeland zo'n kunstje flikt," gromde Munton die duidelijk helemaal niet naar Blaine luisterde, "zou zich niet meer op straat kunnen vertonen."

"Nou, kom, of kom niet, net wat je wilt," zei Blaine. "Het is een bijeenkomst van de exclusiefste club in Positano — de Vuile-Wasclub."

"Ik snap niet waar je het over hebt."

Oleg zei vriendelijk: "We zitten allemaal in hetzelfde schuitje."

Munton knipperde met zijn ogen. "Waarom zetten we dan met zijn allen die vervloekte buitenstaander niet eens goed op zijn plaats?" En hij wees met zijn duim in mijn richting. "Ik weet wat voor vent hij is, ik heb geheime informatie; vervloekte betaalde speurneus, rotzak van de bovenste plank."

Als het niet zo komisch was geweest zou ik op m'n teentjes getrapt zijn. Blaine trok een grappig gezicht tegen me en zelfs Oleg moest een beetje lachen. "Het is Musgrave niet," zei Blaine, "het is Kex."

"Wie? Die? Onzin. Ik ken Kex."

Het was duidelijk dat Muntons verbittering hem minder scherp had gemaakt dan gewoonlijk. Hij voelde de drang om eens flink tegen iemand uit te halen en ik was het meest voor de hand liggende doelwit.

"Nou," zei Blaine, "Kex heeft de hand weten te leggen op dat wat jij niet naar buiten wilt laten komen —" hij zweeg. "Ach, wat maakt het ook uit. Kom gewoon maar naar het feestje."

"Komt die vent ook?"

"Ja. En Kex ook, hoop ik."

Oleg keek Blaine een beetje verbaasd aan. "Komt Kex echt?"

Blaine zei: "Een bijeenkomst van de Vuile-Wasclub zonder z'n oprichter stelt niets voor."

"Het lijkt mij toch niet waarschijnlijk dat hij komt."

"Kex leek het een leuk idee te vinden."

"Soms," zei Oleg, "denk ik weleens dat Kex aan manische wanen moet lijden — wat een solipsist."

"Kom op, zeg," snauwde Munton. "Praat gewoon Engels, alsjeblieft. Dat psychologenjargon kan ik niet verstaan."

"Ik zal het voor je vertalen, als je wilt," zei ik. "Hij bedoelt dat Kex krankzinnig moet zijn om te denken dat hij ongestraft zo'n rotstreek kan uithalen. Hij denk dat dat komt doordat Kex zo volledig in zijn eigen gedachten verwikkeld is dat hij zich niet kan voorstellen dat iets of iemand iets zou doen wat hij niet wil."

"Bewaar dat maar voor straks," zei Blaine. "Dat staat op de agenda van de clubbijeenkomst." Hij keek naar Munton. "Kom je nou, of niet?"

"Nou mogelijkerwijs kom ik misschien wel even langs."

"Neem wel een fles mee," zei Blaine laconiek.

We verlieten de Vistamare, Blaine voorop, dan Oleg, dan ik, en beklommen het laantje naar zijn flat. In de keuken rook het naar zeep en bleekwater en een kaal peertje bescheen het grijze pleisterwerk van de wanden. Blaine ging ons voor naar zijn zit-slaapkamer waar ook licht brandde. Op Blaines bed lag een magere vrouw met warrig haar, een blauw shirt en een grijze rok: Alma. Ze tilde haar hoofd op en zei met een beschonken stem: "Wasserandand?"

"Alma," zei Blaine, "je hebt aan de cognac gezeten."

"Nou en? Wazzoudat?" Haar ogen schoten hem voorbij naar Oleg en mij. Met een klaaglijke stem vroeg ze: "Kon je niemand beters vinden dan Professor Kousevoet en Jongeheer Bombast?"

Met Jongeheer Bombast bedoelde ze mij natuurlijk. Professor Kousevoet keek onbeschrijflijk beledigd.

Blaine grinnikte, bukte zich en gaf haar een klap waar de rok strak over haar achterwerk spande. "Ze zijn rasechte leden van de club, dus kom overeind en geef ons een glaasje."

"Ik denk er niet aan." Ze liet haar hoofd weer op haar armen zakken en deed net of ze sliep.

"Let maar niet op haar," zei Blaine. "Ze is dronken zoals gewoonlijk. Joost mag weten hoe ze naar binnen is gekomen; ik had de deur op slot gedaan."

"In mijn appartement stinkt het," zeurde Alma als een verwend kind. "Ik kon er niet tegen. En hier is het al niet beter — erger zelfs nu je je stinkende vrienden hebt meegenomen."

Blaine lachte met vrolijke toegeeflijkheid. "Je bent niet dronken, je bent gewoon een vals kreng. Waarom bewaar je dat niet voor een andere keer?"

"Waarom zou ik? Ik heb nog zat."

Oleg en ik stonden ongemakkelijk vlak voor de deur en Blaine zei tegen ons: "Let maar niet op haar. Ze is een beetje dronken en een beetje gek en voor de rest is ze een exhibitionist."

"Poe!" En Alma lachte, een mal hoog gepiep.

"Hier," zei Blaine terwijl hij een glas vol cognac goot. "Heb je wat te drinken."

Ze keek er achterdochtig naar. "Wat is het?"

"Cognac. Wat dacht je anders?"

"Ik zal jullie vertellen waar het op lijkt." Ze vertelde het ons. "Je bent er toe in staat, Buster...Goedhartige Buster — vroeger was bij barkeeper in San Francisco tot ze hem ontsloegen omdat hij de drank aanlengde met pies." En weer gilde ze het uit.

Blaines lange gezicht vertrok krampachtig. "Een beetje in een venijnige bui vanavond, hè?"

"Ik? Nooit!" Ze hees zich overeind op een elleboog, nam een slok cognac en trok haar neus op. "Altijd en eeuwig op en top een dame."

Ik hoorde de buitendeur opengaan. "Oehoe," riep een stem.

Blaine knipoogde naar me. "Nu gaat Alma zich wel gedragen, daar komt Gravin Margaret d'Egliari."

"Gravin, m'n neus," mompelde Alma. Ze nam nors een slok van haar cognac.

Gravin Margaret verscheen in de deuropening met twee vuurrode vlekken rouge op haar pafferige wangen. "Ik dacht dat je me zou komen halen, Buster," zei ze klaaglijk. "Je zei dat —" Ze zag Alma op het bed liggen. "Oh." Toen zag ze mij. "Oh?" En ze wierp Oleg een beledigende blik toe.

Blaine zei gladjes. "Zoals je ziet, lieve gravin, had ik het te druk, ik redde het niet. Ga zitten en neem iets te drinken."

Ze ging in een stoel naast het bed zitten en keek met opgetrokken wenkbrauwen naar Alma's voeten. "Lieve kind, weet je dat je een gat in je zool hebt?"

"O, die ouwe dingen." Ze schopte ze uit. "Meestal doe ik m'n schoenen uit in andermans bed."

"Zo hoort dat voor een dame," was Blaine het met haar eens. Hij haalde glazen uit een kast en zette die op de tafel. "Schenk zelf maar in. Ik verdom het om de hele avond rond te rennen met volle glazen drank."

Oleg en ik maakten een highball voor onszelf en trokken ons terug in de hoek tegenover Gravin Margaret. Ik zei zachtjes: "Ik weet niet wat ik met die vrouwen uit Positano moet beginnen. Ze zijn een heel apart slag."

"Gewoon negeren," zei Oleg. "Het zijn gewoon zieke geesten."

Gravin Margaret zei op praktische toon: "Wat was nu eigenlijk de bedoeling van dit feestje, Buster?"

"Het is een bijeenkomst van de Vuile-Wasclub."

"Dat geldt misschien voor jou, Buster, maar ík was me af en toe."

"Je bent evengoed lid, of je je wast of niet."

"Ik wil helemaal geen lid zijn. Noem me maar een snob als je dat nodig vindt, maar ik kies mijn vrienden liever zelf."

"Jij bent dronken," zei Alma. Niemand lette op haar.

Blaine pakte zijn glas en ging met zijn rug naar Alma op zijn bed zitten. "Je hoort erbij, gravin, automatisch. Het is een erelidmaatschap — geen contributie, helemaal niets."

"Ik wil er niet bij horen." Ze wierp mij even een venijnige blik toe. "Ik ga eerlijk gezegd over een minuut of tien weer weg. Ik verveel me — doodsaai hier. Eén ding dat ik absoluut niet kan verdragen is saaiheid."

Alma gaf Blaine een schop tegen zijn gat. Hij schonk er geen aandacht aan. "Gravin, mag ik je iets persoonlijks vragen?"

"Sinds wanneer ben jij ineens zo voorkomend dat je me daar helemaal toestemming voor vraagt?"

"Ik wil je vragen of je een brief in een blauwe envelop hebt ontvangen waarin je wordt gewaarschuwd dat Chuck hier je op de hielen zit?"

De wangen van gravin Margaret vulden zich met vuurrood bloed. Ze stak met bevende vingers een sigaret op. "Natuurlijk niet. Daar heb ik geen brief voor nodig." Ze keek me kwaadaardig aan. "En trouwens, stel dat ik wel een brief had gekregen — wat dus niet zo is — wat dan nog?"

"Daarmee ben je lid van de Vuile-Wasclub."

"Zit dat zo."

Alma die dringend om wat aandacht verlegen zat gaf Blaine weer een schop, wat hij met enorme waardigheid negeerde. "Ik zal je in één woord precies vertellen hoe het zit," zei Blaine. "Kex."

Gravin Margaret deed een haal aan haar sigaret, tuitte haar slappe lippen en probeerde een rookkringetje te blazen.

"Ach verdomme," zei Blaine. "Waarom blijf ik maar doorzeuren over die ouwe koek. Hortense moet nog komen en Leibnitz en Munton."

"En dat zijn alle leden van die Vuile Ondergoedclub van jou?"

"Nee. Er zijn er nog een heleboel meer maar die komen vandaag niet. Piombino — die is vertrokken. En ik denk zo dat we hem ook nooit meer terug zullen zien. En dan heb je de familie Dannister."

"Ik ben gek op Freddy Dannister!" riep Alma.

"En dan heb je nog Pamela en Hester Ryen," ging Blaine verder. "Die hadden hier moeten zijn."

"Misschien zijn ze hier ook wel," zei Oleg plotseling met een heldere bariton.

Gravin Margaret huiverde. "Begin alsjeblieft niet over geesten, ik ben erg bijgelovig."

"En de laatste, maar zeker niet de minste," zei Blaine, "is de oprichter en leermeester van onze orde: Kex."

"Ik wil Freddy Dannister!" riep Alma terwijl ze Blaine weer een schop gaf.

"Jij krijgt een rechtse directe op je smoel als je nog een keer tegen m'n kont trapt," waarschuwde Blaine haar.

"Geef haar toch gewoon nog een glas cognac," snoof gravin Margaret.

Alma kwam overeind op een elleboog en haar scherpe slangengezicht was samengeknepen in dronken woede. Er werd op de buitendeur geklopt. Een scherp staccato *tak-tak-tak*.

Blaine kwam overeind en beende met grote passen door zijn keuken. Hij deed de deur open. "Kom erin, kom erin."

Eerst stapte Leibnitz, de scherpe roodharige schilder, de kamer in en daarna kwam Munton binnen. Blaine trok twee stoelen onder de tafel uit. Na een zijdelingse blik naar mij ging Munton zitten. Leibnitz liep op het bed af en keek onderzoekend naar Alma die genoeglijk tegen hem lachte. Toen liep hij terug naar zijn stoel en ging vlug zitten. Blaine zei: "Help jezelf aan drank. Hebben jullie een fles meegenomen?" Hij rekte zijn lange nek uit en tuurde naar de tafel. "Nee," zei hij met een zucht, "ik zie van niet. Nou, er is genoeg drank om de wielen te smeren." Hij keek een voor een alle gezichten langs. "Volgens mij zijn we er nu zo'n beetje allemaal."

"Wat is dit allemaal voor geheimzinnig gedoe?" wilde Leibnitz weten. Hij had een scherpe, luide stem en hij sprak zijn woorden uit met een accent dat ik niet ga proberen na te bootsen.

"Niets geheimzinnigs aan," zei gravin Margaret terwijl ze met een koninklijk gebaar haar peuk op de vloer liet vallen. "Dit is Busters nieuwe sociale organisatie; een leuke, evenwichtige groep waarin iedereen gek is op alle anderen."

"Jemig, mens," zei Blaine die er eindelijk genoeg van had, "geef me een kans, ja? Denk je dat ik jou voor iets anders dan een hondengevecht zou uitnodigen als ik daar geen goede reden voor had?"

"Begin dan in hemelsnaam eindelijk. Ik wil vanavond mijn haar nog wassen."

Blaine zei met een zucht: "Ik begrijp dat mijn plan niet gaat werken."

"Wat was de bedoeling?" vroeg Leibnitz.

"Dit was bedoeld als —" De buitendeur ging open. Hortense glipte stilletjes de keuken in, nam die in drie lenige passen, en bleef een ogenblik in de deuropening staan, stralend van levenslust en hartstocht, en elke man ging rechtop in zijn stoel zitten. "Goedenavond allemaal." Ze schoof langs de tafel en ging op het bed zitten met haar rug tegen de muur. Alma kreunde, stak allebei haar benen in de lucht en bedaarde weer. Gravin Margaret nestelde zich dieper in de rieten leunstoel, een pafferige klont met een zure mond.

"Tja, dan zijn we nu compleet," zei Blaine joviaal. Met Hortense was een nieuwe sfeer in het vertrek gekomen; het feestje begon enige vorm te krijgen. "Schenk jezelf wat in, meid en neem je gemak ervan."

Hortense nam kalm een glas aan. "Is dit iedereen die een brief heeft gehad?"

"Nee, niet iedereen. De Dannisters en Piombino zijn er niet. De Ryens zijn dood."

"Slechte zaak dat," mopperde Munton. "Vraag me af wat daar echt achter stak."

Blaine keek naar hem met zijn wenkbrauwen op een eigenaardige manier vragend opgetrokken. "Voor zover ik het kan bekijken kregen zij ook een van die brieven van Kex en daar zijn ze zo bang door geworden dat ze besloten dat het beter was om snel te vertrekken."

Het bleef vijf seconden stil in de kamer. Hortense schudde haar hoofd, Munton staarde met een wat verdwaasde uitdrukking in zijn cognacglas, alsof hij niet helemaal wist wat voor soort uitdrukking er van hem werd verwacht. Leibnitz zei met zijn scherpe stem: "Hoe weten jullie dat Kex die brieven stuurde?"

Iedereen begon tegelijk te praten. "Wie anders dan Kex?" Dat was Blaine.

"Ernstige aantijging, ernstige aantijging, eerlijk." Munton. Alma liet met een grafstem een kreun horen. "Er is geen twijfel mogelijk; hij is zogezegd staatsvijand nummer een," zei Oleg. "Arme Kex," zuchtte gravin Margaret. "Waar is Freddy Dannister?" riep Alma. Hortense draaide haar hoofd om en bekeek schattend Alma's opgekrulde lichaam.

Blaine kwam overeind en schonk een cognac in. Zijn gezicht begon een beetje rood te kleuren. Niets verliep op de manier die hij had bedacht. Misschien had hij zich een groep serieuze mensen voorgesteld, elk oplettend en gedreven, geleid door zijn ontspannen maar schrandere voorzitterschap, die in een rationeel verloop tot een logische gevolgtrekking zouden komen. Arme Buster Barbecue Blaine, zijn plannen begonnen bij de ellebogen flinke gaten te vertonen. Munton was stompzinnig en dwars, Alma dronken, Oleg frikkig, gravin Margaret nukkig en onoplettend, Leibnitz humeurig en terughoudend, ik zat naar Hortense te kijken en Hortense was met haar gedachten mijlen ver weg. Zelfs de geest van Pamela en Hester kon niets doen om de bijeenkomst een beetje een groepsgevoel te geven.

Maar de cognac smeerde de kelen en het bloedalcoholgehalte begon in de buurt te komen van de 0,5 promillegrens. Blaine ging weer zitten, Alma schopte hem weer een paar keer. Hortense en ik wisselden zwoele blikken uit, Munton zat te blazen en te puffen, Leibnitz gaf een klap op tafel, zijn ogen schitterden en zijn haar stond alle kanten op.

Na een tijdje herinnerde Blaine zich zijn plannen. Hij ging weer staan. "Dames en heren, we zijn hier vanavond bijeen om te overleggen over een van de grootste rotstreken in de hele wereld —"

Oleg stak zijn hand op. "Ik vind dat we eerst eens precies moeten weten wat er in ons eigen hoofd omgaat. Tenslotte is Kex niet echt een kwaadaardige kerel; hij is gewoon onnadenkend en egotistisch en verveeld —"

"Jemigkremig!" riep ik, "wat bedoel je met dat hij niet kwaadaardig is? Wat bedoel jij dan met kwaadaardig? Natuurlijk is hij kwaadaardig! Hij is de vleesgeworden kwaadaardigheid!"

"Nou, nou," zei Oleg, "die opmerking moet je wel onderbouwen, zeg."

"Hij is verdorven. Hij heeft twee vrouwen de dood in gejaagd en hij stort acht of tien anderen in de ellende. Hij is homoseksueel. Hij heeft god mag weten hoeveel mannen en vrouwen gecorrumpeerd, en met welk doel? Om zich te vermaken. Om zijn verveling te verdrijven. Als dat geen kwaadaardigheid is, weet ik het niet meer."

"Tja, misschien is kwaadaardig niet helemaal het juiste woord —" begon Oleg.

"Is homoseksualiteit kwaadaardig?" deed Hortense mild een duit in het zakje.

"Natuurlijk is die kwaadaardig," snibde gravin Margaret. "Ik heb nog nooit een flikker gezien die zelfs maar een sikkepit waard was."

Hortense haalde haar schouders op. "Ik zie niet wat voor verschil het maakt."

"Het is gewoon smerig."

"Mee eens," zei Munton. "Proleten meestal, het West End barst ervan. Vervloekte continentale ideeën."

"Ik ben het er ook mee eens," zei Oleg, "maar om heel andere redenen. Homoseksualiteit is de ontkenning van de toekomst, homoseksualiteit is zelfmoord, negativiteit, futiliteit."

"Maar is de wereld om te beginnen al niet een futiel oord?" vroeg Hortense.

"Dat leidt ons tot de doctrines en de anti-doctrines van de existentialisten."

"Poe." Leibnitz maakte een wegwerpgebaar. "Ik ken Sartre goed. Leeft hij volgens zijn eigen regels? Integendeel. Ik zal jullie eens wat vertellen —" Blaine sloeg met zijn vuist op tafel. "Waar hebben we het in godsnaam over! Wie kan het een reet schelen of Kex een flikker is of niet en of Sartre wel bestaat? Ik ben het met Chuck eens. Kex is kwaadaardig. Laten we daarvan uitgaan."

Een nieuwe stem zei gladjes: "Uitstekend. Een bewonderenswaardige plek voor de aftrap. Laten we daar beginnen." Kex deed een stap naar binnen. "Ik wil graag dat idee helpen uitbouwen. Het is iets waar ik zelf vaak over nadenk. Ik neem een bevestigend of een ontkennend standpunt in, net in welke richting de discussie zich ontwikkelt."

Hoofdstuk XVI

Kex zag er piekfijn uit in zijn grijze flanel broek, zijn marine-blauwe jasje met koperen knopen, een witte sjaal en een witte zeilpet. Zijn gezicht was roze, hij was gepommadeerd en gepoederd, zijn snor was keurig verzorgd en sportief geknipt; zijn ogen stonden helder en nieuwsgierig, trouwhartig als die van een jong katje.

Hij keek de kamer rond en gaf hier en daar een beleefd knikje. "Hortense...Goedenavond. Oleg...Chuck...Gravin."

"Neem een stoel," zei Blaine. "Schenk zelf maar iets te drinken in."

Kex liep naar de tafel, tilde een paar flessen op, tuurde naar de eti-ketten, trok ergens een kurk uit, rook eraan, pakte een glas, bekeek nauwkeurig de binnenkant en schonk een bescheiden anderhalve cen-timeter in.

De hele kamer zat zwijgend toe te kijken.

Kex liep naar een stoel naast het raam, trok zijn broekspijpen op, ging zitten en sloeg op z'n gemak zijn benen over elkaar. "Het weer slaat om. Als ik me niet vergis krijgen we voor de nieuwe dag aanbreekt een regenbuitje."

Het bleef stil in de kamer. Toen begon Alma te giechelen. Kex bekeek haar met een vragende blik. Blaine schraapte zijn keel, wilde iets gaan zeggen, maar zweeg toen. Ik dacht: wat Kex ook van Blaine weet, het moet behoorlijk goed zijn en Blaine wil niet te veel risico nemen.

Oleg keek van Kex naar Blaine en leunde achterover in zijn stoel terwijl hij met zijn lange witte vingers op zijn hoofd trommelde. "We hoeven niet te huichelen, we kunnen elkaar gerust ons ware gezicht laten zien. Zoals ik het zie zijn wij in deze kamer een aantal van de slachtoffers van een van jouw—" hij keek Kex aan "—bijzonder gemene grappen. Als je tenminste van een grap kunt spreken."

"Sadistische experimenten," opperde ik, wat me een vochtige, verwijtende blik van Kex opleverde.

Leibnitz stond op, stak zijn hand in zijn zak en zwaaide met een blauwe envelop naar Kex. "Ja of nee?" schreeuwde hij. "Heb jij die brief geschreven? Ja of nee?"

"Heren, heren," zei Kex met een gekwetste blik. "Wat ís dit, een verhoor?"

"Nou en of!" toeterde Munton, die meer op een rinoceros leek dan ik voor een mens voor mogelijk had gehouden. "Er doen wat heel lelijke praatjes de ronde. Ik wil de bron daarvan achterhalen. Ik pik dat soort apenstreken niet!"

"Lelijke praatjes?" vroeg Kex met zijn fraaie witte wenkbrauwen hoog opgetrokken. "Nee maar! Met welke strekking?"

Munton deed zijn mond open, maar sloot hem meteen weer, terwijl hij kwaad met zijn rinocerosoogjes knipperde. "Maakt niet uit wat voor geruchten het zijn —"

"Zouden ze waar kunnen zijn?"

"Bah!" De aderen in Muntons nek leken wel kabeltouwen.

Ik zei: "Let op je bloeddruk, man. Nergens voor nodig om ook het hoekje om te gaan."

"Precies," zei Kex. "Waar het ook over gaat, we hoeven niet venijnig te worden."

"Dat valt nog te bezien," zei Oleg.

"Dat valt helemaal niet nog te bezien," riep Leibnitz. "Dat is —"

"Kex is een rotzak," zei Alma slaperig. "Waarom laten we het daar niet bij?"

"Omdat er, om maar wat te noemen, twee onschuldige vrouwen dood zijn."

"En ik ben bedreigd en heb een klap in m'n gezicht gehad," zei ik.

Kex grijnsde. "Jij mag anders helemaal niet klagen."

"Als ik een mes van twintig centimeter in m'n bast had gehad zou jij nog zeggen: 'Arme Chuck—hij gokte en verloor'."

"Vanuit mijn gezichtspunt heb jij er uitstekend voor gezorgd dat iets dergelijks niet zal gebeuren."

"Ik heb je ook verteld dat ik dat zou doen. Anders zou ik wel een grote stommeling zijn."

"Je kunt ervanuit gaan dat je dienstverband met mij vanaf nu op staande voet is beëindigd."

"Ho," riep Blaine, "dan geef je dus toe dat jij het meesterbrein achter deze hele zaak was."

"Heb je daar dan ooit aan getwijfeld?"

Blaine schudde zijn hoofd in treurige bewondering. "De hoofdprijs voor pure laaghartige gemeenheid gaat naar jou."

Oleg vroeg: "Hoe kun je je geweten verzoenen met de dood van die twee arme vrouwen?"

Kex staarde gekwetst en verontwaardigd langs de hele groep, om vervolgens in bitter en spottend lachen uit te barsten. "Ik ben eerlijk waar zó sprakeloos van verbazing dat ik niet weet wat ik moet zeggen."

"Sprakeloos van verbazing?" Oleg leunde naar voren. "Dat is toch niet de manier om te beschrijven..."

"Ik zit hier, ik kijk naar deze kamer vol schijnheilige huichelaars — en ik kan amper de woorden vinden om mijn afkeer en minachting te beschrijven." Hij keek nog eens de kamer rond, nu openlijk beschuldigend. Achter zijn rug bevond zich het balkon en tegen de klok in zaten rechts van hem eerst Oleg en ik, dan Munton en Leibnitz aan de tafel, gravin Margaret in de tegenoverliggende hoek, dan Blaine op het bed met links naast hem Hortense, en Alma in foetushouding achter hen. Elk oog was op hem gericht en in elk hoofd ging een wilde gezwollen gedachtestroom tekeer.

Kex ging ontspannen zitten, stak een sigaret op en bekeek de groep met een geamuseerde, kalme blik.

Blaine schudde zijn hoofd. "Straks verwacht je nog dat *wij* ons bij *jou* verontschuldigen."

Oleg zei: "Vind je echt dat jouw gedrag verdedigbaar is?"

Kex maakte een luchtig handgebaar. "'Verdedigbaar' is een beetje overdreven."

"Zou je dezelfde krachten in beweging brengen als je wist wat de gevolgen zouden zijn?"

Kex haalde zijn schouders op. "Waarom al dit belachelijke morele gedoe? Niemand weet wat de gevolgen van zijn daden zijn. Blaine hier schrijft moordverhalen. Hoeveel mensen heeft hij beïnvloed om een geslaagde moord te plegen? Hortense gaat naar bed met Freddy Dannister en bezwangert hem met wilde ideeën —"

"Ik wil Freddy," riep Alma met gesmoorde stem.

"Wat ik probeer te zeggen is dat als we elk denkbaar verloop van de toekomst probeerden te doorgronden we gek zouden worden."

"Er is verschil tussen doen en nalaten. Ik zou zeggen dat jij willens en wetens op geweld, ontzetting en angst hoopte."

"Louter omdat ik deze pot vol stront hier aantrof en erin roerde? Kletskoek!"

"Je hebt veel moeite gedaan," zei Munton ongebruikelijk beheerst. "Hoe ben je erachter gekomen dat — nu ja, uit welke bronnen heb jij je gegevens?"

"Ik heb privédetectives ingehuurd. Twee maanden geleden. Oorspronkelijk was ik van plan een groot feest te geven — een totaal nieuw soort feest, een feest dat zelfs de meest decadente wereldburgers zich lange tijd zouden herinneren. Aanvankelijk was ik van plan om alle deelnemers aan het spel uit te nodigen en ze dan een voor een een dossier uit de hoed te laten pakken. Ieder zou dat dan op zijn beurt hardop voorlezen — de namen en de plaatsen zouden onbekend blijven — en dan zouden de overige feestgangers moeten proberen te raden op wie dat dossier betrekking had."

"Geinig," zei Blaine. "Verdomd geinig."

"Ja, hè?" snoof gravin Margaret. "Net zo geinig als een schorpioen."

Kex nam het compliment met een luchtige grijns in ontvangst. "Volgens mij zou het flink wat opzien gebaard hebben."

"Jij zou ook flink wat opzien gebaard hebben," mompelde gravin Margaret, "wanneer wij je in zee hadden gesmeten."

Kex lette niet op haar. "Ik heb mijn oorspronkelijke plan veranderd toen ik tegen Chuck hier aanliep. Hij lijkt sprekend op een van de hoofdpersonen in kwestie. Ik handelde in een opwelling en nu heb ik er flink wat spijt van dat ik het niet bij mijn oorspronkelijke plan heb gelaten. Chuck heeft helaas niet meegewerkt op de manier die ik van hem had verwacht en nu is het spel flink wat van z'n pit kwijt."

"Wat ik niet begrijp," zei Blaine op gemoedelijke toon, "is waarom je juist ons uitkoos en niet een stuk of tien anderen hier uit de buurt.

Ik bedoel wij zijn heel gewone inwoners van hier — en niet eens de gekste. Neem nou Marsden de Boeddhist, bijvoorbeeld, of Baron von Asparagus of hoe hij ook mag heten, of Boulville of Paul Prie. Waarom koos je ons? Ik bedoel we zijn nogal een eigenaardige verzameling — de Ryens, de Dannisters, ik, gravin M, Alma, Hortense, Munton, Leibnitz, Oleg."

"Haha," lachte Kex schalks. "Ik heb het gezelschap niet uitgekozen, het gezelschap koos zichzelf uit. Mijn detectives kregen een kattebel-letje over de hele buitenlandse kolonie. Sommige lui waren makkelijk na te trekken, anderen niet. Sommigen hadden een bijzonder kleur-loze achtergrond. Paul Prie, bijvoorbeeld. Afgezien van het feit dat hij drie jaar in een gekkengesticht zat, was er geen enkel aangrijpingspunt te vinden."

Ik zei sarcastisch: "Je had nog altijd kunnen doen of ik een van de broeders was die hem naar het gekkenhuis kwam terugsleuren."

"Ja," zei Kex koeltjes, "dat had ik misschien kunnen doen. Maar de zaken namen een loop die we allemaal kennen."

"Maar waarom," vroeg Blaine, "waaróm haalde je in hemelsnaam deze streek uit?"

"Ja, waarom?" echode Oleg.

"Waarom?" Kex vertrok geërgerd zijn mond. "Waarom doet iemand ooit iets? Waarom gaat hij naar het theater, leest hij een boek; waarom woont hij in Positano en niet op Bermuda? Helemaal nergens om, en dat is alle reden van de hele wereld."

"Verdomde verdorvenheid," mompelde Munton.

Blaine vroeg ernstig: "Krijg je dan helemaal geen last van je gewe-ten? Er zijn tenslotte twee onschuldige vrouwen gestorven —"

"*Onschuldig!*" blafte Kex. "Net zo onschuldig als de rest van jullie temende schijnheilige bedriegers! Waarom hebben ze zich dan van kant gemaakt als ze zo onschuldig waren?"

"Ik ben ervan overtuigd dat het nooit iets erg geweest kan zijn," zei gravin Margaret hoopvol.

Kex schoot in de lach. "Niets ergs. Ze hebben zich alleen maar ont-daan van een stelletje koters dat Hester produceerde na een avondje uit in de stad. Staken het ledikantje in brand en gaven de gaskachel de schuld. Uitspraak — onbewezen. Wat zeg je me daarvan?" Hij nam een slok uit zijn glas. "Wat vind je daarvan, Munton? Hè, Blaine? En jij, Leibnitz?"

"Jee," zei Blaine slap, "dat verbaast me. Zo zagen ze er helemaal niet uit."

"We zien er allemaal niet uit of we wat te verbergen hebben, toch?"

"Tja, nou, een mensengezicht heeft iets raars —"

Kex moest weer lachen. "Zeg dat wel. Ik blijf me erover verwonderen. Ik zit hier en kijk de kring rond naar jullie gezichten, met de kennis van wat ik over jullie weet —"

Alma lachte schril en schopte haar beide benen in de lucht. Blaine wierp haar een gekwetste blik toe. "Kostelijk, kostelijk, kostelijk," riep Alma. "Geweldig, geweldig, geweldig! Kom op, voor de dag ermee — biecht maar op — je zit te popelen."

Kex tuitte zijn roze mond. "Er valt niet veel op te biechten. "Een doodgewoon scala — niets verderfelijkers dan dat Munton, toen hij districtscommissaris in Nigeria was, kippendieven bestrafte door ze eigenhandig met een speciale zweep af te ranselen. Munton was trots op zijn bedrevenheid en hij genoot ervan, en zijn enthousiasme om de wet te handhaven had in ten minste drie gevallen de dood van de onverlaten tot gevolg. Ze praten nu nog over hem in Kapami."

Munton zat erbij als een oude boomstronk, grijs en gevlekt. Zijn vingers omklemden zijn glas, hij staarde naar Kex en zijn mond bewoog, maar er kwam geen geluid uit.

Niemand anders verroerde zich, niemand zei iets. Iedereen bleef gespannen zitten, vol afschuw maar toch geboeid, bang en toch nieuwsgierig. Het was warm in de kamer maar hij leek wel ijskoud en er heerste een gevoel dat er kwaad op til was. Ik dacht: Kex is de duivel, Kex is Satan met een keurige witte snor en een zeilkostuum; de duivel vergadert met zijn volgelingen.

"Zal ik verdergaan?" vroeg Kex. Niemand zei iets. Munton zei moeizaam hijgend: "Het is allemaal gelogen," maar niemand hoorde hem. "Een pekelzondetje hier, een uitglijertje daar. Neem bijvoorbeeld Hortense... Ik heb een schitterend 16mm-filmpje gekocht waarin Hortense een van de hoofdrollen speelt. Ze ziet eruit als zeventien of achttien. Ik kan het hier niet vertonen in dit gemengde gezelschap, maar het is opgenomen in Duitsland en het toont de kenmerkend

Duitse grondigheid in alles wat ze ter hand nemen, zelfs in verdorven-heid. Hortense, m'n compliment voor je grote bedrevenheid; ik heb nooit beseft hoever jouw talenten wel niet reikten."

"Smeerlap," zei Hortense zacht.

"Ha, ha," lachte Kex, "en Blaine — moet je Buster Blaine eens zien. In Los Angeles noemen ze hem de Trouwende Barkeeper, de Polygame Pipa van Pappa's Bar. Achttien vrouwen heeft Blaine, denk je eens in, achttien mevrouwen Barbecue Blaine die allemaal heel graag hun ongrijpbare echtgenoot willen vinden. Let wel, allemaal tegelijk. Volgens mij is dit een Amerikaans record. Buster kon blijkbaar gewoon geen weerstand bieden aan de lokroep; hij was gek op de geur van fresia's."

Blaines gezicht leek wel een rauwe biefstuk, zo rood.

"Jullie zijn teleurgesteld, dat is maar een pekelzondetje, zeggen jullie. Geen moorden, geen doodslag. Maar ik wilde geen griezel-theater maken. Gewoon een gezelschapsspelletje. Wie is de volgende? Leibnitz? Over Leibnitz valt niet veel te zeggen want hij is duidelijk een patriot. Zijn toewijding aan Duitsland bracht hem tot onbaatzuchtige hoogten van dienstbaarheid. Leibnitz is een Jood die tijdens de jongste onaangenaamheden de Duitse overheid hielp om geheime ontsnap-pingsroutes op te sporen. Ik heb begrepen dat hij nauw samenwerkte met de Gestapo en dat hij daarom niet graag naar Duitsland teruggaat en ook Israël niet wenst te bezoeken, waar de overgeblevenen van zijn volk een thuis hebben gevonden."

Stilte.

"Oleg haat communisten. Misschien wel omdat er elk jaar, terwijl Oleg in zijn voorouderlijk kasteel in Polen de klassieken bestudeerde en de betekenis van goed en kwaad probeerde te doorgronden, een stuk of tien, misschien twintig, of zelfs wel vijftig van zijn slaven omkwamen van honger, kou en ziekte. Oleg was geen beste landheer. Zijn kasteel is nu een rusthuis van de overheid, en het tachtigduizend hectare grote landgoed van de familie Vroznek is een collectieve boerderij. Maar de boeren spu-gen nog steeds op de grond wanneer ze de naam Oleg Vroznek horen."

"Onzin," zei Oleg opgewonden. "Jij kletst uit je nek. Ik deed mijn best voor de boeren voor zover ik daar tijd voor had. Dit is communistische propaganda; ze haten me omdat ik een van de oude landheren was."

Kex haalde zijn schouders op. "Mogelijk. Maar de inlichtingen werden gewonnen onder de Poolse gemeenschap in Londen. Maar doet er niet toe — hoe zullen we verder gaan? Met Alma? Met gravin Margaret? We hoeven niet alle bijzonderheden te noemen."

"Waag het niet!" krijste gravin Margaret.

"Waarom niet?" vroeg Kex minzaam. "Schaam je je voor je loopbaan als prostituee? Je werkte om je reis te kunnen betalen van Winfield in Kansas naar Italië, waar je graaf Alessandro d'Egliari tegenkwam en meteen strikte... En jij, Chuck — ik heb pas nog wat informatie binnengekregen."

Nu wist ik hoe de anderen zich gevoeld hadden; m'n hart leek stil te vallen in een ijskoude kooi en m'n keel was kurkdroog. En Kex, dat verachtelijke, laaghartige schepsel tuurde me aan met een zelfvoldane grijns die ik graag met een mes van z'n smoel had willen snijden.

"Chucks fouten waren, net als die van Leibnitz, het gevolg van verkeerd gericht enthousiasme. Een paar jaar geleden was Chuck kadet aan de militaire academie van West Point, en tegelijk een nogal getalenteerd footballspeler. Hij merkte tot zijn spijt dat football in de weg zat van zijn studie, of misschien was het wel andersom, in ieder geval had hij geen tijd voor allebei. Chuck besloot — ten goede of ten kwade, wie zal het zeggen — dat hij de tekorten in zijn kennis altijd later nog kon aanvullen, maar als hij niet naar de footballtraining ging zou hij zijn plaats in de ploeg kwijt kunnen raken, en dus deed hij zijn examens op de makkelijke manier. Hij had de pech dat hij betrapt werd en werd weggestuurd. Niets ernstigs, een licht vergrijp. Wat stelt een beetje schande, sadisme, kindermoord, bigamie of hoererij nou helemaal voor? Hij die zonder zonde is werpe de eerste steen."

Kex keek met een plechtig, zelfvoldaan gezicht de kamer rond. "Elk van ons heeft drie niveaus van denken — als eerste zijn openlijke persoonlijkheid, min of meer sociaal correct; als tweede zijn geheime gedachtewereld waarin hij zijn medemensen beoordeelt, haat en veroordeelt, terwijl hij zichzelf geruststelt dat zijn eigen zonden onbelangrijke zaakjes betreffen die je met een beetje goede wil wel onder het zand kunt schuiven. De derde laag is zijn onderbewustzijn waarin hij weet dat dat kletskoek is en dat hij echt zo slecht is als hij vreest."

Blaine nam een heldhaftige slok uit zijn glas. "Dan zijn we dus met z'n zevenentwintigen."

Stilte. Iemand ging verzitten, een ander maakte een schrapend geluid met z'n voeten. Niemand wist waar hij moest kijken, bang om de blik van een ander tegen te komen. Als Kex ons allemaal naakt had willen uitkleden om ons aan de anderen en aan onszelf te tonen, dan was hij daarin volledig geslaagd. Piombino was er nog makkelijk afgekomen, vond ik. De Ryens hadden de hand aan zichzelf geslagen. De Dannisters — hoe zat het met de Dannisters? Kex had het niet over de Dannisters of over James Hilfstone gehad. Bewaarde hij die voor het laatst? Ik wilde het wanhopig graag weten. Maar Kex kwam overeind. "Ik denk dat ik maar vertrek, Buster. Het was een geweldig feestje en ik heb me enorm vermaakt. Ik zou graag langer blijven maar ik heb nog het een en ander te doen."

Hij liep om de tafel heen. Blaine stond op en liep aarzelend achter hem aan. "Doe alsjeblieft geen moeite," zei Kex overdreven minzaam. "Ik kom er wel uit."

Hij liep de kamer uit. We hoorden de deur open en dicht gaan. Kex was vertrokken. Iedereen in het vertrek slaakte een zucht van verlichting.

Hoofdstuk XVII

Er werden kelen geschraapt, er werd onduidelijk gemompeld en er werd in lege glazen getuurd. Blaine ging rond met de fles, met mismoedig afhangende schouders.

Alma liet voorzichtig haar benen over de rand van het bed zakken, ging rechtop zitten en streek haar verwarde zwarte haar glad. Munton keek woedend naar de deur. Hortense stak een sigaret op en blies de rook bedachtzaam uit over haar knieën. Blaine zette de lege fles met een klap op tafel en hief dapper zijn glas. "Op de misdaad."

Het bleef stil terwijl de Vuile-Wasclub de balans opmaakte.

Oleg schraapte zijn keel. "Een interessante avond — interessant om jezelf eens van zo'n eigenaardig gezichtspunt te bekijken."

"Interessant, m'n neus," mopperde Munton met neergeslagen ogen. "Een zootje leugens; wat hij over mij vertelde, tenminste. Wekte helemaal de verkeerde indruk, helemaal verdraaid. In negerland moet je discipline afdwingen, anders ben je er geweest. Deed alleen het noodzakelijke, anders niet."

Ineens begon iedereen door elkaar te praten alsof er een stuk of zes radiostations tegelijk uit één radio klonken.

"Vuile laster," knerste Leibnitz. "Ik kan op elk moment dat ik wil in Duitsland gaan wonen; wat een stom geklets over mij en de Gestapo! Nooit —"

"Niet dat ik een kerstengeltje ben," zei gravin Margaret tegen de hele kamer, "niet dat het me iets kan schelen wat iemand denkt, maar wie dit soort leugens over mij vertelt krijgt het voor z'n kiezen. Kan me niet schelen wie het weet, maar er zijn grenzen."

"Dronken lor," riep Alma. "Smerige dronken broodpoot. Hoe

komt-ie aan die kletspraat?" Ze tuurde beneveld alle gezichten langs. "Buster," gilde ze, "daar heb je die kerel weer!" waarmee ze mij bedoelde.

"Mensen beseffen niet onder wat voor druk een footballspeler leeft," zei ik tegen Oleg en Blaine. "Het was niet zozeer een kwestie van bedrog; jemig, zeven achtste van de ploeg deed het ook, alleen nog erger. Ik had gewoon de pech dat ik betrapt werd."

En tegelijkertijd was Blaine aan het uitleggen. "Wat stelt een huwelijksceremonietje nou voor tussen vrienden? Ik deed ze een plezier; meer dan genoeg gozers zouden met ze de koffer induiken zonder de zegening van de kerk. Ik liet ze tenminste achter met een onbeschadigd ego."

Oleg knikte met voorzichtige tussenpozen. "In ieder geval wel een schitterende vertoning — in mijn geval nogal sterk overdreven, natuurlijk. De leefomstandigheden op ons bezit waren nooit zo. Wij waren een voorbeeld voor anderen. We wisten zelfs honderden mensen in leven te houden die anders misschien wel gestorven waren. De communisten hebben alles verdraaid, hebben onze oude bevolking tegen ons opgezet."

Hortense vertoonde haar geheimzinnige lachje en dronk traag haar glas leeg. Ik was weer aan het woord, iedereen was aan het woord, met verklaringen, ontkenningen, rechtvaardigingen, beweringen waar niemand naar luisterde. Ik vroeg me af of iedereen zich net zo verhit en gegeneerd voelde als ikzelf; ik wilde ophouden met praten maar de woorden bleven uit m'n mond rollen alsof ze er aan een touwtje geregen uit werden getrokken.

Gepraat en gepraat, tot de hele kamer ervan gonsde. De cognac in de flessen raakte op en Munton liep naar de Vistamare om gul terug te komen met drie nieuwe flessen. "Ik zou Kex weleens voor drie maanden in Nigeria willen hebben, om hem een beetje discipline bij te brengen. Reken maar dat hij een ander mens zou zijn als hij een paar keer de zweep had gevoeld. Een beter mens!"

"Hij zou een beter mens zijn als hij dood was," zei gravin Margaret. Ze hing met haar benen wijd als een zoutzak in haar stoel; een witte pad met een blonde pruik.

"Dat is een verdomd goed idee," zei Blaine schor.

"Een man die zijn leven zo misbruikt verdient het leven niet," hield Munton ons voor.

"Als ik een pistool had zou ik de trekker overhalen," riep Leibnitz met vurige ogen, "in eigen persoon, met deze twee handen." Hij stak zijn dramatische gekromde handen in de lucht.

"Op een gegeven moment," zei Oleg, "lijkt de gewone rechtsgang niet toereikend meer."

"Als ik een man was," zei gravin Margaret, "zou ik hem te grazen nemen."

Blaine zei smalend: "Daar hoef je helemaal geen man voor te zijn. Jij kunt dat zaakje net zo goed opknappen als wie dan ook."

Alma kefte: "Laten we die rotschoft vermoorden!"

Ineens viel er een behoedzame stilte, en toen zei Blaine. "De rotschoft verdient het ongetwijfeld om vermoord te worden. Hij heeft genoeg mensen ellende bezorgd. Hij heeft die twee meiden van Ryen zo goed als eigenhandig omgebracht."

"Schandalig," gromde Munton. "Als ik met hem op jacht was zou ik wel weten wat ik doen moest."

"Het enige wat we nodig hebben is een ongeluk," zei Blaine. "Gewoon een eenvoudig klein ongelukje."

Olegs mond vertrok ongemakkelijk. "We zijn natuurlijk niet echt van plan —" hij zweeg even en nam bedachtzaam een slok uit zijn glas. "Maar aan de andere kant —"

"Ik vind dat we die klootzak moeten vermoorden," verkondigde Blaine.

"Daar ben ik het mee eens," riep Leibnitz. "Een schandvlek op de aarde; een dienst aan de gemeenschap om hem op te ruimen."

Munton knipoogde sluw. "In zo'n geval is het altijd verstandig om een alibi te hebben, niet? Tja, hier zitten acht fatsoenlijke burgers die kunnen zweren dat eh, degene die de daad gaat uitvoeren, met alle anderen samen wijn zat te drinken. Die vent moet zich natuurlijk niet laten zien, moet wel een beetje voorzichtig zijn, kunnen geen misverstanden gebruiken."

Blaine ging staan en keek de hele kring rond. "Het lijkt mij dat we dezelfde taal spreken. Ik hoor hier niemand die het voor Kex opneemt."

Stilte.

"Heeft er iemand bezwaar tegen om Kex versneld zijn verdiende loon te laten toekomen?"

Stilte, waarin iedereen oorlogszuchtig en vastberaden zat te kijken.

"Ik vind dat Kex alle vuiligheid die een mens kan verdragen over ons heeft uitgestort en ik vind dat we daar iets aan moeten doen."

"Eendracht maakt macht," zei Oleg.

Hortense lachte haar flauwe lachje. Ik dacht aan die 16mm filmpjes van Kex. Op haar zeventiende moest Hortense er formidabel uitgezien hebben. Hortense merkte dat ik naar haar zat te kijken en ze wist waar ik aan dacht.

De cognac vloeide vrijelijk en de gezichten werden beweeglijk, losgeraakt van de lijven die eronder zaten. Persoonlijkheden werden buiten alle proporties opgeblazen als een ballon. Het licht was fel en knalgeel, als een zonnebloem van Van Gogh. Het vertrek werd groter en de mensen gingen dichter bij elkaar zitten.

Er werd gepraat over hoe en waar. Alma's idee was onpraktisch. "Schop hem voor z'n dikke donder tot z'n brein uit z'n neus komt." Leibnitz had het over een pistool, maar Blaine schudde zijn hoofd. "Het moet een ongeluk lijken. Ze hebben hier niet voor niks al die trappen."

Waarop Oleg verstandig zei: "De eenvoudigste manier is de beste."

"Eerst moeten we beslissen wie het kunstje gaat uithalen," zei Blaine. "Dat maakt al een heel verschil."

"Precies," riep Munton. "Het belangrijkste eerst." Hij keek vragend rond. "Nou, wie biedt zich aan?"

Iedereen zat cognac met water te drinken en iedereen leek diep in gedachten verzonken.

"Ha, ha," riep Hortense; haar eerste woorden in twintig minuten. "Wie bindt de kat de bel aan?"

Het bleef stil en het enige wat hoorbaar was waren de hikgeluiden van Alma.

"Dat verwachtte ik al," zei Blaine bedroefd. "Niemand van ons heeft het lef. Als we dat wel hadden zaten we hier niet." Hij zakte weer weg in zijn stoel.

Alma maakte een bizar geluid, half lachend, half gorgelend. "We gaan naar buiten en dan doen we een hardloopwedstrijdje. Ja, we doen een wedstrijdje hardlopen."

"Nee," zei Blaine, "maar we kunnen wel wat anders doen. Iedereen om de tafel. Dan gaan we kaarten uitdelen."

"Wat zijn de spelregels?" vroeg Oleg achterdochtig.

"Schoppenaas is de klos."

"Wanneer?"

"Dat bedenken we later wel. Op een geschikt moment. Iemand bezwaar?"

Lichtelijk onvast liet Hortense zich van het bed glijden en ze sleepte een stoel naar de tafel. Gravin Margaret keek kwaad naar haar en besloot dat ze Hortense geen eer wilde laten toekomen en dus kwam ze er vlug bijzitten. "Kom op, kom op," grauwde ze tegen Oleg en mij, omdat wij nog een beetje aarzelden, "een beetje opschieten."

"Iemand moet die rotzak vermoorden," zei Blaine, "en daar hebben we allemaal baat bij."

Ongewild bevond ik me ineens op een stoel bij de tafel, met Oleg links van me en Munton rechts. Blaine haalde een pak kaarten tevoorschijn die we een voor een allemaal plechtig een keer schudden. Het was een fraai gezicht: acht lui dicht op elkaar om de tafel, cognacflessen in het midden, en boven ons een kaal peertje dat ons grel verlichtte en onze gezichten lang en hologig maakte.

Blaine zei: "Elk van ons neemt een kaart van de stapel. De hoogste kaart, met de azen als hoogste, mag in het echte rondje de eerste kaart trekken en dan met de klok mee verder. Oké?"

Alma stak haar hand uit: klaver zes. De anderen volgden. Munton was de hoogste met harten vrouw. "Nou ja, dat is maar de voorronde," zei Blaine. Munton trok dus als eerste, ik als tweede, dan Oleg, Hortense, Alma, gravin Margaret en Leibnitz als laatste.

We schudden allemaal nog een keer en de kaarten werden midden op de tafel gelegd.

"Ga je gang, trek er maar een," zei Blaine. Munton likte langs zijn lippen en trok een kaart. Schoppen drie.

Ik trok er een...Harten tien. Oleg stak zijn hand behoedzaam naar voren alsof hij een slapende slang moest oppakken. Hij tilde een hoekje op en gluurde eronder. Ruiten heer. Hortense legde haar kaart nonchalant op tafel. Ruiten twee.

Blaine trok klaveren vijf; Alma pakte onhandig de klaveren vrouw; gravin Margaret trok schoppen boer en Leibnitz klaveren vier.

Nu was Munton weer aan de beurt. Voorzichtig trok hij een kaart, tuurde onder een hoekje en draaide hem met een triomfantelijke grijns om. Klaveren aas. "Dat is er eentje minder."

Mijn beurt. Het stapeltje kaarten zag er griezelig en groot uit, als een close-up in een misdaadfilm. Ik stak m'n hand uit, greep een kaart — het leek ontzettend belangrijk — en draaide hem om. Schoppen zes. Ik slaakte een zucht en keek hoe Oleg gauw even onder zijn kaart keek. Harten vijf. Hortense draaide haar kaart doodkalm om. Ruiten acht. Blaine trok behoedzaam de schoppen heer. Alma, ruiten zeven. Gravin Margaret harten drie. Leibnitz klaveren acht en toen was Munton weer aan de beurt.

Hij grijnsde zijn gele tanden bloot en trok de harten aas. "Dat is er nog een."

Ik voelde me broodnuchter en tegelijk licht in m'n hoofd. De stapel lag op me te wachten. Ik trok een kaart. Schoppen vrouw.

"Het is trouwens natuurlijk een voorrecht, geen opoffering," zei Blaine.

Oleg trok ruiten vier en keek er bedremmeld naar, Hortense gooide de ruiten boer op tafel. "Het is een voorrecht," zei Blaine nogmaals met een holle stem. Hij draaide harten negen om. "Waar is die aas?"

"Hier, zei Alma. Maar ze had klaveren tien.

"Hier," zei gravin Margaret. Zij had harten zes.

"Op een gegeven moment," zei Blaine, "roep je 'hier' en dan heb je hem echt."

Leibnitz zei: "Ik zeg niks." Hij trok schoppen zeven.

Munton griste zijn kaart met een ruk van de stapel, tilde hem op en keek ernaar. "Ik lijk ze wel allemaal te krijgen." Het was ruiten aas.

Nu werd het luguber. Ik trok schoppen twee. Oleg had klaveren drie. Hortense trok de klaveren boer.

Blaine zei: "Kom maar op," en hij draaide schoppen acht om. "Kom maar op," zei ook Alma en zij kreeg klaveren zes. Gravin Margaret kreeg ruiten negen, Leibnitz schoppen vijf en alweer was Munton aan de beurt.

Hij legde zijn hand op de stapel. "Ik heb ze tot nu toe allemaal, dus hier komt schoppenaas." Hij keek iedereen om de beurt aan. "Schoppenaas." Hij draaide zijn kaart. Schoppen negen. Ik trok een kaart — ik keek. Schoppenaas. Levensgroot en pikzwart als een kolenschop.

Schoppenaas.

Ik was dus uitverkoren om Kex te vermoorden. Ik bestudeerde de kaart. Schoppenaas, zonder enige twijfel. Ik hoorde iedereen zuchten van verlichting en lachen en een slok cognac nemen.

"Nou, dat is tenminste achter de rug," zei Blaine opgewekt. "Nu dan over hoe en waar."

"Het moet een ongeluk zijn," zei Munton weer op zijn militaire toon. "Kan niet zomaar wat doen. Heb in Nigeria zelf ook het een en ander opgestoken. Van de negers kun je op dat gebied ook nog het een en ander opsteken."

Oleg maakte een verstandige opmerking. "Het is voornamelijk een kwestie van gelegenheid en misschien kunnen we nu beter uiteen gaan tot —"

Leibnitz gaf een klap op tafel. "Nee, nee, nee. Ik zeg, we maken de gelegenheid en bevrijden de aarde van deze stank!"

Iedereen was het daarmee eens, nu er een muis gekozen was die de kat de bel moest aanbinden. Op dat moment was ik te dronken om me er zorgen over te maken.

Blaine zei gewichtig: "Dat is allemaal goed en wel, maar je kunt niet op het terras van de Vistamare op iemand afstappen en hem een ongeluk aandoen; dat vergt een geschikt moment en een geschikte plaats. En vergeet niet dat we hier met z'n allen bij betrokken zijn. Als er iets misgaat dan zit niet alleen Chuck in de puree, maar wij met z'n allen net zo goed. We moeten samenwerken."

Munton snoof en blies z'n wangen bol. "Is niet echt nodig, we hoeven de hele groep er niet bij te betrekken."

"Nou, we moeten bijvoorbeeld in ieder geval een alibi verzinnen."

"Hmf, ja dat is natuurlijk zo."

Met een dronken stem zei Blaine: "Nou, daar drinken we op. Op de misdaad!"

"Op de misdaad," zei Oleg met dronken nonchalance.

Alma was buiten westen; Hortense zat met glazige ogen om zich heen te kijken; gravin Margaret was nog opgeblazener en klammer dan gewoonlijk.

"Op Kex' begrafenis!" riep Leibnitz geestdriftig. "Op de misdaad!"

Hoofdstuk XVIII

Wat er allemaal gebeurde begon inmiddels tamelijk vaag te worden. Ik zag alles draaien, m'n adem stonk zuur, en ik hoorde een geraas in m'n oren als van de branding — wat het ook echt wás, de branding van zo'n honderd meter verder naar het zuiden. Er werd heftig gepraat en er brak wat glaswerk. Uitgedaagd door gravin Margaret zong Oleg een curieus lied in het Pools dat hij weigerde te vertalen. Blaine kreeg de pest in toen Alma weigerde wakker te worden. Waarop Munton een huzarenstukje uithaalde en haar overeind sleurde, haar in weerwil van haar verongelijkte geklaag de deur uit wist te werken en met haar in de richting van het Luxa hotel verdween.

Oleg en ik maakten ruzie over de toekomst van de beschaving, wat afgekapt werd doordat Leibnitz en gravin Margaret schunnigheden tegen elkaar begonnen te schreeuwen. Blaine keek op van het bed waarop hij met Hortense lag te kroelen en stuurde iedereen eruit.

Oleg en ik zwierven aangeschoten over het strand en toen in het oosten eindelijk de dageraad aanbrak strompelden we de trappen van de Vistamare op om in bed te duiken.

Toen ik wakker werd was het maandagochtend. Ik had een walgelijke smaak in m'n mond maar verder geen kater. Ik bleef een minuut of vijf à tien apathisch liggen en langzamerhand begonnen de herinneringen aan de nacht uit mijn onderbewustzijn naar het oppervlak door te sijpelen en ik wist niet of ik erom zou moeten lachen of me zou moeten generen... Maar er waren andere zaken die dringender waren dan de dronkenmanspartij van de afgelopen nacht en toen ik daaraan dacht sprong ik overeind en schoot in m'n kleren.

Het was nog onverwacht vroeg, tien uur nog maar. Ik holde de trap af en zonder op het ontbijt te wachten rende ik de heuvel op naar de flat van Kex. De grote Chrysler stond buiten te wachten — mijn Chrysler. Ik schoof de rotor weer in de stroomverdeler — mijn rotor en mijn stroomverdeler — sprong op de voorbank, startte de motor en reed de heuvel af, langs het postkantoor, en weer heuvelopwaarts naar Sorrento.

Positano lag achter me en voor me bevond zich de stenen muur en het smeedijzeren hek met de lantaarn en het naambord met 'Villa Sirenia'.

Ik reed er heel langzaam voorbij en keek door het hek. Bewoog daar iets, zag ik iets wits flitsen? Ik stampte op de rem en de Chrysler kwam soepel tot stilstand. Ik reed achteruit en daar kwam Betty het hek uit. Ze droeg haar witte blouse en haar spijkerbroek en er hing een oudroze trui over haar arm. Ze keek eerst naar mij en toen met spottend opgetrokken wenkbrauwen naar de auto.

"Goedemorgen," zei ik beleefd.

"Goedemorgen." Nogal koeltjes.

"Waar ga je heen?"

"De berg op."

"Wil je een stukje meerijden?"

"Nee, dank je."

"Je bent vandaag erg formeel."

"O ja?"

"Ja, heel erg."

Ze wendde haar blik af en keek langs de helling omhoog.

"Ben je weer kwaad op me?"

"Nee, waarom zou ik?"

"Nergens om — stap dus maar gauw in en ga mee."

"Waar ga je naartoe?"

"Naar Napels."

"Ik kan niet mee." Ze keek over haar schouder door het hek. "Ik moet eigenlijk helemaal niet met je praten."

"Zo erg kan het toch niet zijn."

Ze gaf geen antwoord. Even later keek ze peinzend door het hek en toen liep ze om de auto heen; ik deed het portier open en ze sprong erin. "Ik rij een klein stukje met je mee."

We reden weg en de auto gleed gladjes over de weg als een grote groene kano.

Ze zat gespannen op de rand van de zitting met haar knieën stijf tegen elkaar gedrukt. "Ik heb nog nooit in zo'n soort auto gereden," zei ze. "Het is toch een Amerikaanse auto?"

"Ja."

"Hij is van Kex, zeker?" Ze keek me een beetje uitdagend aan.

"Nee. Hij is van mij." Ik legde het uit.

Ze verwerkte die mededeling in stilte. "Waarom ga je naar Napels?"

"Ik wil die cheques van Kex innen voor hij op het idee komt om ze te blokkeren. Ik werk niet meer voor hem. Gisteravond heeft hij me ontslagen."

"Oh."

Daar had ik geen antwoord op. Ik reed verder. "Ik kan hier maar beter uitstappen," zei Betty ineens.

Ik remde wat af en keek haar aan. "Ach, kom toch mee naar Napels. Het is prachtig weer."

Dat beantwoordde ze met een beetje een smalende blik.

"Afgesproken?" vroeg ik.

"Nee, natuurlijk niet. Om te beginnen heb ik de verkeerde kleren aan voor Napels."

"Ik koop nieuwe kleren voor je, vanaf je blote huid."

"Doe niet zo mal." Maar ze vond het eigenlijk wel een leuk idee.

"Wacht maar af."

Het bleef een tijdje stil.

"Ik moet het eigenlijk niet doen," zei ze nadenkend.

Dat vatte ik op als een positief antwoord. "Moet je nog op een bepaalde tijd thuis zijn?"

"Nee. Niemand let erop of ik thuis ben of niet."

"Kun je niet goed overweg met je ouders?"

"We verdragen elkaar. Zij — hebben hun eigen problemen — en ik de mijne." Dat zei ze heel zacht. Ze liet zich tegen de rugleuning aan zakken en ontspande zich een beetje. Na een tijdje zette ze de radio aan en ze draaide van de ene zender naar de andere, maar toen ze niets anders dan statische ruis kon vinden zette ze hem weer uit.

Ik bekeek heimelijk haar profiel. Ze zag er bijna vrolijk uit. In een onbesuisde opwelling zei ik: "Laten we niet naar Napels gaan, we blijven gewoon doorrijden. Naar Parijs. En dan naar huis — naar de Verenigde Staten."

Ze keek me verbaasd aan, deed haar mond open om iets te zeggen maar deed hem meteen weer dicht. Ten slotte zei ze op droge toon: "Waarom denk je eigenlijk dat ik — dat ik je aardig vind?"

"De enige manier om daarachter te komen is om het te vragen."

Met haar hoofd achterover op het leren rugkussen geleund keek ze naar de kalksteenformaties die voorbij gleden. En na een tijdje zei ze ineens zacht: "Nou, dat doe ik niet." En even later: "Zonder m'n paspoort zou ik niet ver komen."

"O, dat kan vast wel geregeld worden."

"Ik zou bijna willen dat het echt kon ... Ik wil weg uit Positano — meer dan wat dan ook ter wereld."

"Dan — vertrekken we. We hebben deze auto, we hebben vijfentachtighonderd dollar en dan nog mijn bankrekening."

"Het is — het is onmogelijk."

"Waarom?"

"Ik kan m'n familie niet in de steek laten."

"Zoals ik al eerder zei: dat doen duizenden meisjes ieder jaar."

"Maar die hebben niet zo'n familie als de mijne."

"Ik wou dat ik snapte waar je het over hebt."

"Als je het snapte zou je er misschien niet zo happig op zijn om me te verleiden."

"Verleiden? Jemig, ik wil met je trouwen."

Ze schoot in de lach. "Dat zou je helemaal niet graag willen. Ik ga nooit trouwen."

"Je praat alsof je bang bent."

"Dat ben ik ook."

"Waar ben je dan bang voor? Als je verloofde heb ik het recht om dat te weten."

"Je bent mijn verloofde niet."

"Maar je bent wel bang?"

"Ja, dat denk ik wel."

"Voor wie? Voor je vader?"

Ze aarzelde even. "Nee."

"Voor je moeder dan? Of voor Freddy?"

"Nee."

"Voor wie dan wel?"

"Voor niemand in het bijzonder. Alleen…van de omstandigheden. Van de manier waarop mijn leven verloopt. Er gaat iets verschrikkelijks gebeuren." Ze zweeg weer een tijdje en zei toen: "Hilfstone is in Positano. Hij logeert bij ons thuis."

"Wat komt hij doen?"

"Dat weet ik niet zeker. Ik hoorde hem iets over Kex zeggen."

"Misschien vind je het interessant om te weten dat ik Kex eigenlijk moet vermoorden."

Ze keek me stomverbaasd aan.

"Gisteravond ben ik daarvoor aangewezen door de Vuile-Wasclub; je had erbij moeten zijn." Ik vertelde haar over het feestje.

"En gá je Kex vermoorden?"

Ik lachte kort. "Natuurlijk niet. Hij verdient het natuurlijk eigenlijk wel — maar ik ben echt niet van plan om het te doen. Gisteravond waren we allemaal dronken. Toen leek het serieus; nu is het overdag en ik ben niet dronken. Als Buster Blaine Kex met een bijl een scheiding wil geven en het eruit wil laten zien als een ongeluk, dan gaat hij zijn gang maar. Maar ik doe het niet."

"Ik zou hem zo vermoorden als ik de kans kreeg," zei Betty terwijl ze recht vooruit keek.

"Het leven is te kort. Hoe eerder jij uit Positano weg bent, hoe beter."

Ze gaf geen antwoord. En de grote groene open wagen vloog over de heuvels, en de boeren die opkeken van hun artisjokkenakkertjes zagen ons aan voor miljonairs. We staken de pas over en snorden omlaag naar Sorrento. De weg naar Napels ging rechtsaf, omhoog over nog meer hellingen, met de baai van Napels onder ons, Capri in de verte en Napels, door de afstand wonderbaarlijk schoongewassen, schitterde op de kust aan de overkant.

De weg was smal en erg druk met ezelwagens, bussen en scooters — het was kwart voor twaalf toen we eindelijk in Napels aankwamen. Ik overtrad alle snelheidsregels om op tijd bij American Express te komen waarop Kex de wissels had getrokken, en waar ik gelukkigerwijze ook mijn eigen habbekratsrekening had lopen, en ik rende naar binnen vlak voor de deuren gesloten werden voor de dagelijkse twee uur durende siësta.

Ik liet de cheques van Kex en het geld van Piombino op mijn rekening bijschrijven en kwam naar buiten als een man die een stuk beter in z'n slappe was zit. Toen ik haar mee wilde nemen naar een van de grote hotels aan de boulevard, klaagde Betty weer over haar kleren.

Ik zei: "Wat maakt het uit? We zijn gewoon twee malle Amerikanen en zolang we geld hebben kunnen we niks fout doen."

En dus genoten we van een lange lunch, met *Cannelloni alla Genovese* en kreeft en fazant en avocado's die helemaal met het vliegtuig uit Mexico waren overgevlogen, en met drie flessen champagne, waardoor de bediening ervan overtuigd was dat wij bijzonder malle Amerikanen waren. We flirtten over de tafel heen en hielden elkaars hand vast en de wereld was een geweldig oord.

Na de lunch kibbelden we er een beetje over of ik een geklede japon voor haar zou kopen, want we hadden besloten dat het een treurige zaak zou zijn om nu al naar Positano terug te gaan. We sloten een compromis over de japon; zij zou het geld van me lenen tot we weer thuis waren. Zodoende gingen we naar een duur uitziende winkel op de Via Roma en kwamen naar buiten met Betty in zwartwit; verbazend vrolijk en verbijsterend knap. Toen ze in de auto sprong gaf ik haar een zoen en na een korte aarzeling smolt ze weg en beantwoordde ze die warm. Ik zei: "Betty, je trouwt toch wel met me?"

"Nee, Chuck."

"Maar ik hou van je."

Ze begon te huilen. Voorbijgangers staarden in de auto. Ik reed de Via Roma af naar de boulevard, waar het zonnig en stil was. Ze ging dicht tegen me aan zitten. "Chuck, ik wil wel met je trouwen — ik wil hier weg — maar het kan niet, dus vraag het me alsjeblieft niet nog een keer. Als je per se wilt weten waarom…" Ze aarzelde.

"Nou?"

"Er is krankzinnigheid in de familie."

"Maar jij bent niet krankzinnig."

Met een wrang, scheef lachje zei ze: "Je hebt Freddy toch gezien."

Ik kon niet volhouden dat Freddy ze alle vijf op een rijtje had. Ik gaf toe dat hij misschien een beetje nonchalant was.

"Nonchalant? Hij heeft driftbuien als een klein kind!"

"Een beetje onnozel dan. Maar," hield ik koppig vol, "aan jou mankeert helemaal niks."

"Dat kun je niet met zekerheid zeggen."

"Ik kan van mezelf ook niet met zekerheid zeggen dat er aan mij niks mankeert."

Ze bekeek me met haar eigenaardige, kalme oordelende blik. "Ik vind jou heel normaal, heel praktisch."

"Ik ben daar niet zo zeker van. Wat houdt bijvoorbeeld 'normaal' precies in? Een bepaalde geestestoestand vergeleken met andere geestestoestanden."

Ze lachte treurig. "Maar jij weet niet wat er in mijn hoofd omgaat. Ik denk dingen die ik nooit aan iemand zou kunnen vertellen. En soms wanneer ik half wakker ben zie ik, tja, ik neem aan dat jij ze visioenen zou noemen. Als een kleurenfilm, of alsof ik opium heb gerookt."

"Wat bijvoorbeeld?"

"Oh —" ze aarzelde. "Eén keer was het net of ik onder water was, tussen bloeiende zeewieren, paars, roze, groen, en ze groeiden en breidden zich uit en veranderden als een caleidoscoop."

"Zoiets zou ik zelf ook weleens willen zien."

"Een andere keer zat ik in een enorme holle parel of een maansteen, en die keerde zichzelf binnenste buiten — het klink nogal onmogelijk — maar ik zag het, alles, en ik bevond me aan de buitenkant en de parel was een zeepbel geworden. En ik heb dingen gezien als demonen, en elfen — net zo duidelijk als ik jou zie! Mensen met een gezond stel hersens zien zulke dingen niet!"

"O, wel hoor! Waarom niet? Jij hebt gewoon een heel levendige visuele verbeelding."

"Ik wou dat ik er ook zo over kon denken."

"Ik denk er zo over en bovendien ben jij precies wat ik wil."

"Dat zeg je nu, Chuck, maar later kun je er wel anders over gaan denken."

"Maar —"

Ze legde haar hand op mijn mond. "Nee, Chuck, het is een fijne gedachte, maar ik ga niet met je trouwen."

"Ja, dat ga je wel."

"Nee, Chuck."

"Ja."

"Nee."

"Ja."

Ze moest lachen en zei met een verdrietige stem: "We kunnen de hele middag zo doorgaan."

"Tot jij ja zegt."

"Dat kan ik niet. Ik wil het niet."

"Dat kun je wel. Hou je van me?"

"Ik — ik denk het wel ... Ja."

"Meer is er niet nodig."

Ze zei niets. Ik gaf haar weer een zoen.

Twee vrouwen die elk achter een kinderwagen liepen bleven staan om naar ons te staren. Hun ogen puilden uit als die van een kreeft. Ik keek ze vuil aan, zette de auto in de versnelling en reed over de boulevard tot ik kon afslaan naar de Via Partenope. Daar parkeerden we de auto en we wandelden naar Cafe Bersaglieri waar we met hoge glazen wijn met spuitwater in de middagzon zaten. De glazen wierpen een mooie rode schaduw en de belletjes die opstegen tekenden haastige vlekjes op het tafelkleed.

Ineens vroeg ik: "Wie is James Hilfstone?"

Eerst aarzelde ze weer, om op haar gebruikelijke manier haar antwoord te overwegen; toen keek ze me aan en ze zei: "Hij is de halfbroer van m'n moeder ... Maar laten we het alsjeblieft niet over hem hebben. Het is hier zo heerlijk, zo vredig."

Dus zaten we hand in hand in een van die vredige ogenblikken die levenslang in je geheugen geprent blijven, waarin lucht en licht en vorm en kleur plotseling een wonderbaarlijke rijkdom vertonen en waarin zelfs de vlekjes die in de twee robijnrode vlekken op het tafelkleed naar het oosten vluchtten tot leven kwamen met een symbolische betekenis. Een kostbare, tere schelp van een moment, met net buiten bereik het trillen van tijd en schoonheid en het heelal.

Toen trokken er wolken voor de zon en er stak een koude wind op. We verlieten het café en staken de straat over naar Hotel Montfalcone. Daar was juist een *thé dansant* aan de gang; we dronken elk twee Martini's en we dansten en hielden elkaars hand vast en keken in elkaars ogen. De middag gleed voorbij als een schip dat een rollende muur van mist binnenvaart, met achterlating van het uitwaaierende zog voor onze overpeinzingen, voor het geval we de moeite zouden nemen om achterom te kijken. Wij gingen zo helemaal op in het zoete heden dat we amper de verplaatsing bespeurden en voor we het wisten was het tijd voor het diner.

We aten chateaubriand met een garnering van truffels, een salade en nog meer champagne, en toen ik op mijn horloge keek was het al over tienen. Ik vroeg: "Wat gaat je vader doen als je niet thuis bent?"

"Daar komt hij niet achter. Hij gaat naar zijn studeerkamer en komt daar pas tegen de ochtend weer uit tevoorschijn."

"En je moeder?"

"Die kan het niet schelen wat er met mij gebeurt."

"Je hebt geen gezellig leven thuis."

"Ik ben altijd graag alleen geweest. Ze weten dat ik niet wild ben."

"Maar dat ben je op een bepaalde manier juist wel."

"Dit is de eerste keer."

We hadden een kamer op de hoogste verdieping, met door het raam het naar binnen turende sikkeltje van de stervende maan en langs de kust de verspreide lichtjes van Napels.

Om middernacht fluisterde Betty in het donker: "Als m'n vader dit wist zou hij me vermoorden." En een tel later zei ze aarzelend: "Weet je echt *zeker* dat er geen kinderen van komen?"

"Echt, er komen geen kinderen van." De maan verdween achter een stapel cumuluswolken om niet erg veel later onder te gaan. We lagen dicht tegen elkaar aan met onze gezichten naar elkaar toe.

Ik zei: "Morgen halen we je paspoort op en dan gaan we weg uit Positano en we komen er nooit meer terug."

"Ik wou dat ik dat kon, Chuck."

"Als je het echt wilt is dat het enige wat je te doen staat."

"Ik kan het niet."

"Maar je kunt het wél."

"Nee. Jij — jij kent me niet, je weet niets over me."

"Voor de dag ermee dan, lucht je hart maar."

Ze pakte m'n hand en drukte die tegen de gladde huid van haar heup. Ik voelde een litteken. Ze deed haar mond open om iets te

zeggen naar er kwam geen woord uit. Haar gezicht vertrok en verkrampte.

Een beetje geschrokken zei ik: "Je hoeft niets te vertellen als je dat
niet wilt, Betty."

Ze liet hijgend haar adem ontsnappen. "Ik wil het wel — maar het
lukt niet. Als ik probeer te praten, komt er iets in het geweer dat mijn
brein in bezit neemt."

Ik probeerde haar gerust te stellen. "Het is eigenlijk toch niet belangrijk; niets wat achter ons ligt is belangrijk, alleen wat voor ons ligt."

"Dat weet ik," zei ze met een zachte stem. "Maar wat er voor ons ligt
is juist waar ik bang voor ben. Er komt iets vreselijks op ons af, dat we
niet kunnen ontlopen, als een aanstormende trein…"

"Je ziet spoken."

"Nee, nee, nee, ik voel het Chuck!"

Ik kon niets zeggen, mijn hart was te vol.

Om een uur of drie of vier, vroeg in de morgen, vertrokken we uit
het hotel, stapten in de auto en reden terug in zuidelijke richting. De
wegen waren leeg, de Chrysler ronkte moeiteloos over de smalle wegen
en het licht van de koplampen scheen telkens heel even op de sombere
kleine huisjes, op de blinde ramen, waarachter mannen en vrouwen en
kinderen in diepe slaap verzonken lagen, zo ver verwijderd van onze
levens dat we wel spoken leken.

Bij Sorrento kwam de dageraad ons tegemoet en we reden over de
kustweg naar het lichter wordende oosten. Ik liet Betty uitstappen voor
haar hek, op het moment dat het eerste streepje zon over het grijze
water fonkelde.

"Weet je zeker dat je geen problemen krijgt?" fluisterde ik en mijn
stem klonk luid in de koele stilte.

"Ja."

"Wanneer zie ik je weer?"

"Ik weet het nog niet. Ik laat het je wel weten."

Ik keek haar na toen ze door het hek stapte en omlaag liep. Wat was
het stil deze ochtend! Ik reed rustig de rondweg af en kwam tot stilstand voor het postkantoor waar ik de auto parkeerde om te voet naar
de Vistamare te gaan. Om ongeveer kwart voor zes stapte ik in bed en
ik sliep tot halfeen 's middags.

Ik werd wakker in een nogal wankele gemoedstoestand, vol zorgen, onzekerheid en akelige voorgevoelens. Ik nam een douche, schoor me en ging naar beneden om snel een kop koffie te nemen.

Er hing een opgewonden sfeer in de eetzaal. De kelners stonden over de achterste tafel geleund waaraan de gebruikelijke groep inwoners zat te kaarten. Chi-Chi keek me vuil aan, wat ik negeerde.

Aan een tafel naast de deur zat Munton die net deed of hij me niet zag. Louter om hem te pesten liet ik me op een stoel naast de zijne vallen.

Hij hield zijn hoofd schuin, trok zijn bovenlip op en trok zijn wenkbrauwen omhoog, als een hond die op het punt staat om je te bijten. Ik vroeg nonchalant: "Nog wat gebeurd vanmorgen?"

"Nog wat gebeurd? Nou, jij bent ook een mooie." Hij lachte hol. Ik keek hem verbaasd aan. Zijn paars-grijze lippen waren nat en zijn handen trilden zenuwachtig. "Dat moet ik jullie Amerikanen nageven, jullie gaan snel te werk."

"Hé zeg, waar heb je het over?"

"Weet niet welke waanzin me binnen gehoorafstand van jouw krankzinnige idee bracht. Maar vergeet niet dat ik er van het begin af aan faliekant tegen ben geweest. Ik wil er op geen enkele manier bij betrokken raken." En hij sloeg met zijn vuist op tafel om zijn woorden kracht bij te zetten. Hij ging staan en beende met een rukje van zijn hoofd het vertrek uit.

Ik keek zijn gedrongen gestalte stomverbaasd na terwijl hij over de treden uit het zicht verdween. Toen ik opkeek stond Arturo naast me met mijn koffie. "Vanwaar al die opwinding, Arturo?"

"Ach, signor, dat tragische geval." Hij keek me aan met een lepe, schijnheilige blik.

"Wat voor tragisch geval? Ik ben nog maar net op."

"Onze goede vriend Kex—" Arturo schonk de koffie in. "Hij is dood. Vermoord!"

Ik staarde hem aan. "Hoe kan dat?"

Arturo glimlachte, een veelbetekenend intiem lachje. Hij zei beleefd: "Dat kan signor Musgrave natuurlijk niet weten; hij is nog maar net op."

"Natuurlijk weet ik dat niet."

"Het was een rotsblok, signor — een groot brok steen is op Kex z'n hoofd gevallen." Hij maakte een voortreffelijk uitgevoerde buiging, draaide zich om en liep weg.

Hoofdstuk XIX

Ik nam een slok koffie. Ik keek naar m'n hand; die beefde. Kex was dood. Nu begreep ik waarom Munton zich zo snel uit de voeten maakte. Hij dacht dat ik mijn taak voor de Vuile-Wasclub ernstig had genomen; hij dacht dat ik was weggesneld om bloedig wraak te nemen. Ik wist een zuur lachje op te brengen. Het kon geen geheim zijn wie Kex had vermoord. Hier in Positano wist iedereen alles. Ik zou het later op de dag wel horen; op dit moment maakte het maar weinig uit. Ik had andere dingen aan m'n hoofd. Wat hield de dood van Kex voor mij persoonlijk in? Ik had de cheques geïnd vóór hij stierf; mijn aanspraak op de auto kon amper betwijfeld worden... Dan was Betty er nog. De dood van Kex zou haar angst voor Hilfstone nauwelijks verminderen.

Nu ik aan Betty dacht voelde ik een overweldigende behoefte om haar te zien, zo sterk dat ik bijna opsprong en de deur uit rende. Geen twijfel aan, ik had het echt heel erg te pakken.

Maar eerst Kex. Blaine zou de bijzonderheden wel kennen, nam ik aan. Ik goot m'n koffie naar binnen, beklom de helling naar zijn appartement en klopte op de deur.

Een ogenblik later hoorde ik een stem behoedzaam vragen: "Wie is daar?"

"Chuck."

De deur ging vijf centimeter open. Blaine, in een armoedige bruine badjas gestoken, loerde naar buiten als een vos die uit zijn hol de buitenwereld verkent.

"Hallo," zei Blaine mat. "Wat kom je doen?"

"Ik wil even met je praten."

Blaine was duidelijk dezelfde overtuiging toegedaan als Munton. Ik was schuldig — de man die Kex had vermoord.

Met norse vouwen in zijn lange clownsgezicht keek Blaine omhoog en omlaag door de straat. "Ik vraag me af of dat op dit moment wel verstandig is. Zou weleens geen goed idee kunnen zijn om samen gezien te worden."

"Dat waag ik er maar op."

Blaine zag mijn gezicht. "Nou, je hoeft niet zo gepikeerd te reageren, hoor. Ik wilde alleen maar —" Ik wrong me langs zijn lange, knokige gestalte naar binnen. Hij maakte een besluiteloos gebaar als om me tegen te houden, keek toen nog een keer naar links en naar rechts door de straat en deed de deur dicht.

"Die vervloekte Molino in de viswinkel heeft een messcherpe blik," zei Blaine knorrig, "Hij houdt elke stap die ik zet in de gaten."

Ik liep naar het raam en ging buiten op het balkon staan. De lucht was grijs en betrokken en de wolken krulden laag boven de bergen. Ik voelde een regendruppel op m'n wang; het strand was grijs en leeg en de branding kreunde treurig. Achter m'n rug stond Blaine zenuwachtig te gebaren. "Kom in hemelsnaam weer naar binnen. De hele stad kan je zien!"

Ik ging weer naar binnen. "Waarom mogen ze me niet zien? We zaten toch sámen in dit schuitje?"

"Verdomme," zei Blaine nerveus, "ik wist niet dat jij zo, nou ja, zo opeens in actie zou komen. En waarom deed je het terwijl de halve stad toekeek?"

"Oho!" Dat was iets nieuws. Ik dacht erover na. "Waren er getuigen?"

Blaine zei slapjes: "De hele stad praat erover…"

"Iemand zag mij Kex vermoorden?"

Blaine knikte. "Een jong Italiaans stel — ik weet niet hoe ze heten. Die hebben je aangegeven."

Ik dacht zorgvuldig na. "Mij, Chuck Musgrave?"

"Met zoveel woorden."

"Zo, zo." Ik was in zekere zin opgelucht. Ik wist wie Kex had vermoord. Er was maar één vent die het kon zijn. Hij logeerde in de Villa Sirenia.

Blaine stond me zenuwachtig aan te gluren en vroeg zich af hoe hij me het best kon kwijtraken.

Ik zei gemeen: "Ik ga zeggen dat ik de hele nacht hier bij jou was."

Blaines gezicht vertrok van schrik. "Godverdomme, Chuck, betrek mij niet in deze rotzooi!"

"Ik dacht dat we elkaar door dik en dun zouden steunen."

"Jemig man, dat was bij het drankgelag; je kunt niet verwachten dat iemand met een dronken kop een verstandige opmerking maakt." Hij keek me achterdochtig aan. "Ik wist niet dat je zo stond te popelen."

Ik ging zitten en stak een sigaret op. Blaine drentelde langs de wanden van het vertrek, een lange bruine snuitkever met trillende antennes.

Ik grinnikte nors. "Gelukkig hebben we dit allemaal samen bekokstoofd, dat is het voordeel van iets goed organiseren. Eén voor allen — allen voor één."

Blaine drapeerde zich in een stoel, ellebogen en knieën allemaal een andere kant op. "Verdomme, Chuck," riep hij. "Ik kan het me niet veroorloven om in zoiets verwikkeld te zijn. Dit is geen grap. Dit is — dit is moord!"

"Dat is wat we bedoelden. We noemden het natuurlijk 'doodstraf'. Dus als een van ons nu hangt, dan hangen we allemaal."

"God!" hijgde hij, "wat ben jij een meedogenloze duivel!"

Er werd aan de buitendeur gekrabbeld. Blaine sprong op een groteske manier overeind en rende de keuken in. Hij deed de deur op een kiertje open. "Hallo?"

Een vrouwenstem mompelde een onverstaanbare opmerking.

"Nee, nee," zei Blaine. "Nu niet."

Als antwoord daarop zwiepte de deur ineens naar binnen; Blaines hand vloog naar zijn neus en hij wankelde achteruit. Alma stond in de deuropening met haar haar keurig, maar niet erg flatteus gekamd. Ze leek broodnuchter en stond stokstijf strak naar mij te staren. Ze zwaaide achteruit, wierp Blaine een felle, beschuldigende blik toe en verdween uit mijn gezichtsveld.

Blaine deed de deur dicht en kwam terug met een van woede vertrokken gezicht. De lol was eraf, voor zover het tenminste lollig was geweest en bovendien brandde ik zelf van nieuwsgierigheid. "Nou, Buster, om je gerust te stellen: ik heb het niet gedaan."

Blaine stond ineens stil; zijn gezicht veranderde nogal komisch en zijn grote waffel viel open. "Wat zeg je me nou?"

"Ik heb Kex niet vermoord; ik was mijlenver bij hem vandaan."

"Maar jemig! Chuck! Ze hebben je gezien."

"Ze zagen iemand die op mij leek."

"Mmf." Blaine keek me met een schuin hoofd kritisch aan, "Dat kan ik moeilijk geloven."

"Kex heeft je eergisteravond anders het hele verhaal verteld."

"Je bedoelt die vent op wie jij zogenaamd sprekend leek?"

Ik knikte. "Hij heet Hilfstone. James Powan Hilfstone."

"Hoe weet je dat hij in de buurt is?"

"Dat weet ik."

Blaine dacht een tijdje na. "Tja," zei hij toen weifelend, "dat is andere koek."

"Maar jij gelooft het niet?"

Hij maakte een hulpeloos gebaar. "Begrijp me niet verkeerd, Chuck — ik sta natuurlijk aan jouw kant! Maar eergisteravond bij die bijeenkomst —"

Ik zei met een vermoeide stem: "Denk je nou echt dat ik stom genoeg zou zijn om zo ver mijn nek uit te steken? Je zult toch moeten toegeven dat ik echt wel een goed stel hersens heb."

Blaine dacht er weer over na. Ik kon zijn gedachten lezen: als ik de waarheid sprak, was er ook geen misdadige samenzwering. "Ooggetuigen zien de dingen niet altijd goed," peinsde hij, "het kan iedereen wel geweest zijn."

"Misschien heb je hem zelf wel te pakken genomen," opperde ik.

Blaine schoot recht overeind op zijn stoel. "Ik niet, niks ervan. Ik ben een vreedzaam mens!"

"Het was jouw idee."

"Vergeet die mallepraat nou maar — daar krijg je ons allemaal nog mee in zwaar weer. Als jij zegt dat het Hilfstone is, dan is het Hilfstone."

"Ik zeg dat ik het niet was. De rest heb ik afgeleid. Hoe laat is het trouwens gebeurd?"

"Gisteravond laat, neem ik aan."

"Dat pleit mij definitief vrij," zei ik. "Ik was in Napels en dat kan ik bewijzen ook." Bij nader inzien kon ik het misschien wel niet bewijzen. Ik hoorde Betty weer schor fluisteren: "Als m'n vader dit wist zou hij me vermoorden."

Blaine keek al een beetje vrolijker. "Je kunt het bewijzen, zeg je?"

"Tja — als het moet wel. Ik ben pas vanmorgen vroeg teruggekomen."

Blaine wreef over z'n magere wangen en tuitte zijn lippen. "Maar stel dat ze Hilfstone nu niet kunnen vinden, wat dan?"

"Dan zetten ze speurders in. Heb jij een alibi?"

Hij keek gekwetst. "Waarom zou iemand denken dat ik het gedaan heb?"

"Waarom niet? Je had heel wat redenen om hem te haten."

"Dat heeft Oleg ook. En nog een heleboel andere mensen."

"Iedereen op de Vuile-Waslijst. Als die zaak bekend wordt —"

"Hoe bedoel je?" vroeg Blaine somber.

"Iedereen op die lijst is een verdachte."

Blaine trok ongerust aan zijn kin. "Jij kent die Italiaanse politie niet. Ze doen niet aan van die Sherlock Holmes dingen. Het enige wat ze belangrijk vinden is rondparaderen in die uniformen van ze. Ze grijpen de eerste rotzak die een beetje verdacht lijkt en daar houdt het voor hun mee op. Eén misdaad, één gevangene. Of hij schuldig is of niet is van ondergeschikt belang." Hij beende naar zijn kast. "Iets drinken?"

"Nee, dank je."

Ik kwam overeind, maar voor ik kon vertrekken zwaaide de buitendeur open en glipte Alma naar binnen. Blaine stond in de kameringang en hij keek haar aan. "Wat nu weer?"

"Is hij nog hier?"

"En wat zou dat?"

"Dan kan hij maar beter opkrassen. Margaret is naar de carabinieri gegaan en heeft alles opgebiecht. Ze heeft over ons feestje geklikt en ze vatten het ernstig op."

"O, god, o, god," bad Blaine, "zowaar ik Buster Blaine heet zal ik hierna geen druppel meer drinken."

Hij liep zwalkend de kamer in en ging op het bed zitten. Alma stond in de deuropening en bekeek me zonder enig gevoel.

Blaine kreunde: "Hoe heeft ze dat verdomme nou in haar hoofd gekregen? Wat —"

"Zij denkt dat ze er op deze manier zonder kleerscheuren afkomt."

"Hoe ben je dit in godsnaam allemaal te weten gekomen?"

"Margaret heeft het me verteld. Ik was net bij haar in haar kamer."

"God sta me bij," zei Blaine, "als ik die meid ooit nog een borrel aanbied of haar zelfs maar in haar billen knijp..."

Bij Alma begon er langzamerhand enige interesse voor mij te dagen en ze keek me aan met een blik vol wat je minachtend ontzag zou kunnen noemen. "Jij lijkt het nogal koeltjes op te nemen."

"Vooral omdat ik er niets mee te maken had."

"Nee maar." Alma haalde haar schouders op. "Het is in ieder geval een goed verhaal."

Ik lachte verbeten. "Jullie onnozelheid, jullie naïviteit verbaast me. We trekken een kaart om te zien wie Kex gaat vermoorden. Geen van ons allen is van plan dat ook echt te doen, maar als Kex dan echt vermoord wordt trekken jullie meteen de conclusie dat ik die de aas trok dat gedaan moet hebben."

"Ze hebben je gezien," zei ze kil.

"Jemig," zei ik, "het ligt nogal voor de hand dat ik wel de laatste zou zijn die hem na dat drankgelag zou vermoorden."

Blaine zei tegen Alma: "Hij was de hele nacht in Napels. Hij zegt dat hij dat kan bewijzen."

Er werd luid op de deur geklopt. Blaine likte langs zijn lippen. "Grote goedheid, ik denk dat ik maar een andere kamer ga huren; het lijkt hier wel een ronselkroeg voor stuwadoors."

Hij trok de deur open; achter hem zag ik een flits van koperen knopen. Blaine sloeg een andere toon aan. "Hallo."

Er werd in rap staccato een Italiaans verhaal afgestoken.

"Non capisco," zei Blaine. "No comprendez."

De geüniformeerde man herhaalde zijn woorden op luidere, hogere toon. Het was geen vriendelijke mededeling. Blaines schouders zakten af.

"Americano," zei hij. "Ik niet weten waar je over praat."

Er klonk minachtend gemompel en daarna was het stil. Blaine zei zenuwachtig over zijn schouder: "Ik neem aan dat ze al dat geklets serieus opgevat hebben... Ze komen terug met Vittorio; die spreekt Engels." Hij draaide zijn hoofd weer naar de deuropening. "Ha, Vittorio, wat is er aan de hand?"

Vittorio richtte zich blijkbaar tot de carabinieri, en nadat hij antwoord had gekregen, richtte hij zich weer tot Blaine. "Heel erg, meneer

Blaine. Ze zeggen dat de vent die Kex heeft vermoord hier is. Ze willen dat hij naar buiten komt."

Helemaal over zijn toeren zei Blaine: "Nee, nee, Vittorio — vertel hem dat ze het helemaal mis hebben. Zeg dat hij niet moet letten op wat die gravin Margaret allemaal uitkraamt, die is hysterisch — knettergek."

Vittorio legde het uit aan de carabinieri. Ik kwam overeind en ging in de deuropening staan. De carabinieri stonden met dreigende gezichten te luisteren, alsof elke soort misdaad een belediging was van hun persoonlijke waardigheid en aanzien.

Vittorio's beweeglijke gezicht kromp en zwol en zijn wangen vielen in en bolden op naargelang de ernst van zijn woorden. De carabinieri antwoordde met een scherpe woordenstroom, gebaarde arrogant met zijn hand en wees over Blaines schouder naar mij. Aan de overkant van de straat kwam de visboer in zijn winkeldeur staan en twee dikke vrouwen en een stuk of tien straatschoffies stonden op straat met open monden toe te kijken.

Vittorio zei: "Ze zeggen dat ze een man die Musgruff heet komen arresteren."

"Waarom dan?" riep Blaine. "Ze kunnen hem niet zomaar arresteren om een idioot verhaal van gravin Margaret."

Er werd flink heen en weer gepraat. Vittorio wendde zich weer tot Blaine. "Ze zeggen dat dat verhaal van gravin Margaret hun niets kan schelen; zij legt geen gewicht in de schaal. Ze waren vóór gravin Margaret al op weg om die Musgruff te arresteren. Ze zeggen dat Musgruff Kex heeft vermoord."

Ik deed een stap naar voren. "Vertel ze maar dat ze krankzinnig zijn. Ik had er niks mee te maken."

"Ze zeggen dat ze mensen hebben die jou zagen. Twee mensen, die zagen jou gisteravond een brok steen bovenop Kex gooien!"

Blaines vertrouwen in mij begon te wankelen. Hij keek angstig over zijn schouder. "Vertel het ze Chuck! Vertel ze wie het echt heeft gedaan!"

"Ik heb het niet gedaan — dat is het enige wat ik zeker weet."

"Maar ze hebben je *gezien*," zei Vittorio, die nu het woord deed voor de carabinieri die kwaad knikten. Ze begonnen weer op scherpe toon te praten.

Blaine zei wanhopig: "Vertel het ze, Chuck — je was in Napels. Vertel hun dat dan!"

Ik wilde niets zeggen over Napels. Ze keken me vol verwachting aan. Ik bleef zwijgen. Ze zetten weer luide stemmen op.

Vittorio zei: "Ze willen je meenemen; ze gaan je in de gevangenis zetten. Zij denken dat je Kex hebt vermoord." Hij keek Blaine aan en moest van de zenuwen lachen. "Wat een opwinding, hè? Lijkt wel of het al toeristenseizoen is. Het wordt elk jaar erger."

HOOFDSTUK XX

Kwaad en ongerust ging ik luid protesterend met ze mee. Door de stinkende smalle straatjes, langs de starende winkeliers, de landarbeiders met hun vracht op hun rug, de vol ontzag toekijkende kinderen, omhoog naar het hoofdkwartier van de carabinieri dat zich in de straat van het postkantoor bevond maar iets hoger op de helling. Op een onaangenaam rechtschapen manier liepen ze met me de trap op, alsof ze wilden zeggen: "Alweer een boosdoener gegrepen die nu zijn gerechte straf zal krijgen." We kwamen terecht in een kaal, smerig vertrek dat naar tabak en carbol rook. Aan weerszijden stonden twee ruwhouten banken; er hing een mededelingenbord vol met oproepen en advertenties, en in de linkeronderhoek zat een keurig vastgeprikte foto van een strijdlustige Mussolini.

Ik werd door een deur naar een tweede vertrek gebracht dat een hoog gewelfd plafond had en een marmeren vloer. Een knappe jongeman met een onberispelijk uniform zat in een bestudeerd arrogante houding achter een bureau. Hij had een hoog voorhoofd en zijn haar was vanaf zijn slapen weggeschoren in de stijl van een ouderwetse Japanse krijger. Hij had de half geloken ogen van een valk, een weke mond onder een keurige snor en keek spottend, zelfingenomen en onvriendelijk.

De carabinieri namen me onnodig stevig bij m'n armen en duwden me naar voren zodat ik er uitzag als een reeds veroordeelde schurk die op het tribunaal afstrompelde om zijn strenge, maar rechtvaardige straf aan te horen.

Tot mijn opluchting sprak de man achter het bureau uitstekend Engels. Hij kwam overeind en maakte een formele buiging. "Ik ben assistent-hoofdcommissaris van de provincie Salerno, u kunt me inspecteur Piretti noemen."

Hij liet zich elegant achterover zakken op zijn stoel en wees op een stoel met een rechte rug naast het bureau. "Neemt u alstublieft plaats.

"U bent hier vanwege een zeer ernstige beschuldiging, meneer Musgrave. Ik geef u een beknopte samenvatting. Op de Via Bianchini is het lijk van een bekende inwoner gevonden met zijn hoofd verpletterd door een groot brok steen. De omstandigheden wijzen op moord; er hebben zich getuigen gemeld die u identificeerden als de schuldige en er rest ons dus niets anders dan u van de misdaad te beschuldigen."

Zo beleefd en ferm als ik kon opbrengen zei ik: "Er moet een misverstand in het spel zijn. Ik heb op geen enkele manier iets met de dood van Kex te maken."

Inspecteur Piretti trok zijn wenkbrauwen op. "Kunt u die bewering staven?"

Het leek me dat inspecteur Piretti vastbesloten was om een goede voorstelling van deze gebeurtenis te maken. Een strak gestileerde productie, met mij als de wanhopige maar nog altijd gevaarlijk slimme misdadiger die als een sportvis aan de haak geslagen moest worden, onverbiddelijk in de war gebracht en in de val gelokt door de soepele genialiteit van inspecteur Piretti. Hij herhaalde zijn vraag: "Kunt u die bewering staven?"

Ik keek hem kwaad aan want ik kon m'n verstand niet bij elkaar krijgen. Als ik mijn alibi vertelde zou het geroddel van Positano Betty vernietigen. Hoewel ze eigenlijk banger leek voor haar vader dan voor het geroddel.

Ik zei ferm: "In de Verenigde Staten gaat men er vanuit dat je onschuldig bent tot je schuld is bewezen."

Luitenant Piretti maakte een cynisch gebaar met zijn hoofd. "IJdele hoop. Ik ken uw onderzoeksmethoden heel goed; ik heb criminologie gestudeerd aan de universiteit van Chicago. Ik heb uw politie in actie gezien. Maar dit —" hij maakte een gewichtig gebaar "— is allemaal volgens het boekje. In het geval van deze misdaad kunnen we bewijzen dat u schuldig bent en ik ga dit ook daadwerkelijk doen." Hij maakte een handgebaar naar een van de carabinieri.

Er ging een deur open en een jong stel, bleekjes en aarzelend, werd naar binnen gebracht. De jongeman droeg een bruin pak, het meisje droeg een nette grijze jurk en een zwarte mantel. Ze waren bezorgd en zenuwachtig, maar ze leken verantwoordelijk, eerlijk en redelijk verstandig.

Inspecteur Piretti maakte een korte opmerking in het Italiaans. Het stel keek naar me en ze liepen om me heen. Ik stond te zweten en ik kreeg een wee gevoel in m'n maag.

Het tweetal overlegde met elkaar en toen knikten ze nadrukkelijk. Inspecteur Piretti keek me onverholen triomfantelijk aan. "Zoals u ziet..."

Ik snauwde: "Als u aan de universiteit van Chicago heeft gestudeerd weet u ook dat een identificatie zonder een confrontatieopstelling met meerdere personen niet veel waard is."

"Aha, maar deze identificatie was veel beter!" Inspecteur Piretti ontspande zich. "Ik zal het u uitleggen. Ik kwam hier hedenmorgen aan om een vreemde moord op te lossen. Eerst moest ik naar een krankzinnige vrouw luisteren die me een duister verhaal vertelt. Blijkbaar was er een complot gesmeed waarbij u werd aangewezen als degene die de man Kex moest vernietigen. Ik schenk daar voorlopig geen aandacht aan. Vervolgens word ik benaderd door deze twee mensen. Die vertellen heel wat meer. Ze zijn pas verloofd en gisteravond zaten ze nog tot laat plannen voor de toekomst te maken. Ze zaten in het donker en ze keken uit op de Via Moresco. Om één uur, vertellen ze, zien ze een man stilletjes over de weg rennen en af en toe over de muur kijken. Hier — zoals u ongetwijfeld zult weten," inspecteur Piretti lachte veelbetekenend, "loopt de Via Moresco evenwijdig aan en recht boven de Via Bianchini; even verderop komen ze zelfs op elkaar uit. Op een plek recht onder deze twee getuigen hier — signor Printicci en signorina Campaglio — zocht deze man een groot stuk steen uit een hoop bouwmateriaal die daar lag; hij sloop naar de muur, wachtte een paar seconden en liet toen het brok steen vallen. Daarna draaide hij zich snel om en rende weg in de richting waar hij vandaan was gekomen.

"Signor Printicci wist meteen wat hem te doen stond; hij holde omlaag naar de Via Moresco en keek over de muur naar de Via Bianchini zes meter lager. Daar bespeurde hij een liggende gestalte. Hij stelde onmiddellijk de politie op de hoogte. Van belang is dat ze meteen op dat moment u als de aanvaller noemden, omdat ze u al een paar maal in de buurt van Positano hadden gezien en u herkenden. Ze hebben allebei uitstekende ogen. Een straatlantaarn die niet al te ver weg staat verlicht alles voldoende. Tja," vroeg hij me monter, "wat zegt u me daarvan?"

"Ik zeg dat ze zich vergissen."

"Ze zijn erg zeker van hun zaak."

"Vraag ze eens wat ik aan had."

"Dat heb ik al gedaan. Ze zijn er niet helemaal zeker van, maar ze denken dat het een donkerblauw pak was."

"Vraag het hun nu nog eens."

Inspecteur Piretti haalde zijn schoudersop en sprak signor Printicci aan, die aarzelend antwoordde.

Eindelijk richtte inspecteur Piretti zich weer tot mij met een van ontevredenheid vertrokken mond. "Ze zeggen dat het een donker pak was; van de kleur zijn ze niet zeker. Wat ook logisch is in het licht van de straatlantaarn."

"Maar het was wel een donker pak?"

"Ja."

Ik knikte nors maar tevreden. "Nou, ik heb helemaal geen donker pak. Alleen maar middengrijze flanel broeken — zoals ik nu aanheb — en dit sportjasje."

Inspecteur Piretti maakte een traag wegwuifgebaar. "Een kleinigheid."

"Een kleinigheid? Me dunkt dat het helemaal geen kleinigheid is. Het betekent dat ik niet de man was die ze zagen."

"Ze zijn zeker van uw gezicht, signor, en geven van uw kleren louter een indruk."

"Ze hebben het mis."

"Misschien kunt u dan aantonen dat u op dat tijdstip elders was?"

"Ja, dat zou ik kunnen doen. Maar er is een dame bij betrokken die ik niet in verlegenheid wil brengen."

Inspecteur Piretti knikte ernstig. Hij wendde zich tot signor Printicci en zijn verloofde en zei iets tegen ze in het Italiaans. Ze maakten een buiging en verlieten het vertrek.

"Volgens agent San Marco verklaarde u dat u op het tijdsstip van het voorval in Napels was."

Niets zou Kex kwaaier gemaakt kunnen hebben dan dat de moord op zijn persoon werd afgedaan als een voorval. "Ja," zei ik. "Dat heb ik hem verteld."

"Napels is een grote stad, toch wordt een buitenlander altijd wel opgemerkt. Als u beschrijft waar u geweest bent zal ik dat laten natrekken. U kunt erop rekenen dat we discreet te werk gaan."

De discretie van inspecteur Piretti zou niet discreet genoeg zijn. Als ik inspecteur Piretti vertelde waar en hoe hij mijn alibi kon natrekken, kon geen macht ter wereld voorkomen dat het hele verhaal door de verschillende niveaus omlaag zou sijpelen, via de carabinieri en hun vrouwen en de winkeliers, naar de lanterfanters en de vissers en de bedienden, van de bedienden terug naar de meesters.

"Nou?" vroeg inspecteur Piretti. "Ik wacht."

"Het lijkt mij dat ik voorlopig beter helemaal niets kan zeggen."

Piretti haalde zijn schouders op. "Als u onschuldig bent begaat u een vergissing. U beseft toch wel dat ik geen andere keus heb dan u vast te zetten?"

"Dat neem ik wel aan, ja."

"Beschrijft u alstublieft in welke verhouding u tot de overledene staat."

"Hij nam me in dienst om wat houtskoolschetsen van Positano te maken." Het leek wel eeuwen geleden.

"Hm." Inspecteur Piretti trok twijfelend zijn wenkbrauwen op. "Ik begreep dat u intiem met hem bevriend was."

Ik lachte verbitterd. "Dat heeft u vast van mijn vriendin gravin Margaret."

Inspecteur Piretti tuitte zijn lippen. "Moet ik hieruit opmaken dat u de situatie toegeeft?"

"Natuurlijk niet. Het is niet waar. Gravin Margaret is — nu ja, ze is niet zozeer een leugenaarster als wel een beetje gek. Ze heeft last van een fixatie."

"U zegt dat de overledene u in dienst nam om houtskoolschetsen te maken. Waar was dat?"

Ik beschreef mijn ontmoeting met Kex bij de *Artists and Models Club* in Rome. "Een eigenaardig aspect van de situatie —" Ik zweeg even en stuurde mijn gedachten in een andere richting.

"Wat is er 'eigenaardig'?"

"Oh — dat Kex zoveel wilde betalen voor wat nauwelijks meer dan commerciële kunst was. Maar de eigenaardigheid daarvan werd opgehelderd toen ik hier arriveerde."

"Op welke manier?"

Ik legde Kex' opvatting van een grap uit. Inspecteur Piretti leek het nogal vermakelijk te vinden en was ook enigszins onder de indruk. "Die grap, zoals u het noemt, moet Kex een heleboel geld gekost hebben."

"Hij kon het zich veroorloven. Zodra ik doorkreeg wat Kex in zijn schild voerde eiste ik meer geld van hem."

"Aha!" riep inspecteur Piretti. "En Kex weigerde dat te betalen?"

"Integendeel."

Inspecteur Piretti zakte achterover in zijn stoel en beet geërgerd op zijn lip.

"Ga verder, alstublieft. Vertelt u me eens over die Vuile-Wasclub." En hij trok minachtend zijn neus op.

Ik vertelde hem hoe het zat; Piretti noteerde de namen. "En die geheime vergadering?"

"Die was niet geheim en het was geen vergadering."

"Zo u wilt."

"Kex kwam zelf ook nog even langs."

"Geeft u me dan maar uw versie van die gebeurtenis."

Zo goed ik me kon herinneren beschreef ik het feestje, tot en met het trekken van de kaarten.

"Dan geeft u dus toe," zei inspecteur Piretti overdreven geduldig en beheerst, een man die redelijk probeerde te blijven maar aan alle kanten onredelijkheid tegenkwam, "dat u deze plechtige opdracht om Kex te vermoorden aanvaardde?"

"Aanvaardde, om de donder niet! Die eer werd mij toevertrouwd. En bovendien," zei ik geïrriteerd, "kunt u die gedachte dat het een plechtige opdracht was ook beter vergeten. Daar had het niets mee te maken; het was een dronkenmansfeestje. Op dat moment waren we allemaal helemaal lazarus, maar de volgende dag was het allemaal vergeten."

"In het licht van de daaraan volgende gebeurtenissen," zei inspecteur Piretti zwaarwichtig, "kan ik dat maar moeilijk aannemen."

"Jezus man, zo stom zie ik er toch niet uit!"

"Zou u hem evengoed vermoord hebben, ook al had u die aas niet getrokken?" vroeg inspecteur Piretti onnozel.

"Nogmaals, inspecteur. Ik heb de vent niet omgebracht."

Inspecteur Piretti stak een lange, gele sigaret op. "Nog één ding. Kort nadat u in Positano was aangekomen, hing u een biljet op de deur van uw woning waarin u verklaarde dat u níet 'James Hilfstone' was. Wie is die man?"

"Dat weet ik niet."

"Dat kan toch niet waar zijn!" riep inspecteur Piretti kwaad.

"Ik heb die vent nooit ontmoet. Ik heb hem nooit gezien."

"Hoe bent u dan achter de identiteit van die persoon gekomen?"

"Kex wilde dat ik die naam zou gebruiken terwijl ik in Positano was. Dat weigerde ik."

"Ach," zei inspecteur Piretti gladjes, "iemand met uw nieuwsgierige aard zou natuurlijk op zoek zijn gegaan naar bijzonderheden."

"Ik heb Kex er wat over gevraagd, maar hij heeft er nooit op geantwoord."

"Hmf." Inspecteur Piretti staarde met een gemelijk gezicht uit het raam. "Tja, dit gesprek heeft niets opgehelderd. U bent nog steeds de man die als moordenaar is herkend. Kom nu toch," smeekte hij met een zachte, vrouwelijke blik in zijn ogen, "beken uw schuld nu maar, dat scheelt een heleboel narigheid."

"Ik heb Kex niet vermoord. Waarom zou ik dan bekennen?"

Inspecteur Piretti sloeg kwaad met zijn vuist op tafel. "U bent herkend!"

"Ze hebben het mis. Ze zagen iemand anders."

Hij tuurde me achterdochtig aan. "De toon van uw stem doet vermoeden dat u meer over deze misdaad weet dan u aan mij hebt verteld."

"Het is voor u geen verrassing," zei ik na een korte pauze, "dat Kex vele vijanden had."

"Absoluut geen verrassing." Hij ging staan en beende heen en weer door het vertrek. Ik keek naar zijn geijsbeer, mijn hoofd zwaar van angst. Ik wist dat hij uiteindelijk op het juiste spoor zou komen te zitten. Dat zou via Hilfstone naar de Villa Sirenia leiden. En dan — ik kreeg een eigenaardig beeld in m'n hoofd, half gevoeld, half gezien, een onwillekeurige metafoor. Ik bespeurde een hoog gebouw — verfijnd, broos, luchtig, spits toelopend, een soortement wolkenkrabber, die begon af te brokkelen, om te vallen, en naar de grond te glijden. Het was een symbool voor het bestaan dat Alfred Dannister in Positano had opgebouwd; het begon te vallen en het bleef vallen, met grootse en tragische onverbiddelijkheid.

Inspecteur Piretti bleef stilstaan. "Ik heb geen andere keus dan u hier vast te houden terwijl het onderzoek wordt voortgezet."

"Ben ik gearresteerd?"

Inspecteur Piretti lachte beleefd en zei als de ene man van de wereld tegen de andere: "U helpt ons door u beschikbaar te houden voor ondervraging. Er zijn bepaalde zaken aan het licht gekomen die nagetrokken moeten worden en u heeft erin toegestemd om hier te blijven wachten tot alles is uitgezocht. In de tussentijd bent u bij ons te gast en we hopen u een aangenaam verblijf te kunnen bieden. Ik moet toegeven dat deze zaak zeer ingewikkeld is en van groot belang; het zou dwaas zijn om te denken dat we bij het eerste bewegen van de dobber meteen een vis aan de haak hadden — u dus." Hij maakte een buiging. "En als u nu zo goed wilt zijn om met agent San Marco mee te lopen, dan zal hij u naar het vertrek brengen dat in gereedheid is gebracht —" hij grijnsde even zijn witte tanden bloot "— voor uw bezoek."

Mijn cel was brandschoon. De wanden waren wit gekalkt en de betonnen vloer rook sterk naar ontsmettingsmiddel. Op het bed van ijzeren buizen lagen een strozak en een grof canvas laken, ook brandschoon. Er stond een eenvoudige stoel, er was een plank aan de wand, een wastafel met een kom en een lampetkan. Door het raam had ik uitzicht op de berghelling.

Het licht verdween uit de hemel en het werd donker in de cel. Ik ijsbeerde over de vloer zoals dat hoort en mijn verontwaardiging nam toe. Het licht ging aan, een plotse felle schijn die me bijna verblindde. De deur ging open en mijn avondmaal werd binnengereden op een serveerwagentje. Het eten was tamelijk lekker.

Toen ik klaar met eten was bracht een bode drie schone dekens. Hij maakte zwijgend het bed op, rolde het serveerwagentje naar buiten en tien minuten later ging het licht uit.

Na nog een halfuur kwaad ijsberen trok ik mijn bovenkleren uit, stapte in bed en werd geleidelijk aan wat kalmer.

Kex. Dood. De laatste en de beste van zijn grappen, met mij als mik-punt. Via Moresco — dat was heuvelopwaarts van zijn woning; iemand die via de bovenweg van Villa Sirenia naar het appartement van Kex op weg was zou normaal gesproken eerst de Via Moresco nemen om dan terug te steken over de Via Bianchini er recht onder.

Eén ding was me nog steeds niet duidelijk — waarom had Hilfstone Kex te grazen genomen? Wat was er in Hilfstones verleden dat hem tot zo'n snelle, definitieve actie had gedreven? Hij was pas een dag eerder aangekomen. Ik stelde me het smeedijzeren hek voor, de elegante haak van smeedijzer met de lantaarn die de bronzen naamplaat verlichtte: Villa Sirenia. Inmiddels zouden de Dannisters weten dat Kex vermoord was. Ze konden zelfs wel weten dat Hilfstone erbij betrokken was, dat hij de schuldige was. Wat zou Betty hiervan vinden? Een extra gewicht op haar schouders, een nieuwe kwelling; mijn hart ging door het duis-ter naar haar uit en probeerde het hare te voelen. Ze moest op dit moment wel beven van angst; zij zou de dreigende nabijheid van haar ergste bedenksels veel sterker voelen dan ik ... Kex, Kex, Kex! zei ik. Als er een hel bestond, dan werd Kex nu al geroosterd in het hellevuur...

Mijn gedachten gingen langs de helling, over de boulevard naar de Vistamare. Het zou in restaurant en bar gonzen van roddels en verrukt gefluister. Overal, behalve in de Vuile-Wasclub, zou de dood van Kex betreurd worden en men zou een dronk uitbrengen ter nagedachtenis aan de befaamde bon vivant. Ze zouden mij een verwaande, knor-rige, onbehouwen Yank noemen, zonder benul of humor; ze zouden me verachten en misprijzen als de man die de kerstman vermoordde. Na de derde fles wijn, het vierde glas cognac, zou het herinneringen ophalen beginnen: de *avant-garde* film die Kex op het strand had laten opnemen; zijn 'Purple Passion' cocktails met kaliumpermanganaat in de mix, en hun verbazingwekkende uitwerking; de vier dagen durende jamsession waarvoor hij een stuk of tien bop- en 'moderne' muzikan-ten uitnodigde, en de 12-inch single *Kex's Four-Day Wineroo* die daaruit voortkwam.

Aan het sentimentele *de mortuis nil nisi bonum* zou men zich echter niet strikt houden, vooral de leden van de Vuile-Wasclub niet. Blaine zou twijfel tonen, Munton wraakzucht, Oleg zou gaan analyseren, Leibnitz zou bars kijken, Alma zou giechelen, Hortense zou glimlachen en gravin Margaret zou woedend tekeergaan. Er zou een ernstige discussie plaatsvinden: heeft Clarence Musgrave nu wel of niet dat brok steen laten vallen? De meerderheid zou wijs van ja knikken. "Die idioot maakte er ook helemaal geen geheim van — trekt bij een dronkenmansgelag de schoppenaas en dan —" met een vleugje gefluisterd en verrukt onbegrip "— hijst hij zijn broek op en gaat er metterdaad op uit om die vent om te brengen!"

Blaine, Munton en de anderen zouden heimelijk begluurd worden; er zou gespeculeerd worden over een criminele samenzwering. Uit zelfverdediging, maar zonder erg veel overtuiging, zou Blaine aanvoeren dat ik onschuldig was, maar hij zou algauw overstemd worden. "Jeminee, Buster, ze hebben hem *gezien*!"

Het verhaal over de onderzoeken van Kex en over wat zijn detectives hadden ontdekt zou naar buiten sijpelen; de zelfmoord van Pamela en Hester Ryen zou begrepen worden en men zou afstand beginnen te nemen van de anderen op de lijst van Kex.

Dan had je natuurlijk de Dannisters nog, de norse, onbenaderbare Dannisters. Kex had hen op zijn lijst gezet, maar hij had hun geheim niet onthuld. Er zou gegist worden, kille kwaadsprekerij: "...uitermate betrouwbare bron dat Freddy niet helemaal een man is — een van die hermafrodietschepsels. Ik ben ervan overtuigd dat ze allemaal krankzinnig zijn; je ziet dat grietje dag en nacht op alle uren over de bergen zwerven. Nog een wonder dat ze nooit gewelddadig is verkracht." "Hmf, vraag me af of geweld wel nodig zou zijn." "Heeft ooit iemand de moeder gezien?"

Maar eindelijk sliep ik toch in, om kort na de dageraad gewekt te worden door de bode met mijn ontbijt: koffie, een stuk knapperig brood en een schaaltje sinaasappelmarmelade.

De ochtend sleepte zich voort; ik bonkte op de deur en toen de bode kwam kijken, vroeg ik om een telefoon, een advocaat en de Amerikaanse ambassadeur. De bode zei beleefd: *"No capsico, signor,"* en ging weer weg.

Ik ging op de brits liggen. De ochtend dreef voorbij; een zonnestraal die in de cel naar binnen viel sneed een cirkelboog over de vloer naar het raam en bleef toen even hangen op zijn nabijste punt, waardoor ik wist dat het midden op de dag was.

Er klonken voetstappen in de gang: mijn middagmaal, dacht ik, maar het was agent San Marco. Hij deed de deur open en wenkte me de gang in.

Ik volgde hem stuurs naar de kantoorruimte en daar zag ik inspecteur Piretti. Hij stond bij het raam en sloeg met een kort rijzweepje tegen zijn laarzen.

"Beste vriend," zei hij vriendelijk, "u bent vrij om te gaan en te staan waar u wilt. We hebben uw onschuld buiten alle twijfel bewezen." En hij stond me schaamteloos arrogant aan te kijken en tegen zijn laarzen te tikken alsof hij verwachtte dat ik hem zou bedanken.

"Zo," zei ik met een schorre stem uit een half dichtgeknepen keel, "dus jullie hebben mijn onschuld bewezen."

"Napels is een oplettende stad; uw aanwezigheid daar in het gezelschap van een jongedame wier naam ik hier niet zal noemen —" hierbij trok hij even zijn wenkbrauwen op en agent San Marco grijnsde besmuikt "— is overvloedig bevestigd. U kunt buiten alle twijfel niet verantwoordelijk gehouden worden voor het treurige voorval van maandagnacht. Om kort te gaan: u bent vrij." *Tik, tik,* deed het zweepje tegen zijn laars. Ik dacht: als ik hem een dreun geef beland ik weer in de cel. Ik beheerste mezelf met zoveel moeite dat ik een rood waas voor m'n ogen kreeg.

Inspecteur Piretti keek een ogenblik naar me met onpersoonlijke belangstelling en toen draaide hij zich om en ging weer uit het raam staan staren. Agent San Marco was vertrokken om elders weer aan het werk te gaan. Ik draaide me om, deed de deur open, liep de armoedige hal door en stapte naar buiten de middagzon in.

Twee jonge arbeiders die op straat voorbijliepen draaiden hun hoofd om om naar me te kijken en ze bleven over hun schouder kijken tot een bocht in de straat hun het uitzicht benam. Ze wisten wie ik was, ze wisten alles over me. Nieuws verspreidt zich snel in Positano.

HOOFDSTUK XXI

NIEUWS VERSPREIDT ZICH SNEL in Positano. Ik liep het kleine pleintje voor het postkantoor op. Zoals gebruikelijk hingen daar een stuk of vijf lanterfanters op de bank naast de benzinepomp; spugend, rokend, en een scherp salvo Italiaanse geluiden afvurend. Ik liep voor ze langs; het gesprek viel stil, er heerste doodse stilte. Ik voelde een doffe woede groeien en kreeg de neiging om tegen ze te schreeuwen dat ze hun stomme ogen op iets anders moesten richten. Ik vertraagde m'n pas, draaide me al half om en keek woedend naar dat rijtje donkere uilenogen. Maar ik kon onmogelijk een staarwedstrijd met dat hele stel winnen, en het was vernederend om hier kwaad te blijven staan kijken. Ze hadden geen opinie, ze keken gewoon naar me zoals ze naar een vreemd insect zouden kijken.

Ik slikte m'n woede in en beende voorbij. Voor me uit zag ik de grote groene cabriolet. Ineens werd ik overvallen door een gevoel van walging. Dit was mijn auto niet; hij was van Kex, hoezeer ik mezelf ook van het omgekeerde probeerde te overtuigen. Die verkoopovereenkomst stelde niets voor; Kex had die wagen uitgekozen, betaald en bestuurd. Er was niets van mij bij. Erin rijden was net zoiets als Kex z'n kleren dragen, met Kex z'n vrouw naar bed gaan. Ik stak m'n hand in m'n zak en zocht de verkoopnota. Ik keek ernaar, keek naar de auto en aarzelde, maar niet meer dan een fractie van een seconde. Misschien zou ik er later spijt van krijgen en kon ik mezelf wel een schop geven dat ik zo stom was geweest. Maar nu — ik propte de nota in elkaar en smeet de prop op de bestuurdersstoel. Een mooi gebaar, en ik wandelde omlaag naar het strand met het strijdlustige gevoel dat ik me nergens een sikkepit meer van aantrok. Ik was de schaamte voorbij; ik voelde me vrij van onbenullige belemmeringen. Wat kon het mij schelen of een stelletje lanterfanters op een bankje me aanstaarde? Ik trok me van niets meer iets aan. Ik was een ander mens, zonder schroom, warmte of gemoedelijkheid. Het effect van dat afwerpen van het gareel van sociale belemmeringen was het van me afzetten van een hele vracht onbenullige zorgjes. Ik vroeg me verbaasd af waarom ik hier niet veel eerder aan had gedacht.

Gehuld in dit nieuwe uitgangspunt van onafhankelijkheid slenterde ik de boulevard op. Uit de sigarenwinkel kwam juist graaf Paladini naar buiten. Hij zag me en trok verbaasd zijn wenkbrauwen op. Ik zei vriendelijk: "Waar sta je zo naar te staren, vriend?"

Hij draaide zich abrupt om en liep met afgemeten passen over de straat omhoog.

Ik liep de Vistamare binnen. Giovanni, de manager, tuurde naar me uit zijn kantoorhokje. Aan een tafeltje naast de deur zat Hortense kalmpjes een salade te eten. "Hallo," zei ze. "Ik zie dat ze je vrijgelaten hebben; belachelijke lui."

Ik had niets beters te doen dus ik ging naast haar zitten. "Nog nieuws in de stad?"

"Alleen dat ze jou in het gevang hadden gegooid."

"Ik ben nu weer vrij. Ze kwamen erachter dat ik een alibi heb."

"Dat heb ik gehoord."

Ik keek haar nieuwsgierig aan. "Dat heb je dus gehoord?"

Ze knikte met een zweem van een lachje om haar mondhoeken.

"Wat heb je dan gehoord?"

"Dat jij die nacht in Napels hebt doorgebracht."

"Is dat alles?"

"Nee."

"Nou, vertel op dan."

"Je was daar met Betty Dannister."

"Waar heb je dat gehoord?"

"Van mijn dienstmeisje. Zij is een nicht van een van de carabinieri. Ze vertelde me dat de inspecteur uit Salerno een grondig onderzoek heeft gedaan." Haar ogen glinsterden met een vleugje humor of misschien wel kwaadaardigheid. "Ik heb gehoord dat hij juffrouw Dannister vanmorgen vroeg heeft ondervraagd."

"Wat!"

Hortense haalde haar schouders op en lachte. "Dat heb ik tenminste gehoord."

Ik sprong overeind, rende de deur uit en zonder in de gaten te hebben dat ik het hele stuk erheen al had afgelegd merkte ik ineens dat ik het bureau van de carabinieri binnenstapte. Het vuile voorportaal was leeg. Ik probeerde de deur naar binnen. Op slot. Terwijl ik mijn kalmte probeerde te hervinden klopte ik aan.

Agent San Marco deed de deur open en tuurde om de hoek. Ik duwde mezelf naar binnen tegen zijn werktuiglijke tegendruk in. "Waar is Piretti?"

Dat was een retorische vraag want Piretti zat in zijn hemdsmouwen achter zijn bureau. Ik zette mijn handen op zijn bureau en leunde naar voren. Hij keek een beetje verrast op. "Wat nu weer?"

"Ik heb gehoord dat je vanochtend op bezoek was."

"Pardon?"

"Je bent vanmorgen bij de Dannisters geweest."

"Zoals mijn plicht verlangde, ja."

"Lelijke, vuile stinkerd!"

"Meneer Musgrave, u beledigt de waardigheid van de Italiaanse rechtspleging."

"Ik heb het over jou — smerige, bekrompen schurk. Nog even en ik breek alle botten in je rotlijf."

Inspecteur Piretti kwam overeind, bleek en geschrokken. "Ik begrijp niet waarom u zo kwaad bent; u bent toch vrij?"

"Pas nadat jij de naam van een onschuldig iemand door het slijk had gehaald."

"Helemaal niet; ik ben zeer kies te werk gegaan. Ik stond erop dat meneer Dannister me toestond om onder vier ogen met de jongedame te spreken; er valt mij niets te verwijten."

Ik was heet en koud tegelijk, m'n vingers waren gevoelloos zo stijf kneep ik in de tafel. "Wat heb je tegen Dannister gezegd?"

Inspecteur Piretti keek langs me heen waar ik achter me de twee stevige carabinieri wist, die geïnteresseerd toekeken. Inspecteur Piretti liet zich tegen zijn stoelleuning zakken en begon zijn waardigheid weer te laten gelden. "U dringt hier binnen in een officieel overheidsgebouw, u begint te schelden; u kunt maar beter wat voorzichtiger zijn voor u in de problemen komt."

"Jij wist vanmorgen om negen uur al dat ik niets met de dood van Kex te maken had en toch liet je me tot één uur 's middags in mijn cel rotten."

"Er was geen enkele noodzaak om overhaast te werk te gaan; de bewijzen moesten zorgvuldig nagegaan worden."

Ik kon bijna niet uit m'n woorden komen van woede. En met een stem die ik zelf nauwelijks herkende zei ik ten slotte: "Wat dacht je ervan om mee naar buiten te komen, Piretti, zonder je politiepenning?"

Piretti gebaarde naar zijn agenten en zei iets op effen toon. Hij wenkte met zijn arm en maakte een beledigend gebaar met z'n duim. Ik werd vastgegrepen en naar buiten gewerkt. De carabinieri stonden me na te kijken met een soort vriendelijke belangstelling, zoals zakenmensen het vertrek van een goede klant zouden bekijken.

Ik draaide me om en liep langzaam over de weg naar de Vistamare.

Hortense zat nog precies waar ik haar had achtergelaten, maar nu dronk ze koffie. Ik liet me in de stoel naast haar vallen en geen van tweeën zeiden we een woord. Zij zat koffie te drinken en ik staarde somber in de lucht.

Arturo, de kelner, kwam beleefd aanlopen. Ik liet hem een flesje bier halen om m'n zenuwen wat tot bedaren te brengen. Terwijl ze peinzend over de rand van haar kopje staarde zei Hortense: "Jij bent verliefd op Betty, nietwaar?"

"Dat kun je wel stellen, ja."

"Het is een aardig meisje."

Ik bromde nietszeggend.

"Ze is alleen helemaal in de war," zei Hortense op een manier alsof ze er diep over had nagedacht.

Ik keek haar van opzij eens aan. De kuiltjes naast haar mondhoeken werden dieper. "Vind je niet?"

"Volgens mij is er niets mis met haar dat een normale manier van leven niet in orde kan brengen."

Hortense lachte en keek me met een veelbetekenende, ondeugende blik aan. "Je bedoelt dat ze een man nodig heeft."

Dat leek me wel erg cru uitgedrukt en ik voelde een scheut in mijn maag. Ik besloot dat er achter Hortenses aantrekkelijke uiterlijk een geest schuilging die zo onomwonden was dat het dicht tegen bruut aanleunde — wellicht vanwege haar Teutoonse afkomst. Ik koos mijn woorden met zorg. "Ze heeft heel normale instincten." Ik herinnerde me Betty's opmerking dat Hortense haar had proberen te versieren. "Ze is kieskeurig genoeg om normaal te willen blijven."

Hortense deed niet net of ze me niet begreep. "Jij bent eigenlijk toch wel een erg preuts mannetje, hè?"

"Wat jij onder preuts verstaat en wat ik eronder versta zijn twee verschillende dingen." Ik nam een grote slok bier om de steen in m'n maag weg te spoelen. Ik hoopte maar dat Hortense haar mond zou houden; ik was niet gediend van haar gevis, hoe gladjes ze dat ook wist te verbergen. Maar ze verborg helemaal niets.

"Ga je met haar trouwen?"

"Alles is mogelijk, lijkt me."

"Misschien wil ze wel helemaal niet trouwen."

"Waarom zeg je dat?"

Hortense haalde haar schouders op, plagerig als een luie, warme kat, te behaaglijk om echt wreed te worden, maar te balorig om er helemaal vanaf te zien. "Ze lijkt erg aan haar familie gehecht. Op een bepaalde manier," fijntjes uitgesproken met nauwverholen nadruk, "lijkt dat niet helemaal — gezond."

"Dat is totale onzin," zei ik zacht.

Hortense tuitte haar lippen; ergerlijk mens. "Ik zou daar niet zo zeker van zijn. Ze leeft in een eigenaardige atmosfeer."

"Ze is doodsbang," zei ik. "Ze is verstijfd van angst. Ik zou haar daar graag weghalen voor haar iets overkomt."

Hortense trok haar wenkbrauwen op. "Denk je echt dat ze gevaar loopt? Echt gevaar?"

Ze dreef de spot met me; ik negeerde haar vraag. We zaten behoedzaam te zwijgen, zij met een flauw lachje. Of dat lachje een afspiegeling van haar gemoedstoestand was of een zenuwtrek kon ik niet uitmaken. En wat heel eigenaardig was, hoe hartgrondiger mijn hekel aan Hortense werd, hoe sterker ik me bewust werd van haar uitstraling van volstrekt overweldigende *seks*. Dat ergerde me en maakte de vracht van doffe woede en gefrustreerde opwellingen die me kwelde nog extra scherp.

Hortense dronk van haar koffie en haar glimlach werd nog uitge-
kookter. Ik staarde somber voor me uit.

Een groep Amerikaanse toeristen, de mannen met camera's, de
vrouwen in grijze mantelpakken, witte blouses en bruine wandelschoe-
nen, kwam het hotel binnen — wat waren ze nieuw en onbedorven, als
dartelende kinderen. Ik zat naar hen te kijken met het gewicht van eeuwen op mijn schouders en ik keek pas op toen Blaine op de stoel naast
me neerplofte. "Daar is hij dan eindelijk; zal tijd worden ook!"

"Alle politiemensen zijn dom," zei Hortense met een gezicht alsof
ze een elementair axioma verkondigde. Blaine bracht er niets tegenin.
"Precies. Ik wist dat je het niet had gedaan; ik heb het ze allemaal verteld. Hé, Arturo, mag ik een biertje?" Hij leunde achterover en keek me
vragend aan.

"Hoe hebben ze je behandeld?"

"Niks ergs; ik heb niks te klagen."

"Je zit er een beetje sip bij."

"Ik heb een heleboel aan m'n hoofd."

"Wie niet?" zei Blaine uit de grond van z'n hart. Hij wreef over zijn
lange clownsgezicht en keek weifelend naar Hortense. "Nou en of," zei
hij nog eens slapjes. "Ik zei nog dat ze er helemaal naast zaten."

Hortense zei kalm: "Wie heeft Kex nu eigenlijk wél vermoord?"

Blaine likte langs zijn lippen en keek het hele vertrek rond. "Kan
iedereen geweest zijn. Man in een donker pak, dat is het enige waar ze
van uit kunnen gaan."

"Misschien krijgen ze hem wel nooit te pakken."

Ineens zei ik: "Blaine, waar is er een telefoon?"

"Je hebt de hoteltelefoon in Giovanni's kantoortje. Eh, wie wil je
gaan bellen, als ik mag vragen."

Hortense zei minzaam: "De Dannisters, natuurlijk."

Giovanni zag me uit zijn ooghoek aan komen lopen. "Ik zou graag
gebruik willen maken van de telefoon," zei ik. Hij sprong overeind alsof
hij nu pas mijn bestaan opmerkte. "Jawel signor, alstublieft, hier staat hij."

Hij wees me een donker hoekje achterin en verliet kies de ruimte.
Ik bladerde door een rafelig boekje met een smoezelige gele kaft. Er
waren maar een stuk of tien aansluitingen in Positano; Dannister was
er een van. "Alfredo Dannister, Villa Sirenia... Positano 22."

Ik stond naar het zwarte toestel te kijken, met een mengeling van twijfel en nooddruft. Ik tilde langzaam de hoorn van de haak en toen ik de stem van de telefoniste hoorde gaf ik het nummer op: "Positano *venti due.*" Ik hoorde de bel aan de andere kant rinkelen. Als Betty opnam was het goed. Als het iemand anders was zou ik ophangen, nam ik mezelf voor.

De bel rinkelde. De hoorn werd opgenomen. "Hallo?" Een mannenstem — die van Alfred Dannister. In weerwil van wat ik me had voorgenomen, zei ik: "Ik zou graag juffrouw Betty Dannister spreken."

"Mag ik vragen wie u bent?"

"Clarence Musgrave."

Het bleef even een halve seconde stil; op de achtergrond had ik een vraag gehoord, een stem. Hij zei op effen toon: "Belt u alstublieft niet nog eens."

Ik stond beteuterd naar de dode telefoonhoorn te kijken, hing hem langzaam op en liep terug naar mijn stoel.

"Gelukt?" vroeg Blaine opgewekt.

"Nee."

Hij strekte zijn lange dunne benen en slaakte een zucht. "Dit stadje mat me af; ik word oudbakken. Tijd om te vertrekken."

"Tijd om te vertrekken," zei Hortense zacht terwijl ze door de deur naar buiten keek. "Dat vind ik ook."

"Waar ga je heen, Hortense?" vroeg Blaine belangstellend. "Misschien ga ik wel met je mee." Met een knipoog naar mij.

"Ik weet het niet. Hier kan ik niet langer blijven. Misschien naar Schotland."

"Schotland!" Blaines stem schoot omhoog van verbazing. "Dát is nog eens een raar idee."

"Ik ben ook wel een raar iemand, denk ik."

"Dat kun je wel zeggen, ja."

De deur werd verduisterd; ik herkende Muntons vierkante gestalte. Hij tuurde van tafel naar tafel en kwam toen met enige tegenzin bij ons zitten. Vrijwel meteen achter hem aan verscheen ook Oleg, met een dik boek in zijn hand en zijn vinger op de bladzijde waar hij was gebleven.

Munton ging met een grom zitten, wierp een scherpe blik in mijn richting en negeerde me verder compleet. "Had net een aanvaring met de politie; zo'n vervloekte inspecteur, arrogante knaap."

"Het moet eerst ergeren voor het beter wordt," zei Blaine.

Munton zei knorrig: "Donderse kwestie; zal blij zijn wanneer het achter de rug is."

"Wij hadden het net over vertrekken," zei Blaine. "Hortense wil naar Schotland."

"Nee maar," zei Munton, schalks op zijn eigen lompe manier. "Dan moet ik wel mee om haar alles te laten zien."

Hortense keek ongeïnteresseerd naar haar vingernagels. Blaine zei: "Zelf denk ik erover om naar Majorca te gaan — of anders naar Cyprus." Hij krabde peinzend aan zijn kin. "Ik zou wel terug willen naar Californië maar dat is vragen om moeilijkheden." Hij keek Oleg aan. "Wat vind jij, professor?"

Oleg fronste lichtjes zijn voorhoofd. "Ja, ik denk dat ik hier ook wel graag weg zou willen. Maar waarheen —" zei hij hoofdschuddend.

"Over problemen gesproken," zei Blaine, "dit kunnen jullie nooit raden."

"Je wilt me toch niet vertellen dat er nog meer is?" riep Hortense, zogenaamd ontsteld.

"Vertel op man, vertel op!" riep Munton.

Blaine leunde achterover op zijn stoel en grinnikte bedachtzaam. "Gisteravond is de ouwe van gravin Margaret met de bus uit Rome gekomen. Hij had zeker genoeg van z'n vrijer en besloot toen dat hij wel weer aan wat huiselijk leven toe was... Nou, reken maar dat hij dat krijgt!" Blaine grinnikte. "Ik liep langs het appartement van de gravin en kon ze op straat helemaal horen. Wat een huwelijksgeluk!"

Achter me hoorde ik iemand lopen; ik draaide me half om. Een enorme dreun op de zijkant van m'n kaak verraste me totaal. Licht-vlekken, schaduwen, gezichten verbrokkelden, schokten. Ik voelde de vloer omhoog komen en me een voltreffer geven; ik hoorde stoelpoten dof schrapen, voelde steen langs m'n gezicht schaven, rook de geur van ammoniak in m'n neus. Boven me hoorde ik stemmen. Die van Blaine: "— moet je niet zomaar doen; dat kan toch niet."

Ik raapte m'n verstand bij elkaar en keek op. Freddy Dannister stond met gebalde vuisten over me heen gebogen. Ik kreeg even een verbijsterend moment van déjà vu en toen was ik weer helemaal bij de tijd.

Met een hoge stem van opwinding riep Freddy: "Sta op, smeerlap! Laat me los, ik grijp hem."

Blaine protesteerde: "Nee, nee, hou op, Freddy, je maakt een grote vergissing."

Ik hoorde Muntons korzelige stem nu opgewonden roepen. "Laat hem toch begaan, Buster. Een pittige knokpartij is goed voor een mens; slaan ze elkaar misschien een beetje verstand in hun kop."

Ik zat naar Freddy te kijken, raapte ondertussen m'n krachten bij elkaar en voelde alle opgekropte frustratie en woede uit de grote knoop in m'n maag loskomen en uitvloeien in een soort vrolijke razernij. Ik kwam voorzichtig overeind en wilde net op hem los gaan toen Blaine tussen ons in sprong.

"Ophouden! Nou is het genoeg geweest! Ik wil hier geen bloedbad zien; hiermee is het afgelopen." Zijn toon was gezaghebbend. Freddy begon te zeggen: "Maar hij verdient het, je weet niet wat hij heeft gedaan!"

Ik zei met een dikke keel: "Uit de weg, Buster." Ik had m'n vuist gebald; ik moest en zou hem een stomp geven zoals een onderwaterzwemmer hunkert naar zijn eerste teug frisse lucht.

"Nee," zei Blaine. "Gebruik je hoofd, Chuck." Hij hield een hand tegen mijn borst en de andere tegen die van Freddy en hij duwde ons uit elkaar. "Vergeet niet hoe de boel erbij staat!"

Ik stond te hijgen, mijn kaak deed zeer en de kluit in m'n maag was meteen weer zo hard als een steen. Blaine had gelijk; ik kon Freddy's gezichtspunt ook wel begrijpen, vond het zelfs wel prijzenswaardig van hem. Giovanni en Arturo doken op achter Freddy's rug, grepen hem bij z'n lurven en sleepten hem beleefd naar de deur.

Het bloed klopte in m'n slapen, actief en boordevol adrenaline; ik moest dat kwijt. Ik herinnerde me Muntons gretige, grijnzende kop op de achtergrond, uitkijkend naar het vallen van de klappen. Ik zei: "Ik denk dat ik Munton maar eens te grazen neem, nu ik nog in de stemming ben. Die rotzak vraagt er allang om."

Muntons gezicht verstrakte. Hij leunde achterover in zijn stoel. "Dan krijg je mishandeling aan je broek," riep hij schril. "Ik waarschuw je, blijf uit m'n buurt!"

"Rustig aan, Chuck," zei Blaine. "Rustig aan."

Ik kon wel janken van louter onmacht; ik had stoelen kunnen kapotslaan, spiegels kunnen verbrijzelen, en bergen uitwassen kunnen begaan.

"Ga even een koude douche nemen," zei Blaine bezorgd. "Een beetje afkoelen."

Ik draaide me om en liep naar buiten. Even later kwam Blaine met grote stappen ook naar buiten om te kijken of ik niet op zoek ging naar Freddy, hoewel Freddy groot genoeg was om z'n eigen broek op te houden.

Ik keek over m'n schouder naar hem en hij stond stil, als een enthousiaste hond die de opdracht kreeg om naar huis te gaan, en toen liep hij terug naar het hotel.

Ik stapte omlaag naar het strand, beende over het zand en haalde diep adem. Er kwam iemand het terras oplopen die schril floot en wild zwaaide. Ik lette er niet op en slenterde somber verder omlaag naar waar de branding op de rotsen sloeg.

Toen het begon te schemeren liep ik terug naar het hotel. Arturo stond in de deuropening naar buiten te kijken. "Telefoon voor u, signor, een paar minuten geleden. Ik probeer u nog te roepen."

"Voor mij?"

Arturo boog beleefd. Ik duwde me langs hem naar binnen.

"Niet nu," zei Arturo. "Vijftien minuten geleden."

Ik liep snel tussen de tafeltjes door naar Giovanni's kantoortje. "Was er iemand voor mij aan de telefoon?"

"Ja, signor. Een kwartier geleden. Een dame," zei Giovanni met een veelbetekenende blik.

"Wie was het? Heeft ze een boodschap doorgegeven?"

"Nee, signor. Ik vertel haar dat u op dat moment niet binnen was."

Ik staarde naar het zwarte toestel, het zwijgende harde bakeliet. "Zei ze dat ze terug zou bellen?"

"Nee, signor," zei Giovanni beleefd terwijl hij ongeïnteresseerd weer aan zijn werk ging.

Ik stond besluiteloos te wachten en zei toen: "Als er nog een keer gebeld wordt —" Ik veranderde van gedachten. "Ik blijf wel een tijdje in de bar zitten wachten."

"Prima, signor."

Ik draaide me om. De telefoon rinkelde. Ik draaide me nogmaals om en stak m'n hand uit, maar Giovanni had de hoorn al opgenomen. "*Si, si,*" op beleefde toon.

Ik wachtte ziedend af en kookte inwendig. "Voor mij?"

Giovanni hield de hoorn een eindje van zich af en keek ernaar. "Een ogenblikje, signorina." Hij draaide zich kalmpjes om. "Voor u, signor."

Ik griste de hoorn uit z'n hand. "Hallo?"

"Chuck?" Een zachte, hese stem, waar de emotie duidelijk in door-klonk. "Ik ben zo blij dat ik je tref; ik heb het net ook al geprobeerd…"

"Waar ben je? Wat is er aan de hand?"

"O, Chuck, ik ben bang… Ik kan er niet meer tegen. Ik wil hier weg!"

Ik kon nauwelijks uit mijn woorden komen. "Kun je — hoe bedoel —"

"Ik moet opschieten…" Haar stem verzwakte alsof ze haar hoofd bij de telefoon vandaan draaide.

"Ik kan je niet verstaan," zei ik, zo opgewonden als de veer van een klok.

Haar stem kwam terug, met een hele stroom woorden. "O, Chuck, ik ben bang! Ineens — ik wil weg!"

"Kom me over een halfuur op de weg tegemoet."

"Dat kan niet!"

"Kan niet?"

"Ik durf het niet… ik durf niet!"

"Ik neem de politie mee."

"Nee!"

"Wat dan — waar kan ik je vinden?"

In een pauze van een seconde, twee seconden, drie seconden, hoor-de ik de bedrading zoemen. Toen zei ze opgewonden: "Onder ons huis is een klein strandje, dat is ons privéstrand. Ik ga door de achterdeur en zie je daar. Neem een boot mee."

"Hoe laat?"

"Om tien uur. Nee, elf."

"Ik ben er om tien uur; kom jij gewoon zo snel als je kunt. Hoe kan ik het strandje herkennen?"

"Je ziet vanzelf ons huis. Ik laat het licht in m'n slaapkamer aan. Chuck…"

"Wat?"

"Ik moet gaan." Verbazend snel was de lijn ineens dood.

Ik keek op m'n horloge. Tien over zeven. Drie uur. Aan de tafel naast de deur zaten Blaine, Munton en Oleg. Hortense was weg. Aan de andere tafels zaten mensen die ik niet kende, maar ik kende eigenlijk geen van allen. Ik had het gevoel dat ik door een enorm poppenhuis liep, met levensgrote poppen die achter namaak eten en drinken zaten.

Ik liep langs Blaine, Munton en Oleg; ze zagen er zielig, verloren en doelloos uit. Ik knikte, liep voorbij en naar buiten. Met stevige pas liep ik tegen de helling op naar de groene cabriolet. De opgepropte verkoopnota van Kex lag nog op de stoelzitting waar ik hem had neergegooid.

Ik streek hem voorzichtig glad en stopte hem in m'n portefeuille. Kex z'n auto of niet, ik had hem nodig. Trouwens toch een dom idee om een prima auto weg te smijten.

Ik liep terug naar het hotel, pakte m'n tas in, betaalde m'n rekening en verliet het hotel door de achteruitgang. Ik legde de tas achter slot in de cabriolet.

Acht uur. Ik slenterde langs het strand. De vissers waren hun vangstlampen aan het ophangen en hun netten aan het opvouwen. Ik koos een kleine, brede roeiboot uit en na flink wat gebarentaal wist ik de twee vissers ervan te overtuigen dat tweeduizend lire in de hand beter was dan een onzekere duizend lire die ze misschien uit zee konden opvissen. De eigenaar van de boot wilde met me meegaan, wat ik weigerde en omdat het een kalme avond was en het water wel een satijnen beddensprei leek, mocht ik zelf wegroeien van het strand.

Het was nog erg vroeg — halfnegen. Avondschemer gloeide door de wolken heen en de bergen liepen de zee in als dieren bij een drenkplaats, de een na de ander, tot ze in de verte vervaagden en ten slotte versmolten met lucht en zee. Boven me lag de stad; met z'n opgestapelde vierkante vormen net een kubistisch schilderij.

Ik roeide rustig en vond ontspanning in het gebruik van m'n spieren en het doorklieven van het water. Een psychiater geeft een neurotisch iemand een bonk klei om hem zijn frustraties weg te laten kneden. Roeien met het kolkende water onder de riemen leek voor mij hetzelfde te bewerkstelligen. Ik ging rustiger ademen en het bloed in m'n aderen begon wat minder aan te voelen als azijn.

Daar lag de Villa Sirenia, een grijs uitsteeksel van drie verdiepingen op een rots, met een boogvormig strandje van wit zand een paar meter verderop.

Het was nu negen uur. Terwijl ik zat te kijken ging achter een van de bovenste ramen het licht aan. Het flikkerde een beetje, verplaatste zich en kwam tot stilstand. Ik rustte uit en keek ernaar terwijl ik telepathisch een bericht probeerde te versturen. De vissers roeiden de zee op met hun naar de diepten gerichte lampen die de vissen in de war moesten brengen en aanlokken.

Het werd halftien en later; ik begon me steels in de richting van de kust te bewegen. Om kwart voor tien zette ik de boot aan land; de kiezels knersten luid toen ik de romp omhoogtrok tot buiten bereik van de vloed. Het strand was leeg en de Villa Sirenia, hoog op de rotsen was uit zicht.

Het werd tien uur. Ik beende heen en weer en stopte na elke keer om onderaan het pad dat van het huis kwam te gaan luisteren.

Kwart over tien, halfelf. Geen geluid, geen voetstap. De bewolking hield de maan verborgen, maar het was geen pikdonkere nacht: een soort oplichtend duister maakte rotsen, strand en boot zichtbaar. Boven m'n schouders leunde de zwarte berghelling achterover en achter me was de zee, met in de verte een handjevol lichten van de vissers.

Om kwart voor elf begon ik sneller heen en weer te lopen, steeds langer te luisteren en af en toe deed ik zelfs een paar stappen omhoog op het pad. Om elf uur ijsbeerde ik niet langer, maar stond ik langs het pad omhoog te staren. Om vijf over elf klom ik honderd meter omhoog naar het huis en bleef toen staan. Geen geluid. Stel dat er nog een ander pad naar het strand omlaag liep? Ik snelde terug naar het strand en speurde de bleke strook zand af. Leeg en levenloos. Ik controleerde in het donker alles nog een keer om me ervan te overtuigen dat er echt geen ander pad naar het huis was.

Mijn horloge gaf kwart over elf aan; ze was veel te laat. Ik begon weer langs het pad omhoog te klimmen, stap voor stap, steeds dichterbij, naar boven onder het grote bleke huis. Het pad liep onder een steunmuur met een bocht naar een stenen trap. Hier bleef ik staan en ik vroeg me af wat ik hierboven deed, wat ik nu verder moest doen. Ik voelde me machteloos en een beetje dwaas.

Misschien — de akelige gedachte glipte stiekem mijn hoofd in — was Betty wel van gedachten veranderd. Stel dat ze me betrapten terwijl ik hier rondsloop? Wat kon ik dan zeggen…? Maar Betty's stem had echt angstig geklonken. Waar was ze bang voor? Hier in de nacht, onder de vochtige stenen muur, leek helemaal niets te melodramatisch. Er werden tenslotte elke dag mensen vermoord, op elk tijdstip en onder veel minder buitenissige omstandigheden. Ik stond aarzelend van de ene voet op de andere te wippen; ik schaamde me omdat ik niets deed, ik was bang om weg te gaan en ik twijfelde heel erg of ik wel iets kon doen.

Ik begon me een gemene sukkel te voelen. Stel dat ze echt in gevaar was? En ik stond hier maar besluiteloos te aarzelen omdat ik bang was om een overtreding te begaan. Dus ik beet op m'n lip, balde m'n vuisten, keek langs de trap omhoog, en langs het pad omlaag naar het strand. Vijf minuten later besloot ik dat ik toch ten minste voorzichtig op verkenning uit kon gaan. Misschien zou ik geluk hebben en met Betty kunnen praten. Ik wist waar haar kamer was; misschien was het mogelijk om op de een of andere manier tegen de muur omhoog te klauteren — maar wanneer de muur van het huis echt zo'n steile, stenen wand was als wat ik vanuit zee had gezien, dan dacht ik niet dat ik dat zou kunnen.

Ik ging de trap op, de ene stiekeme stap na de andere en kwam uit op een zonneterras, een betegelde ruimte met een laag stenen muurtje er omheen en met hier en daar wat smeedijzeren tuinmeubilair.

Boven me bevond zich de steile wand van het huis en uit twee of drie vensters viel een flauw lichtschijnsel naar buiten. Helemaal op de bovenste verdieping was Betty's raam, volkomen ontoegankelijk. Ik overwoog om er een steen tegenaan te gooien, maar besloot dat toch maar niet te doen. De tuindeuren die toegang gaven tot het terras waren donker. Ik sloop voorzichtig de hoek om en kwam in een tuin terecht; ik rook geraniums en voelde gras onder m'n voeten. Ik bleef doodstil staan. Uit een raam op de eerste verdieping klonk een zachte stem. Ik drukte me plat tegen de muur.

Ik hoorde verder niets meer. Na een paar minuten haalde ik diep adem en ik keek omhoog. Het raam stond half open, maar het was donker. Terwijl ik stond te kijken kwam er een witte arm naar buiten die het raam dichttrok. Misschien was er iemand wakker geworden door een droom.

Ik stak de tuin over en naderde het huis. Door een klein rond kijkraampje van dik geel glas zag ik binnen licht branden. Ik drukte m'n gezicht tegen het glas, verplaatste het naar boven en naar beneden om een doorzichtige plek te vinden. Het glas was oud en vlekkerig en ribbels vertekenden wat ik zag. Een rode vorm die veranderde en flakkerde was een vuur. Ik nam aan dat ik in de grote woonkamer keek. Een donkere gestalte bewoog; ik zag even een bleek gezicht, een hand oplichten. De gestalte zwierf door het vertrek en viel samen en versmolt met andere vormen en figuren. Er zat blijkbaar iemand in een stoel en ik hoorde het gemurmel van een gesprek door de muur heen. Ik luisterde gespannen maar de stemmen waren niet te onderscheiden.

Ik hoorde andere geluiden die van de helling kwamen; het hek dat zacht dichtviel, het knersen en kletteren van voetstappen die de trap af kwamen. Ik deinsde achteruit, maar bleef ineens staan. Misschien was het Betty wel. Als zij het was wilde ik haar tegenhouden voor ze het huis inging... Nee, het kon Betty niet zijn. Betty was in het huis en kon niet wegkomen. Freddy? Wat moest Freddy nu buiten op dit uur van de avond.

Maar het was wel degelijk Freddy. Hij deed de kleurige lampen aan en kwam traag over het pad aanlopen. Z'n gezicht stond ongerust en nadenkend. Ik hield hem uit de schaduw van het huis in de gaten; hij liep regelrecht op me af. Ik kon zijn lippen zien bewegen; hij fluisterde in zichzelf of misschien floot hij wel zachtjes.

De hoek van het huis benam me het zicht; ik hoorde hem een sleutel in het zware, oude slot steken. De deur ging open en ik stapte snel naar voren. Freddy was binnen en de deur zwaaide terug. Ik wist hem net tegen te houden voor hij dichtviel en de pal in het slot klikte.

Freddy zou natuurlijk kunnen merken dat de deur niet in het slot was gevallen. Ik ging weer bij de hoek staan en wachtte af. Er kwam niemand naar buiten. Ik sloop terug naar de deur en duwde hem heel, heel langzaam een piepklein stukje open. Ik hoorde stemmen in de gewelfde gang. Eerst die van Dannister en toen Freddy's onverstaanbare gemompel.

Nu was ik bang — banger dan ik voor zover ik me herinnerde ooit was geweest. Ik duwde de deur dertig centimeter verder open en keek de betegelde gang in. Ik kon het eind van de woonkamer tegenover de open haard zien, de uiteinden van de twee lange tafels en twee gele wandlampen. Links was de trap met eronder een donkere alkoof. Me voornemend om in geval van nood meteen in die alkoof weg te duiken, stapte ik behoedzaam het huis in.

Nu had ik geen dekking meer. Als iemand uit de woonkamer zou komen bevond ik me in een lastig parket — vooral omdat ik in het huis van de Dannisters niet bepaald populair was. Maar op de een of andere manier bevond ik me nu dan toch in het huis; de teerling was geworpen. Ik deed de deur dicht, het slot klikte. Ik liep snel op de alkoof af en bleef daar staan luisteren.

"— beroerd genoeg zonder het nog erger te maken," zei een stem. Die was niet van Freddy en ook niet van Alfred Dannister; het was iemand anders en het was een stem vol glibberige spot, een stem die ik nooit eerder had gehoord.

"Je hebt je die problemen helemaal zelf op de hals gehaald." Dat was Dannister.

De vreemde zei op een onheilspellend stijgende toon: "Zover zou ik toch niet willen gaan, Alfred."

"Ik neem hem wel te grazen," zei Freddy dringend. "Ik heb die andere vent ook stevig geraakt; laat mij oom James een dreun verkopen."

"Nee," zei Dannister droog, "Jij hebt genoeg gedreund."

"Dan schiet ik hem overhoop," zei Freddy.

"Nee," zei Dannister. "Jouw oom James heeft ons in een positie gemanoeuvreerd waarin we hem — nog niet dood willen zien."

Ik rukte me los. Nu ik de kans had — waar was Betty? Boven in haar kamer. Dat was een trap op dan rechts en dan de hele lengte van het huis door. Met een beetje geluk en met de moed der wanhoop zou ik haar misschien kunnen vinden… Ik begon de trap op te lopen, twee stille, verende stappen tegelijk.

Ik tuurde de overloop af. Die was leeg. De vloer bestond uit rode tegels bedekt met een dikke grijze loper en de wanden hadden een fraaie donkere lambrisering met aan beide kanten witte deuren. Aan het eind van de gang moest Betty's kamer zijn.

Ik luisterde. In het huis waren verschillende geluiden hoorbaar. Je had het gemompel van beneden. Dan was er ergens dichtbij een vrouw die zacht een Duits liedje zong; zo te horen een kinderliedje of een onzinversje. Ergens snufte of snurkte er iemand zacht en ergens anders maakte iemand een eigenaardig ritmisch klikgeluid.

Waarom nog gedraald? Ik sloop snel door de gang en bleef voor de deur staan waarachter ik Betty's kamer vermoedde. Ik legde m'n hand op de deurknop, draaide eraan en duwde. Op slot.

Ik keek over m'n schouder. De Duitse stem was aan een nieuw liedje begonnen. Ik had erop gerekend dat de deur los zou zijn zodat ik snel naar binnen kon glippen. Ik krabde aan de deur.

Achter de deur hoorde ik een verraste beweging. Ik krabde nog een keer en zei schor: "Chuck hier, laat me erin."

Langzame stappen naderden de deur. Ik dacht, stel nou dat ik me verkeken heb, stel dat dit iemand anders' kamer is? Nu ja, daar was het nu te laat voor. Ik krabde nog een keer: "Het is Chuck, laat me binnen."

Betty's stem, vol verbazing en ongeloof klonk van achter de deur. "Chuck?"

"Ja. Doe open en laat me erin."

Het bleef stil, een hele seconde lang. Toen op een zachte, treurige toon: "Dat kan ik niet. Ik zit opgesloten."

Ik hield mijn gezicht dicht tegen de deur aan. "Hoe kan ik je hieruit krijgen?"

"Ik weet het niet...Chuck, weten ze dat je hier bent?"

"Nee." Mijn gedachten tolden als een razende, niet in een bepaalde richting maar gewoon almaar in dolle kringen. Ik flapte eruit: "Kun je je lakens aan elkaar binden?"

Ze lachte kort. "Twee lakens?"

Twee lakens zouden aan elkaar geknoopt net aan genoeg zijn voor tweeëneenhalve meter. Van haar raam tot de rotsen was het wel twaalf of vijftien meter.

"Wie heeft de sleutel?"

"M'n vader...Maak maar gauw dat je wegkomt, Chuck...Zorg dat ze je hier niet betrappen..."

Op de trap hoorde ik lange, harde stappen. Ik sprong bij Betty's deur vandaan en probeerde de eerste deur rechts. Maar — te laat. Freddy stond stokstijf op de overloop en staarde me aan alsof ik een gorilla was. Hij deed zijn mond open of hij wilde gaan roepen, maar hij had geen stem meer en hij kon alleen maar een wild gehijg laten horen. Hij kwam op me af en haalde zijn gebalde vuist naar achteren.

Ik neem aan dat het fatsoenlijk was geweest wanneer ik me door Freddy een stomp had laten verkopen. Ik was tenslotte een inbreker en Freddy verdedigde zijn eigen huis. Maar ik herinnerde me die dreun van zondag. Ik had de pest in dat ik me had laten betrappen en ik wist dat de toestand niet veel erger kon worden. Ik schoof langs de wand en bukte snel. Freddy gaf de lambrisering een rechtse voltreffer. Ik gaf Freddy een peut in z'n maag en stompte hem op z'n wang. Freddy begon enorm te brullen.

Van beneden riep Dannisters stem scherp: "Wat is er boven aan de hand?"

Freddy had geen tijd om antwoord te geven. Hij was ontmoedigd en razend. Hij haalde uit en raakte mijn linkerhandpalm. Mijn rechtervuist raakte hem vol op z'n kin, hij stroffelde achteruit en rende terug naar de overloop, waar hij viel en met zijn handen voor zijn gezicht bleef liggen.

Dannisters voetstappen stormden omhoog. Ik trok een deur open en dook naar binnen. Ik zat zwaar in de penarie. Dannister had alle recht en reden om me neer te schieten. Ik hoorde Freddy zeggen: "Ik haal het pistool, ik haal het pistool."

Ik keek om me heen. Ik stond in een aardige roze met blauwe slaapkamer. Hier kwam het klikgeluid vandaan, maar dat was nu opgehouden. Er zat een vrouw in een stoel. Ze was een lang, vormeloos bruin ding aan het breien — ik zag dat ze geen erg bekwame breister was.

Het was een kwijnende dame — vast Betty's moeder, mevrouw Alfred Dannister. Ik had haar gezicht gezien op een oude foto. Daarna was het flink bergafwaarts met haar gegaan. Haar grote, donkere ogen stonden vriendelijk, zorgelijk en gekweld. Waarom begon ze niet te gillen? Waarom deinsde ze niet huilend achteruit?

"James?" zei ze. "Ben jij het, James?"

Over de overloop hoorde ik iemand aan komen stampen. Door een half openstaande deur zag ik een badkamer met nog een deur. Met het idee om achter m'n achtervolgers om te lopen zoals ze dat in de film doen, rende ik er doorheen. Mevrouw Dannister riep me droef en dringend na: "Niet doen, James! Ga daar niet naar binnen ..."

Maar ik stond al in de badkamer. In het voorbijgaan viel me iets eigenaardigs op; het zag eruit als een toiletpot met twee brillen, maar inmiddels had ik de andere deur open en rende ik de aangrenzende kamer in.

Ik ging op weg naar de deur en keek onderweg naar het bed. Van verbazing bleef ik stilstaan. Er zaten twee kinderen op het bed. Ze keken me met bange ogen aan. Ze waren een jaar of twaalf, schatte ik. Rechts zat een meisje. Ze had een aardig gezicht en ze leek op Betty. Ze had Betty's sprankelende ogen en haar donkerblonde haar, maar haar natte mond hing glinsterend open. Het tweede kind zat bij hun middel aan haar vast en in het midden deelden ze een been. Het tweede kind was misvormd. Het hoofd was geel en kaal, de oogleden hingen als flappen omlaag en de ogen stonden heel ver uit elkaar. Ertussen liep een gladde, bleke strook huid omhoog vanaf de knopneus. Het had hoegenaamd geen kin en langs de voorkant van de hals liep een glimmend kwijlspoor. Het was absoluut zwakzinnig maar de meisjeskant leek zelfs bijna normaal.

De monsterkant maakte een gorgelend, snuivend geluid en het meisje zei met een lieve stem en helemaal niet bang: "Wie ben jij?"

Achter m'n rug zei Freddy: "Ik heb m'n pistool. Ik schiet je —"

Dannister zei: "*Nee!* Geef hier dat pistool!" Ik draaide me langzaam om. Dannister had het pistool — een groot .45 automatisch pistool. "Ik schiet hem zelf neer," zei Dannister verbeten. "De gang in, Musgrave."

Hoofdstuk XXII

Met bevende stem zei ik: "Als je gaat schieten — schiet dan … Maak er een eind aan …"

Dannister keek naar het treurige wezentje, half meisje, half monster en toen weer naar mij. "Niet hier, Musgrave."

Ik draaide me om en liep de deur uit, half van plan om me te laten doodschieten, ziek van het leven, ziek van de pijn, de lelijkheid, de wanklanken, de vloekende kleuren, de zure smaken, de vergeefse hoop, de tragische nederlagen. Ik zag het leven vanuit een nieuw verblindend perspectief, een openbaring die zo treurig en verschrikkelijk was dat het me niets meer kon schelen. Geboorte, pijnlijke kronkelingen om in leven te blijven, dood. Dannister voelde aan wat er door m'n hoofd ging en dat moet hem boosaardig vermaak gebracht hebben. Ik denk dat het mijn leven redde.

"Omlaag naar de woonkamer, meneer Musgrave. Je wilt vast wel kennismaken met — James Hilfstone."

Ik liep langzaam de gang door. Dannister kwam achter me aan.

Freddy kefte: "Ga je hem doodschieten, vader? Hij heeft mij geslagen, hij heeft Betty mee uit genomen en hij is in ons huis binnendrongen."

Met een dorre, effen stem zei Dannister: "Ik weet precies wat hij allemaal heeft gedaan." En tegen mij: "Naar links, Musgrave."

Ik stapte de woonkamer in. James Hilfstone had net een verse sigaar opgestoken en zat met zijn benen gerieflijk naar het vuur gestrekt. Hij stond niet op en hij maakte geen aanstalten om me een hand te geven. Ik keek Dannister beschuldigend aan, als om te zeggen: ik lijk helemaal niet op deze vent! En Dannister knikte als om te antwoorden: dat weet ik.

"Zo, zo," zei Hilfstone met een luie bariton, "dus dit is de knul die voor mij moest doorgaan. Wat die arme ouwe Kex allemaal niet over-had voor een grap."

Ik keek van opzij naar Dannister. "Wat moet ik nu doen?"

Dannister stond te zwijgen, mager, grijs en hologig. Freddy tuurde over zijn schouder, opgewonden, ademloos en kwaad. Ik zei: "Voor je allerlei — roekeloze plannen met dat pistool gaat bedenken, kun je maar beter eerst naar mijn kant van het verhaal luisteren."

Hilfstone schoot in de lach en trok tevreden aan zijn sigaar.

"Wat valt er te lachen?" vroeg ik hem, gespannen en van binnen ijskoud. Hilfstone draaide zich grinnikend om en staarde in het vuur met een gebaar alsof hij niets meer te maken wilde hebben met wat er hier gebeurde.

Ik zei: "Je zult nog wel anders piepen wanneer inspecteur Piretti je komt arresteren."

Hilfstones lach klonk wat zachter en duidelijk geforceerd. "Ik hoef me nergens zorgen over te maken."

"Behalve dan dat ze gezien hebben dat je dat steenblok op Kex hebt laten vallen. Dat noemt men moord."

Dannisters mond vertrok.

"Moord?" vroeg Hilfstone. "Wat heb ik daarmee te maken?"

"Je een beetje van de domme houden, hè?" Ik keek Dannister aan. "Weet je dat hij Kex heeft vermoord? Dat hij een rotsblok op z'n hoofd heeft laten vallen?"

Dannisters gezicht vertrok in een verbitterde grijns. "Denk je dat het me iets kan schelen wat hij met Kex heeft uitgespookt?"

Ik bekeek Dannister grondig en voelde me niet gerustgesteld. Die man was al voorbij het eind van zijn Latijn, hij ging alleen maar uit gewoonte door.

"Persoonlijk," zei ik, "kan het mij ook niks schelen. Maar ze gaan hem wel gevangennemen."

Hilfstone schudde zijn hoofd. "Dat denk ik toch niet."

"Dan geef je het dus wel toe?"

Hilfstone keek me met een heldere blik vragend aan. "Wat maakt dat uit?"

"Het maakt helemaal niks uit," zei Dannister. Zijn stem had een verkillende klank. Ik was de enige die het opmerkte. Hilfstone was te zeer met zichzelf ingenomen en Freddy was te dom. Ik had dit al eerder gehoord, die avond dat ik de stem van Hester Ryen door haar deur hoorde klinken. Dannister klonk luchtig, bijna ontspannen, alsof hij net een moeilijke beslissing had genomen.

"Zie je," zei Hilfstone, "Ik ben Alfreds gast. Hij gaat ervoor zorgen dat er zo min mogelijk narigheid van komt."

"Met andere woorden — Dannister houdt je verborgen?"

"Als je het zo wilt stellen, ja."

"Nou," zei Dannister, "Je hebt het helaas helemaal mis, James."

"Hè?" vroeg Hilfstone met zijn ogen knipperend.

"Ik ga jou niet verborgen houden…"

Hilfstone keek een heel klein beetje ongerust. "Doe maar wat je wilt. Je weet wat er dan gaat gebeuren."

"Je hebt de situatie een beetje te krap ingeschat, James."

"Jij moet om anderen denken, Alfred."

"Ik heb om anderen gedacht, James."

Freddy vroeg ongeduldig: "Wat ga je doen, vader?"

Dannister lachte en keek van Hilfstone naar mij, en met een tedere blik naar Freddy, alsof hij een cadeautje voor hem had.

Er werd op de deur gebonkt — stevig, gezaghebbend, onverbiddelijk.

Ik lachte van opluchting. "Ze komen je halen, Hilfstone!"

Hilfstone kwam half overeind uit zijn stoel. "Hoe weten ze nou —"

"In Positano weet iedereen alles!"

Er werd weer gebonkt, nu wat luider. Een harde stem riep een paar Italiaanse woorden.

Freddy zei gretig: "Zal ik ze binnenlaten? Dan kunnen ze hem arresteren." Hij wees naar mij.

"Ja, Freddy," zei Dannister kalm. "Laat ze maar binnen."

Hilfstone zei wanhopig: "Je weet wat dat betekent, Alfred. Alles komt aan het licht; ik ga niets achterhouden."

Dannister glimlachte alleen maar. Ik kromp in elkaar bij de blik in zijn ogen.

Freddy draaide zich om naar de deur.

Dannister bracht traag de .45 omhoog, mikte zorgvuldig en haalde de trekker over. De achterkant van Freddy's blonde hoofd bood ineens een gruwelijke aanblik.

Hilfstone was overeind gesprongen en stond nu trillend en bleek met open mond te kijken. Dannister draaide zich naar hem toe. Het gebonk op de deur werd een panisch dreunen.

Dannister zei glimlachend: "James — je had niet gedacht dat het zover zou komen, niet?"

"Niet doen, Alfred — doe het niet!"

Dannister bracht zorgvuldig het grote automatische pistool omhoog en vuurde.

Hilfstone was dood.

Nu was ik aan de beurt. Dannister zwaaide het wapen in mijn richting. Mijn knieën veranderden in warme brij. Ik wist hoe Hilfstone zich had gevoeld. Freddy en zelfs Kex waren hieraan ontsnapt. Ik wankelde, viel half opzij en probeerde achter de enorme fauteuil neer te komen. Het grote zwarte gat in het pistool achtervolgde me; ik zag de rode flits, voelde het projectiel langs suizen; hij had misgeschoten. Ik lag achter de stoel; Dannister hoefde alleen maar een stap naar voren te doen en de loop van het wapen omlaag te brengen.

De deur kraakte, er klonken voetstappen. Ik was alleen in de kamer. Ik hees me langzaam overeind op mijn knieën. Achter me lag Hilfstone uit zijn borst te bloeden en voor me lag Freddy, waardiger dan hij er levend ooit uitzag.

Dannister liep de trap op; ik wist wat hij van plan was. Ik strompelde de gang door en keek hem na. Zijn lange benen verdwenen juist om de hoek van de overloop. Ik aarzelde en begon traag de trap op te lopen.

Achter m'n rug liet de deur een hartverscheurende kreet horen toen hij door iets zwaars werd getroffen. Daarna werd het stil. Boven hoorde ik een deur opengaan. Een gedempte meisjesstem zei: "Het is al laat, papa —"

Twee schoten en daarna wat gemompel en een gil. "Alfred —"

Nog een schot.

Ik keek de overloop over, klaar om weg te duiken als het nodig zou zijn. Een stevige grijze vrouw keek de gang in, sprong achteruit en smeet de deur dicht. Ik hoorde een grendel dichtschuiven. Dat zou de Duitse dienstbode zijn.

De voordeur kreunde nogmaals.

Dannister stapte de gang weer in en liep met vaste tred naar het eind. Daar was Betty's kamer. Hij stak zijn hand in zijn zak en haalde de sleutel tevoorschijn. Ik dacht niet na bij wat ik deed; ik ben geen held. Ik sloop de laatste traptreden op, stapte de overloop op en rende op m'n tenen tot vlak achter Dannister. Op het laatste moment hoorde hij me. Hij draaide zich om. Ik sloeg m'n arm om z'n nek en gaf een overweldigende ruk die zelfs een stier omgehaald zou hebben. Dannister viel keihard op de grond. Ik stampte op z'n pols en griste het pistool weg. Hij richtte zich op op z'n elleboog en keek me aan.

"Geef mij dat pistool."

"Hmf. Doe niet zo mal." Ik schuifelde achteruit naar de deur, draaide de sleutel om en duwde met m'n achterwerk de deur open.

Dannister krabbelde overeind. Achter hem brak de voordeur eindelijk open; de bonkende voetstappen klonken luid en zwaar.

Dannister deed twee stappen in mijn richting — ik stapte achteruit Betty's kamer in. Zij zat op het bed.

Dannisters lange gezicht was hol en bleek en zijn haar hing over zijn voorhoofd. "Geef me dat pistool…"

"Je kletst onzin, Dannister."

Hij draaide zich naar Betty en keek haar aan.

Ze zei zacht: "O, geef hem dat pistool toch, Chuck."

"Zodat hij me kan doodschieten — en jou?"

Dannister deed weer twee stappen voorwaarts; hij wilde me het pistool ontworstelen.

"Geef me het pistool… ik ga je niet doodschieten."

Betty zei: "Geef het hem maar, Chuck. Hij wil het voor zichzelf."

Ik aarzelde en schudde toen m'n hoofd. "Dan kan ik niet… Dat is hetzelfde als wanneer ik op hem zou mikken en de trekker zou overhalen." Ik liep naar het raam en gooide het wapen naar buiten.

Bonkende voetstappen kwamen door de gang aanrennen. Dannister liep me snel voorbij. Ik zag zijn verbeten profiel en zijn strakke mond. Hij keek links noch rechts, niet naar Betty en niet maar mij. En weg was hij.

Inspecteur Piretti snelde met getrokken pistool de kamer in. "Wie sprong er net uit het raam? Wie was dat?"

"Dat was Alfred Dannister, inspecteur."
Piretti liep naar het raam en tuurde in het duister. Ik keek naar Betty.
Ze zei: "Kijk niet zo naar me."
Ik dacht aan het litteken op Betty's heup.

HOOFDSTUK XXIII

DE HEER CALDECOTT, van Bray, Medlary, Caldecott, Chivers and Bray, het Londense advocatenkantoor, kwam met het vliegtuig over om de begrafenis te regelen en het huis te koop te zetten.

Inspecteur Piretti nam een verklaring op van Betty en van mij in hotel Medaglione in Sorrento, waar Betty een kamer had genomen. Daarna verkondigde hij dat wat hem betreft de zaak afgehandeld was. "Er komen ongetwijfeld nog wel allerlei schandaalverhalen in de kranten in Rome," zei hij met een blik van verstandhouding, "maar dat heeft niets met de officiële zaak van doen; wij handelen onze taken altijd zo discreet mogelijk af. U bent vrij om te gaan." Hij maakte een buiging en vertrok.

Ik zei tegen Betty: "Tja, wat nu?"

"Ik weet het niet."

"Dan moet ik dus de beslissingen maar nemen. Spring in de auto, we gaan naar het noorden."

Ze liet haar hoofd hangen en keek weg. Ik nam haar bij de arm en duwde haar zachtjes in de richting van de auto. Ik betaalde de rekening en we reden weg in noordelijke richting. We lieten tien kilometer achter ons.

"We kunnen allerlei dingen doen," zei ik. "We kunnen naar Parijs rijden of naar België of Denemarken. In Parijs kunnen we de auto verkopen, en naar Ierland vliegen, of naar Cornwall. Of we kunnen met een trage vrachtboot naar Tahiti varen of naar Zanzibar of naar de Andaman eilanden…"

Ze zat recht voor zich uit te staren. "Chuck," zei ze, "weet je wat ik van plan was op die bewuste avond?"

"Nee."

"Ik wilde mezelf verhangen."

"Betty —" Woorden schoten te kort.

Ze ging verder, bijna opgelucht. "Ik had het allemaal uitgedacht; ik zou m'n ceintuur in een lus over de bovenkant van de deur hangen want daar zou hij niet wegglijden."

"Je ziet nu toch wel hoe verkeerd dat geweest zou zijn, hè?"

"Ik ben daar niet zo zeker van…"

"Maar hoor nou — we hebben ons hele leven voor ons! Jij bent enorm gespannen, diep geschokt — je bent aan het rouwen."

Ze schudde haar hoofd. "Ik hield van m'n moeder — en van Freddy — maar ik mis ze niet."

"Nou, je kunt die hele rotgeschiedenis vergeten; we komen nooit meer terug in Positano."

"Ik weet niet wat ik moet doen."

"Als we in Rome zijn gaan we trouwen."

"Nee Chuck — je wilt niet met mij trouwen."

"O nee?"

"Nee. Je weet wat ik ben… De helft van een monster."

"Wat is er met de andere helft gebeurd?"

"Die is gestorven."

"Herinner je je die?"

Ze knikte. "Ik was vijf. We zijn in Wenen geopereerd."

"Wat ik niet begrijp is waarom je vader bang was voor Hilfstone — of voor Kex. Een ongelukkig kind krijgen is geen schande."

"O — maar dat is het wel. Dat is het wel degelijk!"

"Dat begrijp ik niet."

"Jij kent de omstandigheden niet."

Ik zweeg. Ze likte langs haar lippen. Ik wist dat het er eindelijk uit zou komen. Het had lang in haar binnenste rondgewoeld en nu kwam het er eindelijk uit, als braaksel, en het zou haar goed doen om het eindelijk kwijt te zijn.

"Het is een lang verhaal," zei ze aarzelend.

Ik strekte m'n arm en pakte haar hand. Die beefde en voelde steenkoud.

"Mijn vader was een Amerikaan. Hij is geboren in Richmond,

Virginia. Zijn vader was ook een Amerikaan en zijn moeder was Engels. Toen mijn vader zeven was ging zijn moeder, mijn grootmoeder dus, voor een bezoek terug naar Engeland en de dag nadat ze vertrok werd m'n grootvader om het leven gebracht door een stier. Toen m'n grootmoeder in Engeland aankwam ontdekte ze dat ze zwanger was, ze bleef in Engeland en bracht haar kind ter wereld — dat was een meisje. Een paar jaar later trouwde ze met haar tweede man, Lloyd Powan Hilfstone, en met hem kreeg ze een derde kind en dat was James. Nu had ze dus drie kinderen — mijn vader, Alfred Dannister, die in Richmond bleef en daar opgroeide, het meisje, Laura, dat de naam Hilfstone aannam — en James."

Ik zei: "Oh," nogal beduusd.

"M'n vader groeide dus op in Richmond. Toen hij drieëntwintig was ging hij naar Engeland om zijn moeder te bezoeken. En toen — ik weet niet precies wat er toen gebeurde. Het was nogal een ingewikkelde reeks gebeurtenissen. Hij ging naar het kleine stadje in Dorset waar zijn moeder, nu dus mevrouw Lloyd Hilfstone, woonde. Maar zij was op dat moment in Schotland, of Londen, dat weet ik niet precies. In ieder geval wist ze niet dat hij zou komen en hij wist niet waar hij haar kon vinden. Maar hij maakte kennis met de predikant van het stadje die hem uitnodigde voor een tuinfeest. Daar leerde hij mijn moeder kennen. Iemand stelde hen nogal haastig aan elkaar voor — of misschien werden ze helemaal niet aan elkaar voorgesteld. Zij was toen negentien — en ze was natuurlijk Laura Hilfstone. Zijn zus…" Ze viel even stil en keek naar de lucht. "Ik heb eens ergens gelezen dat mensen die op elkaar lijken elkaar aantrekkelijk vinden… Misschien was dat de reden dat mijn vader en moeder op slag verliefd werden. Ze wisten natuurlijk niet wie de ander was — toen nog niet. Mijn vader had nogal wat bravoure en charme en mijn moeder werd totaal door hem overdonderd. Ze liepen diezelfde nacht nog weg en ze trouwden in Southampton. Daaromtrent ergens — ik ben er nooit achter gekomen wanneer precies — moeten ze te weten zijn gekomen hoe de vork in de steel zat… Maar ze waren jong, ze waren verliefd, ze vertelden elkaar dat het taboe tegen een huwelijk tussen broer en zus niets betekende — ze zouden er vandoor gaan; niemand zou het ooit te weten komen."

"Ik bewonder ze," zei ik. "Daar was lef voor nodig."

"Ja," zei ze met een toonloze stem," dat dacht ik ook altijd…Maar je kent m'n vader; als hij eenmaal een besluit heeft genomen kan niets hem meer tegenhouden. Hij had de vrouw gevonden die hij wilde hebben en voor hem maakte het helemaal niets uit dat ze zijn zuster was… Ze werd zwanger; ze kreeg een tweeling. Ik was daar één van. We zaten bij de heup aan elkaar vast." Haar stem werd zachter en lager. "Ik kan me mijn andere helft heel goed herinneren. Het was een jongetje — Paul heette hij. Maar hij was — nu ja, hij was erger dan Edward."

"Edward was de — tja, de tweede?"

Ze knikte. "Je kunt je voorstellen hoe m'n moeder zich voelde. Ze huilde, ze was overstuur. M'n vader vertelde haar dat dit iedereen kon overkomen. M'n moeder zei nee, ze hadden gezondigd en dit was hun straf. Zij wilde niet dat wij operatief gescheiden werden. Tot m'n vijfde ben ik opgegroeid met Paul." Ze kreunde en haar gezicht vertrok. "Die nacht in Napels probeerde ik het je te vertellen — het lukte me niet."

"Je vertelt het me nu toch. Voelt het niet fijn om het eindelijk kwijt te zijn?"

Ze ging verder: "Twee jaar later kregen ze Freddy. Freddy leek volkomen normaal. Later bleek hij natuurlijk in z'n ontwikkeling achter te blijven — maar op dat moment dachten ze dat hij normaal was, en toen bracht m'n vader me eindelijk naar Wenen. We werden geopereerd — maar Paul stierf…Ik was blij! O, wat was ik blij! Niet dat ik een hekel aan Paul had — maar hij was zo — afschuwelijk."

"Arm klein meisje."

"Na een tijdje kregen ze weer een tweeling — en dit keer waren ze echt helemaal vergroeid, met maar drie benen. Ze konden niet gescheiden worden. Ik was toen zeven…Toen ik acht was verhuisden we naar Positano en daar hebben we tot nu toe altijd gewoond. M'n moeder raakte haar verstand een beetje kwijt…M'n vader werd erg afstandelijk en streng…En naarmate ik ouder werd, werd het erger."

"Maar hoe raakte James Hilfstone erbij betrokken?"

"Toen ik twaalf was, dook hij ineens op in Positano — hij had ons op de een of andere manier weten te vinden. Het ging hem niet zo goed en hij wilde geld lenen. Waar het op neerkwam," zei ze verbitterd, "was dat hij m'n vader afperste…En dat was zo'n beetje ons leven tot — jij hierheen kwam. Ik ben in Zwitserland naar school geweest — dat waren m'n gelukkigste jaren. Ik vond het huis in Positano niet fijn — het was altijd zo donker en somber."

"Hoe heb je deze hele warboel eigenlijk ontdekt?"

"O, ik heb het geloof ik altijd al geweten...M'n moeder liep altijd te huilen of te bidden...Freddy begreep het volgens mij niet echt — maar hij wist wel dat oom James een gemenerik was en daarom viel hij jou aan."

"Ik neem aan dat Kex de hele zaak binnen de kortste keren achterhaalde."

Ze fronste haar wenkbrauwen. "Wat ik nog steeds niet begrijp is waarom oom James Kex vermoordde."

"Kex had de leuke gewoonte om iedereen na te laten trekken. Hij liet mij natrekken. Hij kwam erachter dat ik van West Point was getrapt... Waarschijnlijk liet hij Hilfstone ook natrekken. Hij moet wel iets heel beroerds ontdekt hebben om Hilfstone tot die moord aan te zetten."

We bleven een tijdje zwijgend zitten terwijl we om de baai van Napels reden.

Ik zei: "Nou, waar gaan we heen? Noorwegen, India, Mexico?"

"Chuck, je wilt niet echt met me trouwen, toch?"

"Natuurlijk wel."

"Maar stel nou dat we *kinderen* krijgen!"

"We wíllen kinderen krijgen!"

"Maar stel nou —"

"Als het monsters zijn, verzuipen we ze en we blijven gewoon doorgaan tot we een paar normale gemaakt hebben..."

"O, Chuck — wil je echt dat risico nemen?"

"Neem de proef op de som, zou ik zeggen."

Ze glimlachte zwakjes. "Dat heb ik al gedaan." Ze schoof langzaam dichterbij over de stoelzitting en legde haar hoofd op m'n schouder.

"Nou, waarheen dan? Timboektoe? Moskou? We hebben de hele wereld om in op huwelijksreis te gaan..."

"Daar moet ik eerst een tijdje over nadenken, Chuck..."

Jack Vance werd in 1916 geboren in een welgesteld Californisch gezin dat tegen het einde van zijn kindertijd moeilijke tijden doormaakte. Als jonge man probeerde hij een aantal onbevredigende baantjes uit alvorens aan de Universiteit van Californië in Berkeley mijnbouwkunde, natuurkunde, journalistiek en Engels te gaan studeren. Hij ging van school toen de oorlog uitbrak en werd matroos op de koopvaardij. Later werkte hij als rolbrugmachinist, landmeter, keramist en timmerman, voordat hij zich door het produceren van een gestage stroom aan SF, mysterieromans en korte verhalen als voltijds schrijver vestigde.

Hij was meer dan zestig jaar actief als schrijver, en voor zijn werk ontving hij onder andere drie *Hugo Awards*, een *Nebula Award*, een *World Fantasy Award* œuvreprijs, en een *Edgar* van de *Mystery Writers of America*. De *Science Fiction & Fantasy Writers of America* kroonden hem tot Grootmeester, en hij werd opgenomen in de roemruchte *Science Fiction Hall of Fame*.

In zijn werk overschreed Jack Vance vaak de grenzen van het genre: van weemoedige fantastiek (de zeer invloedrijke *Stervende Aarde* verhalen) tot interstellaire space opera (de vijfdelige *Duivelsprinsen* reeks), van heldhaftige fantasy (de *Lyonesse* trilogie) tot de mysterieuze moorden die een sheriff in landelijk Californië moet oplossen (de *Joe Bain* boeken).

Toen hij reeds op leeftijd was, vormde zich een internationale groep van Vance-fans die zich tot doel stelde om het complete œuvre van Vance in de oorspronkelijke staat te herstellen, daarbij tientallen jaren van redactionele ingrepen en ongewenste wijzigingen ongedaan makend. Dit resulteerde in de toonaangevende Engelse *Vance Integral Edition* die als 44 hardcover delen in een beperkte oplage verscheen.

In 2013, kort nadat hij zijn eerste jazz-album had opgenomen, overleed Jack Vance op 96-jarige leeftijd in het huis dat hij eigenhandig had gebouwd in de beboste heuvels buiten Oakland. In het jaar van zijn honderdste geboortedag begint Spatterlight met het uitgeven van een nieuwe Nederlandse editie. In 62 paperbacks verschijnen zowel alle Vance verhalen die al eerder zijn uitgegeven, alsook alle titels die nog niet eerder in het Nederlands verkrijgbaar waren.

Colofon

Dit boek is gezet uit 11,5 pt Adobe Arno Pro.

De tekst van deze uitgave is ontleend aan het digitale archief van de *Vance Integral Edition*, een reeks van 44 boeken die onder auspiciën van de schrijver geproduceerd werden door een wereldwijde groep van zijn lezers. Onze dank gaat uit naar Norma Vance voor haar onschatbare redactionele hulp, en naar het *Department of Special Collections* van de Boston University die ons met hun *John Holbrook Vance* collectie geweldig hebben geholpen.

Omslagontwerp: Howard Kistler

Typografisch ontwerp: Joel Anderson

Zetwerk: Joel Anderson

Management: John Vance, Koen Vyverman

www.ingramcontent.com/pod-product-compliance
Lightning Source LLC
Chambersburg PA
CBHW020834260626
47169CB00003B/974